きらわれもののはつこい

椎崎　夕

幻冬舎ルチル文庫

CONTENTS ✦目次✦ きらわれもののはつこい

✦カバーデザイン＝コガモデザイン
✦ブックデザイン＝まるか工房

イラスト・陵クミコ✦

きらわれもののはつこい

1

「えと、おにぎり一個で百五十円です……あの、レジ袋はご入り用ですか？」

「……ぅん？　あ、袋もいる、かな」

レジカウンターの向こうの客の、何ともふわふわした返事に「大丈夫かなこの人」と遠藤《えんどう》蒼天《そら》は素直にそう思った。

平日十五時過ぎのコンビニエンスストアは、時間帯で言えば暇な方だ。そう広くない店内にいる客は二人だけで、うちひとりは菓子類が並んだ棚のあたりにいる、らしい。

残るひとりが今まさに、蒼天の目の前にいるのだが。

「ひゃく、ごじゅうさんえん……？」

レジ袋追加分の金額表示を覗《のぞ》き込む客は、色つき眼鏡《めがね》と長めの前髪でほぼ目が出ていない。

呟《つぶや》く声は少し擦《す》れて低く、背中を丸め気味にしてチノパンのポケットを探っている。それでいて明らかな長身は、間違いなく成人男性の平均を超えている。

同世代の中でも背が低い蒼天は、完璧《かんぺき》に見下ろされている。なのに威圧的に感じないのは——目の前の客の人相不明にも警戒の「け」の字すら抱いていない理由は、この人にこっそり蒼天がつけた渾名《あだな》が「おにぎりさん」だということで説明がつく。

この春から連日店に通っていながら、「おにぎり一個」しか買って行かないのだ。入り口から入るなり売り場一直線で、その後一分以内にレジへとやってくる。こちらの注意不足でひたすらレジ前で待たせたことだってあったのに、文句を言うどころか「忙しくて大変だねえ」と例のふわふわした調子で言ってくれたりする。そうやって約三か月が過ぎたともなれば、風体の胡乱《うろん》さだってもはや「日常」でしかない。

「じゃあ、これ」

ポケットから取り出された硬貨が、ぽとぽととトレイに落とされる。レジを操作しレシートを差し出すと、やっぱりふわふわした声での「ありがとう」が返った。それもほとんどルーティンのようなもので、けれど蒼天は何となく眉を寄せる。

「あの、大丈夫ですか？　その、何だか顔色が悪――……って、うわ！」

おにぎり入りのレジ袋を手に踵《きびす》を返した背中が、いきなり大きく傾《かし》いだ。胡桃《くるみ》色の、くせのある髪が床へと沈んでいくのを目にして蒼天は慌ててカウンターの外に出る。貧血でも起こしたのか、床に蹲《うずくま》りかけていた長身の肘を摑《つか》んで辛《かろ》うじて支えた。

「……え、あれ……？」

「動けますか。気分は？　吐き気とかは。えと、おれに摑まることとか、できます？」

拒否がないのを確かめつつ、相手の腕を自分の肩に回す。「立ちますよ」と声をかけると、短い頷《うなず》きとともに一緒に力を込めてくれた。もっとも身長体格差が露骨すぎて、さほど助けになっていない気もするが。

「もうちょっとだけ頑張ってください、そこに椅子《いす》があるんで」

「あー……ありがとう、ございいま」

会話しながら辿《たど》りついた細長いイートインスペースの、手前の椅子に誘導する。半ば崩れるように腰を下ろす様子に、ちょうど無人でよかったと安堵《あんど》した。

ぐったり背もたれに崩れる様子に、短く断ってその場を離れる。飲料用冷蔵ケースからペットボトルを取り出しレジに引き返すと、精算をすませてイートインスペースへと戻った。

テーブルに突っ伏していた人に、蓋《ふた》を取ったペットボトルを握らせる。

「飲めますか。無理なら手伝います」

「……ぅん、ありがとう……」

返った声は掠《かす》れていたが、ゆっくりと水を飲んでくれた。それを見届けて息を吐く。

「楽になるまでここで休んでいってください。外は暑いですし、無理しない方がいいです。その、余計なことだと思いますけど前から具合が悪かったんじゃあ?」

「ぁー……うん、ちょっとこのところ忙しく、て」

「そう、なんですか。えっと、でも少しは休んだ方がいいかもです、よ?」

長身というより、「吹いたら飛んでしまいそうにひょろ長」なのだ。ここでの買い物がおにぎり一個「のみ」だということだけで、どんな食生活なのかは察しはつく。

「おいそこのバイト、いつまで待たせんだよっ」

「え、」

唐突にかかった不機嫌な声に、蒼天は腰を上げて振り返る。

レジカウンターの前にいたのは蒼天の親世代の不機嫌そうな男性――スタッフの間でも「困りもの」扱いされている常連客だ。列への横入りの常習で、たびたび店内でのトラブルを起こしている。

「すみません」と声を上げ、急いでカウンターの中に取って返す。直後、商品棚の前で面だし中だったらしいバイト仲間が呆《あき》れ顔でこちらを見ているのが目に入った。

「ありがとう、ございました……」

煙草《たばこ》一箱を買うのに五分以上くどくどとクレームをつけたその常連客が、ぶつぶつと文句を言いながら帰っていく。自動ドアが閉じたのを見届けて息を吐いたところで、すぐ傍《そば》から声がかかった。

「責任者サンさあ、トロいのは今さらだけど仕事くらいちゃんとすれば？　さっきの煙草オヤジがしつこいの、知らないわけじゃないだろ。列ってもないのに待たせた上にレジ袋の話で怒らせてどうすんだよ。本部経由でクレーム来たらオレらも店長も迷惑なんだけど」

いつの間にかすぐ横に来ていたバイト仲間の、見下す視線に怯《ひる》みながらも蒼天は反論を試みる。

「でも、レジ袋の要不要は必ず確認するのがマニュアルで」

「あのオヤジ、いっつもいらないって言ってんじゃん。そんなのも覚えてないのかよ」

「確かにほとんどはそうだけど、たまに欲しいのに何で訊《き》かないって怒鳴られることが」

「はあ？　オレそんなん一回もないけど？　何それ、自分は悪くないって言い訳？」

心底呆れたという顔でため息をついて、バイト仲間はじろりと蒼天を見た。ふと声のトーンを落としたかと思うと、右後ろの方角を顎でしゃくってみせる。

「あと、そこのイートイン。うちで買った弁当とか食べる客に提供するものなんだけど」

「え、でも具合悪そうだし……あと、水買って飲んでもらってるし」

「水なんか立ってても歩きながらでも飲めるだろ。毎度おにぎり一個のひっくい客単価しか出ない貧乏人にそこまでする必要はあるのかって言ってんの。それと勝手に商品持ってって渡すとか、いつもやってるんだろ。しょっちゅうレジが合わない——」

「……さっきの水なら、ちゃんとレジを通して代金は払ったよ。それに単価も何も、あの人だってほぼ毎日来る常連さんで」

さすがに黙っていられずに、承知の上で相手の言葉を遮った。とたん、バイト仲間は露骨に侮蔑めいた顔をする。

「は？　奢《おご》ったとか言う？　バイト料減額されまくりで万年金欠のアンタが？」

「でも、目の前で具合が悪い人がいるならそのくらい、」

「綺麗事《きれいごと》いったところで、結局は貧乏人同士で傷の舐《な》め合いしてるだけだろ。まあどっちみち店長には報告するけどさ。オレのせいにされたらたまったもんじゃないし？」

ふいと顔を背けたかと思うと、カウンターの中を通ってバックヤードへと入っていく。あなるとどんなにレジが混み合っていても出て来なくなるが、今はその方が好都合だ。

「ぁー……ごめん、迷惑かけてる、よね」

落としたため息とタイミングを合わせたように、低い声がする。はっと顔を向けた先、イートインの椅子から今しも腰を上げようとする「おにぎりさん」が目に入った。

「いえあの、お気になさらず。まだキツそうですし、もう少し休んでいっていただいても」

「うん、でもずいぶん楽になったから。――これの精算、お願いしていいかな」

「あ、いえでもそれはおれが勝手にしたこと、なので」

「うん、でもこれ持って帰りたいから」

言いながらレジにやってくる人の、さっきよりは落ち着いた足取りに少しだけ安堵した。そこから数分問答した末に押し負けて、蒼天はお代ちょうどを受け取ることになる。

「本当にありがとう、またね」

小さく手を振る「おにぎりさん」と入れ違いに、高校生らしいグループが入ってくる。賑《にぎ》やかな話し声を耳に入れながら、蒼天は受け取った硬貨をポケットに落とし込んだ。

コンビニエンスストアが混み合う時刻は、ある程度決まっているようで意外と突発的だ。品出しの途中で響いた「レジ！」という大声にすぐさま駆けつけたレジカウンター前には、いつの間にか長い列ができあがっていた。すぐさまもうひとつのレジに入って立て続けに五人分精算した後だろうか、ようやく客が途切れてほっと安堵の息を吐く。

「ぼやっとしてないで品出しに戻れよ。一応でも責任者だったらサボらず仕事しろっての」

「あ、……ああ、うん、」

反射的に頷きカウンターを出た後で、「あれ」と思う。先ほどまで作業していた棚の前に戻ったところで、「あれ」と思う。今の声は昼番シフトではなく、遅番で入る学生バイトだ。目をやった腕時計は昼番終わりを三十分近く過ぎていて、つまり同じ昼番バイトはとうに上がったらしい。交替したとも聞いていないのは、つまりそういうことなのだろう。

昼番での相方もあの遅番も、大学生となったこの春にここでのバイトを始めた新参者だ。大学は違うと聞いているが、たびたび話し込んでいるのは知っている。

——主に、蒼天に対する文句で。

(社員さん不在の時の責任者がアレって何。年数が無駄に長い「だけ」でトロい上にミスが多くて邪魔じゃん)

(客からのクレームも一番多いってよ。けど店長の縁故だから贔屓《ひいき》されてるとか)

（それってつまり、他所《よそ》に行っても通用しないからしがみついてるってこと？）

以前偶然聞いてしまった会話を思い出して、蒼天は小さく頭を振る。それにしても、

「店長、遅いな……何かあった、とか？」

今日のもうひとりの遅番は、確か店長だったはずだ。そして、こんなふうに遅れる時は大抵店へのクレームやトラブルの処理に手を取られている。

今日、自分は何か失敗しただろうか。少し焦りながら品出しを終えた時、店の自動ドアが開く音がした。続いて、聞き覚えのある声が耳に届く。

「おう、ご苦労さん。蒼天は？」

「あ、店長。お疲れさまです。……棚の方にでもいるんじゃないです？」

台車を押してカウンター側へ向かったのと、遅番バイトの放り投げるような声がしたのがほぼ同時だ。音で気づいたのか、レジ前からこちらを振り返った店長と目が合う。

「遅れて悪いな。おまえまだ試験中なんだろ？　もう上がっていいぞ」

「ありがとうございます。ここ片付けてから失礼します」

台車ごとバックヤードに引っ込み、カラになったコンテナを折り畳む。所定の位置に片付けると、急いでロッカーへと向かった。

「と、りあえず今日は明日の試験勉強と提出期限のレポート仕上げて印刷して、あと何だったっけ」

大学に入って初めての前期試験、真っ只中《まただなか》なのだ。試験以外にも複数のレポートと、講義ノートの提出期限が迫っている。

脱いだお仕着せをロッカーに押し込み、愛用のリュックサックを引っ張り出す。いつもの癖でジッパーの引き手の先を指で辿って、

「え、……?」

手応えのなさにぎょっと目を向け、声を失った。

そこにあるのはキーホルダーの丸カンだけだ。丸に近いその形から伸びたボールチェーンは、ほんの五ミリほどで千切《ちぎ》れてしまっている。

「嘘、え、何でっ」

ロッカーの中を確かめたあと、リュックサックの中身を引っ張り出す。借り物のノートパソコンと電子辞書に図書館の本、さらに資料のコピーを床に並べて、それでも探しものは見つからない。

「おい蒼天、……あ? 何散らかしてんだおまえ」

ふいにかかった声に顔を上げると、店長が出入り口から顔を覗かせていた。

「えと、……おまもり、をどっかで落としたみたい、で」

お守り、と繰り返した店長が、蒼天のリュックサックに目を向ける。呆れたように言った。

「あの鍵《かぎ》か。あんな役にも立たないもん、まだ後生大事にしてたのかよ。それよりレジの金

額足りてねえぞ。おまえの今日のバイト料ナシで、次回分からもさっ引くからな」

「え、でもあの、レジやったのはおれだけ、じゃなくて」

「責任者はおまえだろ。それとおまえ、今月レジが合わないのこれで何度目だ。こうも続くようだとこっちも考えなきゃならんのだが？」

困り顔で言われたことは事実で、どうにも反論できなくなった。

「新米バイトと時給が同じなのが気に入らないのかもしれないが、ここまでミスが多いとなあ。おまけにおまえ、まだ門限あるだろう。それで平日昼番しか入れないってのに休み希望まで出されて、シフト組むにも苦労するんだぞ。バイト料だって、おまえだけ手渡しで手間かかってるしな」

「……す、みません。今後心して気をつけます……」

俯《うつむ》かせていた頭を、さらに深く下げる。そこに落ちてきたため息の長さに、つい息を詰めてしまった。

「頼むぞ。おまえは康一《こういち》の忘れ形見だし、オレとしてもできるだけのことはしてやりたいんだが、こっちも遊びじゃないんでな」

「康一」とは、三年前に事故で亡くなった蒼天の父親の名前だ。目の前の店長――根岸《ねぎし》はその幼馴染《おさななじ》みであり親友でもあって、蒼天が物心ついた頃からしょっちゅう家に出入りしていた。

その縁があってこそ、本来禁じられているバイトに「こっそり」雇って貰《もら》えているのだ。

「気を引き締めて、うまくやってくれ。あと、仕事が終わった後で散らかすな。とっとと片付けて帰れ」

項垂《うなだ》れたまま「はい」と返事をする。足音が遠ざかるのを耳だけで聞いていた。

リュックサックに荷物を詰め直し、重い気分で店に出る。あいにくこの店には裏口がなく、出入りは常に店からになる。

レジにいた遅番には毎度のごとく挨拶を無視されたが、雑誌棚の前にいた根岸から思い出したように声をかけられた。

「おまえ急がなくていいのか。門限、間に合わねえぞ」

「あ、えと、叔母《おば》さんは、急な出張で明日まで泊まりで」

「……へえ？　相変わらず茅子《かやこ》サマサマなわけか」

ぐっと声を低くした根岸と、「茅子」――蒼天の現在の保護者であり、同居人であり叔母でもある人はどうやら壊滅的に気が合わない、らしい。理由の一部は近々にできた明白なもので、

「高校ン時はまだしも大学生になってもバイト禁止で、ろくに小遣いもやらない。スマホもパソコンもてめえのを貸すだけで買ってやりもせず、門限作って外出管理までされてりゃ、夜遊びなんざ論外だよなあ。そこまで蒼天を束縛しといて、てめえは外泊とはいい身分だ」

「あの、でも仕事、だから。それに小遣いとか門限とかも全部、おれの自業自得、で」

「本当に仕事かどうかなんてわかったもんじゃねえだろ。そもそもあいつはガキの頃から康一とは不仲だったろうが。蒼天のことだって毛嫌いして、誕生日はおろか入学卒業の祝いさえ無視してたくせに、康一が死んだとたんに叔母でございってしゃしゃり出るなんざ、どう考えたって遺産目当て――」

馴染みの口上が始まったとたん店の自動ドアが開いて、家族らしい四人連れが入ってくる。さすがに黙った根岸に顎先で促されて、蒼天はすぐさま店を出た。

昼にバイトに入った時にはそこそこ晴れ間があった空はどんよりと雲が垂れ込めていて、今にも雨が落ちそうだ。肌を撫《な》でる風も、湿気を含んで重い。

建物の裏手に停《と》めていた愛用の自転車のカゴにリュックサックを押し込んで、蒼天は短くため息をつく。

――もともと折り合いがいいとは言えなかった根岸と叔母が決定的な不仲になったきっかけは、三年前の蒼天の父親の事故死だ。もっと正確に言えば、その後の蒼天の処遇にある。（行き場がないならウチに来りゃいい。高校を出るまでくらいなら助けてやれる）

いきなりのことに呆然《ぼうぜん》としていた蒼天に、真っ先にそう言ってくれたのが根岸だ。それへ、真正面から切り返したのが叔母だった。

（冗談でしょ。身内がいるのに何で赤の他人に蒼天くんを預けなきゃならないわけ？）

通夜の準備の真っ只中に侃々諤々《かんかんがくがく》の言い合いにならずにすんだのは斎場の人と、叔母が連れてきた弁護士が間に入ってくれたおかげだ。

「叔母さんと根岸のおじさん、も幼馴染みのはず、なのになあ……」

ため息が出るものの、憂いたところでどうなるわけでもない。それよりはと、蒼天はちぎれたキーホルダーの先を指で撫でる。

「どこで、落としたんだろ。大学図書館を出る時はあったし、バックヤードや店の中にはなかった、ってことは自転車で走ってる時、かな」

自転車に乗ったままでは見過ごしそうで、だったら歩いて探すしかない。

覚悟を決めて昼間来た道を歩いて戻りながら、しみじみ思うのは叔母が泊まり出張中でよかったということだ。おかげで今日だけは門限を気にしなくていい。

夏至を過ぎたこの時期は、間延びしたみたいに昼間が長い。なのに今日に限って暗いのは、さらに分厚くなっていく雲のせいだ。

どうか降らないようにとの願いも空《むな》しく、百メートルほど歩いたところでアスファルトに濃い染みがにじむ。あ、と思った時には空色のリュックサックに複数の水玉模様ができていて、慌てて目についた軒先に駆け込んだ。

「うあ、……」

アスファルトが、瞬く間に色を変える。店舗が連なる通り向かいの軒下に、買い物中だったらしい女性たちが駆け込むのが見えた。

「何この雨、予報出てた？」

「ないない、今日はずっと晴れだったはず。どうしよ、走る？　それともタクシー拾う？」

「この勢いで走るのはないってば……ねえ、この先のコンビニで傘買わない？」

「そうね。タクシーもいつ来るかわからないしねえ」

合意した三人が向かう先は、きっと蒼天のバイト先だ。

財布事情に加えて自転車に傘ホルダーがないため、傘を買う選択肢は蒼天にはない。代わりに常備しているゴミ袋二枚を引っ張り出し、ノートパソコンその他を入れてリュックに戻した。もう一枚にリュックサックそのものを入れてしまえば、水濡《ぬ》れの心配はしなくていい。

これで安心と頷いた後で、ジーンズのポケットにスマートフォンがあったのを思い出した。もう一度リュックサックを開け、防水機能なしのそれを荷物と一緒に入れ直す。今度こそ大丈夫と息を吐いた時には、アスファルトに絶え間ない水飛沫《みずしぶき》が上がっていた。

「見つかる、かな。もし、なかったら……」

不安を噛《か》み潰して軒先を出ると、ものの数秒で全身濡れ鼠《ねずみ》になった。

降り落ちる雨でぼやける視界を、必死で凝らしてみる。額《ひたい》に張り付いた髪を指先で払う間にも、薄く水が張った歩道に絶え間ない滴《しずく》が落ちていく。ところどころにできた水たまりに無数に広がりかけた波紋が、続く雨で壊れていった。

「交番、まであとどのくらい、だっけ」

確か少し先にあったはずと顔を上げたタイミングで、街灯が点《とも》る。それで初めて、周囲がかなり暗くなっていたのを知った。

焦って再び足元に視線を落とす。歩道から路肩へと目を走らせ、植え込みがあれば自転車を支えたまましゃがんで覗き込んでいく。わさりと茂った枝葉を少し避けようと手を伸ばすなり、何かが頭に当たった。

「うわ、――っ」

はじくように離れていく感覚に、自転車のハンドルを握る手元が大きくブレた。どうにか堪《こら》えて顔を上げた先、鼻先がぶつかるほど近くにいた人とまともに目が合う。

ぶつかってしまったのだと、その時になって気がついた。

「……っあ、あああああのごめんなさい、えと怪我《けが》はっ」

「いや、こちらこそ失礼した。あれ、きみさっき……いつものコンビニの」

思いがけない言葉に瞬《しばた》いて、蒼天は改めて相手を見上げる。つい首を傾げていた。

傘なしで全身びしょ濡れになったその人の瞳は、薄い茶色に翠《みどり》が混じった不思議な色――たぶんヘーゼルというやつだ。額や頬に張り付いた髪も長い睫《まつげ》や形のいい眉も揃《そろ》えたような胡桃色で、彫りの深い端整な顔立ちは海外の人にしか見えない。

どう見ても男性なのに、「綺麗」と感じさせる人だ。店への客なら、そう簡単に忘れるわ

けが――

「ええ、と……？」

ない、と心の中で断言しかけて、既視感を覚える。たった今聞こえたやや低めの声に、聞き覚えがある。今日にもどこかで聞いた、ような……

「さっきはありがとう。迷惑をかけてごめん、あの後大丈夫だったかな。もうひとりの店員さん、ずいぶん不機嫌そうだった」

「あの、……？」

必死で記憶をひっくり返す蒼天に気づいてか、その人は薄い表情の中にも苦笑した。長い指で、ついと自分を指して言う。

「いつもおにぎり一個で、客単価が低い」

「っぁ、おにぎりさん、――っ」

「おにぎり、さん？」

きょとんと首を傾げる仕草に、「しまった」と手で口を覆っても遅い。

蒼天が知る「おにぎりさん」は、色つき眼鏡と長めの前髪がトレードマークだ。顔立ちも目の色も、「今、初めて」知った。

「あ、ぃえあのこっちこそ行き届かなくて不快な思いを……ってそれもだけどぶつかってごめんなさい怪我なかったですかっ？　あと大丈夫ですか体調よくないのにこの雨の中っ」

慌てて頭を下げる途中で自転車がぐらりと揺れた。それをギリギリで支えてから気づく。目の前の人の右手首に引っかかったレジ袋越し、透けているのは鮭おにぎりのパッケージだ。

「いや、そこはお互いさまだけど……この雨に傘も差さず自転車にも乗らずに何してるの」

「さ、がしものというか、落とし物を、して」

「なるほど、同類か」

「どうるい？」

「僕も。いったん帰ったんだけど、落とし物に気がついて」

ため息交じりの声に思わず顔を上げた先、「おにぎりさん」が目元にかかる髪を鬱陶《うっとう》しげに払う。長めのそれがストレートなのを目にして、あの癖は天然なんだなと関係ないことを思った。ぶつかったままの目の不思議な色に見とれた自分に気がついて、蒼天は慌てて言う。

「落とし物、ってもしかして、鍵だったりします？」

優しげに整った容貌《ようぼう》とは裏腹に希薄だった表情が、わずかに揺れる。改めて蒼天を見たかと思うと、ため息のように言った。

「そう。二本まとめて青いリボンで結んでた」

「よかった、当たりだ」

上着のポケットから引っ張り出した青いリボンはすっかり濡れそぼっているけれど、結ばれた鍵はちゃんと二本だ。

差し出したをそれをまじと見た「おにぎりさん」は、けれどすぐ手に取ろうとはしなかった。ゆるりと首を傾げて言う。

「……これ、どこで？」

「もう少し向こうの、銀行の傍の植え込みのところで。この先の交番に届けようかと思ってたんです」

「僕、これ探して今二往復目なんだけど」

「根元に近い枝に引っかかってたので、上からだと見えにくかったんだと思います。でも、ちょうどよかった……すぐに届けなくてすみません。その、通りがかりに届けるつもりだったんで。もう暗いし、気温も下がってきてるみたいだから早く帰って休んでくださいね」

どうぞとばかりに差し出した鍵に手を伸ばそうともせず、「おにぎりさん」は言う。

「請求、はしなくていいの？」

「は、い？」

「拾得物に関する権利。請求できるのは知ってるよね」

「いらないです。ついでっていうか、たまたま見つけただけですし……もしかして、あの後ずっと探してたんですよね？　行き違いにならなくて、本当によかったです。おれも、この状態だと交番に入りづらかったんで」

不可解そうに瞬いた「おにぎりさん」に、蒼天は自分の髪の一筋を引っ張ってみせる。

「……もしかして、もう交番に行く気がない？」

「おれの落とし物、は届ける以前にまず、拾う人がいないと思うんで」

苦笑したら、今度は首を傾げるようにして見つめられた。

「探し物は、何。探すの手伝うから、具体的にどんなものなのか教えて」

「えっ」

思いがけない申し出に、むしろ恐縮して足が一歩下がった。土砂降りの中、傘なしで話し込む様子が奇異だったのか、行き過ぎる車の窓からこちらを見る人が目に入った。

「や、でもこの雨ですし。その、今でもあんまり顔色よくないです、よね？」

「あの時休ませてもらったから大丈夫。この雨で暗いからこそ人手はあった方がいいよね？」

「で、すけど、そこまでするほどのことじゃあ」

「そこまでして探すくらい、きみには大事なものなんだよね？」

咄嗟《とっさ》に返事に詰まった蒼天に、「おにぎりさん」が眼鏡のない目元を緩める。蒼天の背後、バイト先の方角を眺めて続けた。

「どういうルートで、どこまで探す予定？」

「えと、あの大学図書館まで――そこまでは確かにあった、ので」

するっと答えてしまった自分に呆れていると、その人は「大学？」と怪訝《けげん》そうに首を傾げた。それへ学校名を告げると、雨の中でもわかりやすくヘーゼルの瞳を丸くする。

「あんな遠くから、自転車で？　それなら急いだ方がいいね。僕は車道側を見るから、きみは歩道側ってことで」

蒼天の手から鍵を受け取ったかと思うと、踵を返してすぐ先の植え込みを覗き込んだ。濡れそぼった胡桃色の髪と張り付いて背中のラインを露《あら》わにしたシャツを、絶え間ない雨が叩く。長い指が枝葉を探る様子を見ているのが落ち着かなくて、慌てて言った。

「あの、本当にひとりで平気、ですから。その、お守りとか言ってもおれが勝手にそう思ってるだけの、実際は何の役にも立たないゴミみたいなもので」

「きみにとってはお守りなんだよね」

「それ、は……でも、落としたのはおれの落ち度で」

「きみがいなければ僕はきっとコンビニから家の間を五往復して、それでもあの鍵を見つけられなかったと思うんだ」

ああ言えばこう言う、という言い回しは知っていたが、身をもって実感させられたのは初めてだ。

一向に変わらない雨脚の中、言葉をかわしながら探すこと二十分ほど経《た》った頃だろうか。長身を乗り出し車道の路肩を覗き込んでいた「おにぎりさん」が声を上げる。

「あった、と思うんだけど、これで間違いない？」

ぱっと顔を上げ、自転車をその場に停めて駆け寄った。ゆるりと腰を上げた「おにぎりさん」の手のひらの上、端っこに泥をつけた木製のキーホルダーに錆《さび》の浮いた鍵がぶら下がっている。長い指がそっと泥を拭《ぬぐ》うのが、やけに鮮明に目に映った。

「あ、りがとう、ございますっ――」

こぼれた声が変なふうに上擦《うわず》る。おずおずと差し出した手にのせられたキーホルダーをぎゅっと握って何度も頭を下げていると、仄《ほの》かに笑いを含んだ声が落ちてきた。

「見つかってよかったね」

「あ、の、いずれ必ずお礼は、します。ていうか、させてください。今はおれお金もないし、頭も要領も悪くて大したことができないです、けど、でもおれにできることだったら何でも」

つっかえながら言った蒼天を見下ろしていた「おにぎりさん」が、やっぱり薄い表情のまま目元を緩める。街灯に浮かぶ雨の筋越しにもその光景はやけに綺麗で、続くはずの声が半端に途切れた。

「ひとつ質問があるんだけど、ここからきみの家までどのくらいかかる？」

「え、と自転車で三十分くらい……？」

「ずいぶん遠いね」

「慣れてるので平気です、あの本当にありがとうございました、えっと連絡先は明日、じゃなくて明後日にはバイト先で渡せると思いますから、何かあれば呼んでもらったらすぐ行きます、とか言っても猫の手くらいにしか役に立たないかもですけど。今日はもう帰って温まってゆっくり休んでください、本当に本当にありがとうございます」

嬉《うれ》しさがちょっと落ち着いたら、目の前で濡れ鼠な「おにぎりさん」への申し訳なさが爆発した。最後には首を縮めていた蒼天に口の端で笑って、その人は言う。

「それなら今、頼んでいいかな。このまま一緒にうちに来て欲しいんだ」

「え」

あり得ない頼みに瞬いた時にはもう、自転車のサドルをがっしり掴まれていた。

「びしょ濡れなのも疲れてるのもお互いさまだ。この後三十分もかかるなら、いったんうちで休んでいくといい。すぐそこだし、タオルと風呂と着替えと傘くらいなら貸せるから」

「……っえいやあの、そこまでしていただく理由、が」

「きみにはなくても僕にはある」

「おにぎりさん」が掲げてみせたのは、青いリボンの先に結ばれた鍵だ。

「実はこれ、自宅の鍵でね。きみがいなかったら帰れなかった家だ、遠慮はいらない」

「で、もあのそれは」

「何かあればすぐ来るって、今言ったよね？」

するりと告げられた言葉に、咄嗟に返答を失った。そんな蒼天に、「おにぎりさん」は今度こそ柔らかく笑ってみせる。

「僕からのお願い。聞いてくれるかな？」

2

雨の中、先を行く長身を追いかける形で辿りついたのは、入り組んだ路地の先にある一軒家だった。

「散らかってて申し訳ないけど、そのへんの本や紙類や、あと土の塊とか見慣れないものには触らないように頼むね。とりあえずタオルを取ってくるから、ここで少し待ってて」

早口なのに慌ただしさを感じさせない声で言った「おにぎりさん」が、玄関先からまっすぐに延びる廊下の先へと向かう。板張りのそこに点々と残る水滴が目について、掃除が大変そうだと思う。その後で、ふいに我に返った。

「えと、……何でこうなった……？」

雨と夜のせいで外観はほとんど見えなかったけれど、おそらくそれなりに古い家だ。門扉には錆が浮いていたし、玄関へと続く飛び石とちらりと見えた灯籠《とうろう》に、磨《す》り硝子《ガラス》が入った玄関の引き戸も含め見事なまでに年季が入っていた。

見上げた先、剝《む》き出しになった梁《はり》から下がる明かりはいわゆる裸電球だし、蒼天の全身からぼたぼた落ちる水滴が染みを作る足元はたぶん、いつか雑誌で目にした昔ながらの三和土《たたき》——今はまず見ない土間だ。このままだと足元が泥の水たまりになるんじゃないかと、不安になってきた。

「個人的な知り合いでもない、のに……何でついて来ちゃったんだ、おれ」

思わず振り返った先、半分開いたままの引き戸の外は風呂桶をひっくり返したような勢いの大雨だ。また風が強くなったのか、闇に浮かぶ雨のラインが見るからに斜めになっている。

「し、つれいだけど、このままこっそり帰った方がいい、かも……って、あれ。道、覚えてる、かなおれ、」

年単位でのバイト先とはいえ、学校もしくは自宅とを往復していただけだ。脇道なんて初めて入ったし、暗い上にこの雨だったからどこをどう歩いたのかもうろ覚えでしかない。

ナビがあれば帰れるはずだが、傘なしではスマートフォンの故障は必至だ。傘ホルダーなしで傘を差して自転車に乗るのは違反行為だし、何より夜にこの雨では危険過ぎる。

だからといって徒歩で帰るには自宅は遠く、バイト代が入らなかった今日は電車賃すら怪しい。ついでに自転車を置いていくと、直近で明日の通学手段に困る。

見事なまでの、八方塞がりだ。

「う、わ……」

顔に当てた手が、ぺたりと冷えている。濡れた衣類が今になって急に重く、冷たく思えて身震いがしてきた。

ジーンズのポケットの中、ざらりと指先に当たるキーホルダーの感触に、先ほどの「おにぎりさん」の言葉を思い出す。

（そこまでして探すくらい、きみには大事なものなんだよね？）

（見つかってよかったね）

――あのキーホルダーは、蒼天がまだ小学校にすら上がっていなかった頃に父親から貰ったものだ。持ち前の好奇心でどこへやら突撃して自作したらしく、「修業した成果だ」と胸を張って押しつけてきた。

（なにこの木のかたまり……けずってある？）

（何って、見ての通りお父さんが作ったうちのアオだ！）

（おとーさん……あおはねこ、じゃなかったっけ）

当時の蒼天にすら正体不明の木切れにしか見えなかったソレを見つけたのは、葬儀を終えた三年前の――蒼天が高校生になったばかりの春のことだ。取り壊しが決まった生家を出ていく前の夜、どうにも眠れなくて家中の残った家具を無意味に開け閉めしていた時のこと。

古びた箪笥《たんす》の奥にあったそれを手に取って眺めているうち、ずっと干からびていた気持ちに亀裂が入った気がした。隙間からちょろりと漏れてきた感情はあっという間に勢いを得、怒濤《どとう》みたいに溢《あふ》れたそれに押し流されて、気がついた時にはどう見ても愛猫には見えない木彫りを握りしめて号泣していた。

老朽化で取り壊された家の鍵をキーホルダーにつけて「お守り」にするなんて、どうかしてると自分でも思った。実際に父親が作った「猫」も古びた鍵も、何かと馬鹿にされてばかりいた。

それを、「おにぎりさん」は大事そうに拾ってくれた。ついていた泥まで、きれいな指で丁寧に拭ってくれた。

それが、とてつもなく嬉しかったのだ。だからこそあの「お願い」を断り切れなかった。あげく、今の状況に陥っているのだから、

「おれ、……本気でばかかも」

放心混じりの息を吐いた時、右の脛《すね》に何かが当たった。

びくっとして、半歩飛び退《の》いていた。直後、またしてもその足元――びしょ濡れのジーンズに寄ってきてふんふんと臭いを嗅《か》いでいるのは、

「ね、こ?」

真っ白な毛並みに、赤い首輪が鮮やかだ。成猫と呼ぶには小さく、子猫と呼ぶには大きい。顎を上げて見上げてくる目は、びっくりするくらい青い。

可愛い、と思った時にはもう、手が伸びていた。その指先から落ちた滴が猫のすぐ前に落ちて、慌てて引っ込める。なのに、猫はたっと蒼天の足元に寄ってきた。

「ちょ、駄目だって、おれびしょ濡れ――」

猫は水を嫌うはずなのに、避《よ》けたはずの距離をててと追ってくる。嬉々《きき》とした動きだか

ら、遊んでいるつもりなのかもしれないが。

「駄目だって、おまえまで濡れるし風邪ひく、かもっ」

三度目に飛び退いた背中が、玄関の引き戸に当たった。これ以上どこに逃げればと視線を彷徨《うろつ》かせた足元で、にゃんと可愛い声がする。

「……これはまた、ずいぶん珍しい」

笑いを含んだ声に目を上げると、頭からタオルを被った「おにぎりさん」がいた。三和土にあったつっかけに足を入れたかと思うと、無造作に蒼天の足元にいた猫を拾い上げる。その髪も服も、びしょ濡れのままだ。

「しろさん、駄目だよ。お客さんが困ってる」

ヘーゼルの瞳と同じ高さに持ちあげられ言い聞かされて、猫はにゅーと不満げに鳴く。

「はいこれ」

声とともに、頭上にタオルが降ってきた。わ、と声を上げたのとほぼ同時、ふわふわのそれの上から髪を拭われて、思いがけなさに声が出る。

「え、あの、すみませ、おれじぶん、で」

「ひとまず簡単に拭ってから上がって。今湯張りしてるから、ちゃんと温まってね。あと、脱衣所にビニールロープ渡してるから、服は絞って干すといいよ」

「え、いえあの、そちらが、先に」

「お客さん優先。いいから行って」

「や、それはでも」

言いながら、目元にかかるタオルを避けて固まる。思いがけないほど近く、吐息が感じられそうな距離でヘーゼルの瞳と視線がぶつかった。

「だったらそれも『お願い』かな。きみが終わらないと僕が入れない」

「でも、だからそれおかし、」

「頼むから行ってくれないかな。……ねえ？」

それでなくとも近すぎる距離を、さらに詰められて押し負けた。

背中を押されるようにして板張りの廊下に上がる——前に、それだけはと言い張って靴下を脱ぐ。それを楽しげに見ていた家主に、廊下の突き当たりの引き戸へと案内された。

「急ぐ必要はないからゆっくりどうぞ」

背中で閉じた引き戸に半ば途方に暮れて前を向くと、目に入るのは即席の物干しロープだ。

ここまでされてやっぱりいいですとは、どうしたって言えない。

己の優柔不断さに呆れながら、蒼天は現実逃避気味に決意する。

——とりあえず。湯上がりには必ず雑巾を借りて、廊下はきちんと拭いておこう。

自分で思う以上に、疲れていたらしい。かくん、と首が傾いた感覚で、蒼天ははっと我に返った。

「え、うわ寝てた……?」

慌てて、蒼天はサイドボード上の置き時計に目を向ける。装飾のある針が示すのは二十時半過ぎで、それなら「ここ」に来てからせいぜい七、八分程度だと安堵した。

湯上がりで、気持ちよすぎて寝入りかけてしまったのだ。借り物の部屋着らしき上下はさらりと清潔で、乾いた肌に心地よい。本来は半袖なのが七分になり裾は膝近くまで届いているし、下は紐で締め上げても腰まわりがぶかぶかで足元は幾重にも折り上げるしかなかったのも些末《さまつ》でしかない。

その恰好《かっこう》で来客用らしきふかふかのソファに座り、傍にはミネラルウォーターのペットボトルがあるのだ。トドメに膝の上には白猫が丸くなるという、「さあくつろげ」と言わんばかりの状況になっている。

蒼天の膝の上の猫が、いきなりぐいんと伸びる。前脚と後ろ脚をそれぞれ揃えて長くしたかと思うと、するんと縮んで転がって、腹を見せたまま蒼天の脚に頭をすり寄せてきた。

あまりの可愛さに、誘われるようにその腹をぐりぐり撫でていた。

実を言えば、蒼天は大の猫好きだ。物心ついた頃から父親が亡くなる少し前まで、自宅には「アオ」という名の猫がいた。蒼天のことを自分の息子か子分みたいに思っているようなところがあって、小学生の頃には本気で喧嘩《けんか》したこともあったくらいで――だから、他所様《よそさま》のとはいえこうして猫に触れることができるのはとても嬉しい、のだが。

「ずいぶんお世話になった、っていうか迷惑かけた、よね。猫さん……しろさん？　の飼い主さんに、改めてお礼とお詫《わ》びをしておかないと」

（ここが一番ましだから、僕が戻るまでゆっくりしてて）

湯上がりの蒼天をここまで送った後で、浴室に向かった「おにぎりさん」を思い出す。

髪の先から滴を落としていた人が案内してくれたこの部屋は、おそらく「応接間」というヤツだ。六畳ほどの空間の真ん中に重厚な長方形のローテーブルと、その一方の長辺に三人掛け、逆側に一人掛けのソファがふたつ並び、壁ぎわにいわゆるサイドボードが置いてある。

もっともここに来た時点で家具全部に白い布が被せられていたあたり、長く使われていなかった部屋ではあるのだろう。その証拠にサイドボードの上には、ここからでもわかるくらい埃《ほこり》が積もっている。蒼天の正面にある一人掛けソファの背後に段ボール箱複数と古びた本がうずたかく積み上げられているのは――

「引っ越してきたばかりでコレはない、と思うんだけど。あっちこっちの部屋にも本とか段ボール箱とか積み上がってた、し」

ビニールロープが張られた脱衣所兼洗面所にあったのは、備え付けの洗面台とタオルが数枚詰まれた小さなワゴンだけ。脱いだ服を絞って干してから入った浴室にはシャンプーも石《せっ》鹸《けん》も洗い桶すらなくて、着々と湯が張られていく浴槽がシュールに見えたくらい、で。

「あー、でも近所にコインランドリーとお風呂屋さんがあれば困らない、か。忙しくてそっちに手が回らない、のかも」

ここに来るまで云々《うんぬん》については、単純に見えてしまっただけだ。何しろ、廊下の左右にある引き戸やドアの多くが開けっ放しにされていた。

「こんだけ本が多いってことは学校の先生か学者さん、かな？　……そういえば名前も聞いてない、けど」

くるくる唸《うな》る猫の喉を擽《くすぐ》りながら首を傾げた時、少し遠くで何かが落ちたような音がした。

ぎょっと腰を上げた拍子に、白猫が床に落ちる。抗議みたいに鳴いたかと思うと、半開きのドアに駆け寄り廊下に出て行った。

その場で耳を澄ませてもそれきり物音はせず、それが妙に気になった。ドアに寄って廊下に首を出してみても、左右に延びる廊下に人影はない。

「あのー……何かありました、か……？」

思い切って声を出したら、にゃあんと猫が鳴く声がした。見れば、廊下の突き当たり――脱衣所の引き戸の前にいて、こちらを向いてもう一声鳴く。

「ええと、……もしもし？」

蒼天の声をよそに、猫はするりと脱衣所に入っていった。かと思うとまた顔を出し、にぁんと声を上げる。

どうにも気になって、廊下に出た。そろそろと近づく蒼天を迎えるように、つっと出てきた猫が足元に寄ってくる。くるんと蒼天の周りを回り、脱衣所の前に戻ってこちらを見た。つられるようにそこに向かうと、行き着く寸前に猫は半開きの引き戸の中に消えてしまう。

「えーと、……しつれい、しま――」

おそるおそる首を伸ばしたら、板張りの床に足の裏が見えた。ぎょっとしてさらに近づくと、横倒しになった着衣の脚と腰があって、ようやく見えた顔は頬を床につけて――つまり完全に横たわっている。

「ど、うしたんですか、どっか痛みますかっ？　やっぱり無理してたんじゃ、」

慌てて中に飛び込んで声をかける。躊躇《ためら》いがちに肩に手をかけて、そこがやけに熱いのに驚いた。思わず手を引いたとほぼ同時、へーゼルの瞳がふるりと開く。

「ぁれ、……僕、何で」

「ね、つあるみたいです、えと大丈夫ですか、目眩《めまい》とか吐き気とかは」

「うーん……目の前がぐるぐる回ってる、かも……あと頭痛い？」

堅いはずの床の上、ごろんと仰向《あおむ》けに転がった人が手の甲で額を押さえる。

「動けますか、そのベッド、っていうか寝室はどこに、」

「あぁ、ぅん。廊下、出て――」

低く掠れた声が半端に途切れるのを耳にして思ったのは、「自分のせいで」ということだ。

蒼天が先に風呂を使ったから。その間ずっと、濡れた恰好でいたから。

この人の探し物はとうに見つかっていたのに、その後まで長く雨に打たれたから。そんな義理なんかないのに、蒼天の探し物につきあってもらったりした、から。

「お、きられますか、あの、肩貸しますから、えと」

「ああ、うん大丈夫慣れてるから」

ふわんと笑って、「おにぎりさん」が身を起こす。はずが、突いた肘が崩れて肩から床に落ちそうになった。辛うじて差し入れた腕で阻止して、蒼天はその人が立ち上がるのに手を貸す。

「ごめんね、もうだいじょ――……」

「大丈夫じゃないと思いますいいからおれの肩に摑まってくださいちっこいけど杖《つえ》の代わりくらいにはなります、からっ」

「わるい、けど……お願いして、いい？」

頷いて、熱くて長い腕を自分の肩に巻き付ける。ずしりと落ちてきた重みはかなりのものだったけれど、そんなこと今はどうでもいい。

耳のすぐ近くで「ごめんね、……ありがとう」と擦れ気味の声がする。小さく首を横に振って、蒼天は「おにぎりさん」に肩を貸したまま半開きの引き戸に手をかけた。

3

世の中って本当に奇想天外だと、かつて何度も思ったことを改めて思い知る夜だった。

こみ上げる欠伸《あくび》を噛み殺して、蒼天はベッドの上で眠る人に目を向ける。起こさないよう細心の注意を払って、額にのせていた濡れタオルを外した。体温が移ったそれの代わりに、そうっと額に手を置く。同時に、自分の額も押さえてみた。

「熱、……下がった、ぽい？」

呼吸は落ち着いたし、顔の赤みも引いた。苦しそうな表情も取れたから、おそらく額のタオルももういらないはずだ。

カーテンの隙間から入る日差しのラインの上、日向《ひなた》ぼっこでもするように丸くなっていた白猫がするりと身を起こす。その場でまず前脚を、次いで後ろ脚をそれぞれ揃えて伸びをした。くあ、と欠伸をしぶるりと頭を振ると、軽く床へと降りて蒼天の足元に駆け寄ってくる。すり、と踝《くるぶし》に擦りつかれて、気が抜けたみたいにその場に座り込んでいた。その膝あたりに頭突きのような仕草で擦りつかれて、白い毛並みに手が伸びる。撫でてみても猫は逃げる素振《そぶ》りを見せず、むしろ耳を倒して目を閉じた。

「……ありがと。しろさんに、つくづく感謝」

――廊下に出るなり受け答えが怪しくなった「おにぎりさん」を抱えて立ち往生していた蒼天に、この寝室の場所を教えてくれたのが白猫なのだ。案内するように立ち止まっては振り向いて鳴くのを繰り返す形で誘導してくれた。どうにかこの人をベッドに横にさせて布団をかけた後は、我ながらしつっこくもとい根気強く呼びかけて、たぶん半分以上意識がなかった彼から返答を聞き出した。

曰《いわ》く、「おにぎりさん」は独り住まいで近所づきあいがほとんどなく、近隣に親類はおろか知人すらいない。

（えと、とりあえず頼れる人っていうか、呼べそうな相手はいますか。あと、かかりつけのお医者さん）

質問に対する答えはまず「いない」で、続いて「さあ？」の一言だ。この時刻にいきなりの往診など、かかりつけ医でもなければ受けてはくれない。それならと救急車を呼ぼうとしたら、朦朧《もうろう》としているはずの本人から強い拒否を示されてしまった。

（医者も注射も嫌いだし、いらない。寝ていれば治る）

（気にしなくていいからきみは帰って、傘は適当に持って行って、返さなくてい――）

そのますうっと寝入る様子に、慌てて声を張っていた。

（あの、キッチンと洗面所使っていいでしょうかっ、他の部屋には入らないのでっ）

それで意識が浮上したのか、ヘーゼルの目をうっすら開けた彼は何故《なぜ》だかふわりと笑って

「いいよーお好きに」と口にした……。

「えと、もうこれいらないから、片付け……」

ベッドの上の家主が寝入っているのを確かめて、水を張ったボウルとタオルを抱えて寝室を出る。その足元を、ちょろちょろと猫がついてきた。

「おまえご主人の傍にいなくていいの？　おれを見張ってるんだったらそれでもいいけど」

苦笑してつくづく思うことは、昨夜の出来事が起きたのが昨夜で「本当に良かった」だ。禁止されているはずのバイトの後で初対面の人の家に無断外泊したなんて、叔母に知られたらと想像しただけで気が遠くなる。

洗面所でボウルの水を捨て、ついでに干していた衣類に触ってみる。残念ながらシャツは生乾きだし、ジーンズに至ってはじっとり湿ったままだ。

「申し訳ないけどこの服借りて帰るしか……洗濯して返して、お礼とお詫びもしないと」

濡れたままの服を下ろした代わりにタオルをかけて、畳んだ服を玄関先に置いていたゴミ袋――リュックサックの上に置く。あとは台所の吊り戸棚の中にボウルを戻せば終わりだ。

「あっちこっち触ったし、……顰蹙《ひんしゅく》ものかも」

一応許可を取ったとはいえ、状況が状況だ。そもそも「傘を貸すから帰れ」と言われたのを無視して居座ったことになる。

「だって、……放っておくとか無理、だし」

台所にあったのは、ボウルとザルに古いしゃもじと小さな土鍋と、片手鍋がひとつずつ。食器は小ぶりなどんぶりと古びた箸と、ティースプーンに湯飲みが一人分だけ。冷蔵庫の中身はミネラルウォーターだけで、野菜どころかレトルトもカップ麺も見当たらない。

そもそも台所そのものが、長年使われた形跡がない。そこに、あの人を「おにぎりさん」と呼んでいた理由を重ね合わせてしまったら。

「父さん、みたいじゃん。食べるのが面倒とか人間一食二食三食抜いたところで簡単には死なないとか言って後回しにして家の中で行き倒れる、とか。体調よくなかったのに雨の中おれの落とし物一緒に探すとか、家主なのに先におれを風呂にやるとかそういうとこ全部」

好奇心旺盛で後先見ずに突っ走るくせに、困った人が現れると自分のことは後回し。自分がしたいことと誰かの頼みには手間暇かけるくせ、身の回りのこととなると無精で無頓着で面倒くさがりで、だから平気で不摂生をする。怒った蒼天が勝手にルールを押しつけて、それでやっとマシになる——蒼天の父親が、ずっとそうだった。

似過ぎて見えて気になって、だから放っておいたらきっと後々まで気にかかる。それよりも、お咎《とが》め覚悟で動いた方が蒼天にとっては気が楽だ。最悪激怒された時は誠心誠意お詫びの上、濡れた服に着替えてとっとと帰るしかない。

「まさかだけどけーさつ呼ばれたりは、……ない、よね？」

ぞっとしない可能性に首を縮めながら寝室に引き返すと、先に戻っていた白猫がベッドの上でペットボトルをオモチャにじゃれ転がっていた。

「あ、お水……」

病人用がカラになっていたのを思い出して手を伸ばす、そのタイミングで気がついた。

「お、はようございい、ます……？」

ヘーゼルの瞳が瞬いて、じっとこちらを見つめている。寝起きだからか端整な顔立ちが不思議なくらい幼く見えて、失礼ながら「可愛い」と思ってしまった。

「おは、よ……？」

「誰？」と続きそうな表情と声音に、慌てて蒼天はノンブレスで自己申告する。

「すみません無断で泊まりましたあと冷蔵庫のお水いただきましたえとお代はテーブルの上に置いておいたのでっ」

不思議そうに枕の上で首を傾げた彼は、じーっと蒼天を見つめる。ヘーゼルから目を離せず固まっていると、視界の端で白猫が動いた。ぽてぽてと布団を歩いて近づいてきたかと思うと、そのまま端からずり落ちそうになる。思わず伸ばした手を足蹴《あしげ》にされて、あれと思った時にはもう肩の上に馴染みのない重みが乗っていた。

にゃん、と鳴く声が耳に近い。頬や首筋を撫でるもふもふが擽ったい。それ以上に、まさか肩に乗って来られるとは思わなかったから驚いた。

「……そこまで気に入ったかあ」

笑いの混じった声に我に返ると、ベッドの上の「おにぎりさん」がこちらを見ていた。

「もう朝、かな。……ずっと傍で世話してくれてた、よね？」

「は、い。あのすみません、他にも台所入って勝手に物を使ったりタオルとか持ち出したり」

「おかげで助かったよ。ありがとう、何だかすごく安心した」

「え、」

ヘーゼルの瞳が、笑うように細まる。今の今まで薄かった表情が蕩《とろ》けるように柔らかくなるのを目にして、完全に虚を衝かれた。

硬直した蒼天の様子に、「おにぎりさん」が首を傾げる。それとほぼ同時に、くうという何とも可愛らしい音がした。……どう考えても、ベッドの中から。

「な、にか食べます、か？　ていうか食べられそうだったらその、台所にお米と塩があったのでおかゆ、なら作れますけど、その昨日買ったおにぎりも結局食べてないですよねだったらもしかして丸一日、ほとんど何も食べてないんじゃあ」

勢いに任せて口にした蒼天を、ヘーゼルの瞳がきょとんと見返す。

「そう、かも。昨日は昼を食べ損ねて、買いに行ったんだよね」

またしても、布団の中から胃袋の訴えが響く。じ、と蒼天を見つめたまま、その人はもう一度首を傾げた。

「できる、なら。おねがいして、いいかな」

「わ、かりましたすぐやりますあの台所使いますすみませんっ」

一息で言うなり廊下に出て、慌ただしく台所に駆け込んだ。

流しの前に立って、荒くなっていた息を落ち着かせる。頬が痛いとつい手を当てて、そこがやたら熱くなっていることに気がついた。

「お、れい言われた……あと、褒められた……？」

いくら何でも、別の意味で予想外すぎた。

4

『とにかく、今日の昼番には必ず出てくるように。もちろん時間厳守でな』

一方的に言い切られて、直後に通話が途切れた。

昨日の雨が嘘だったような晴天の下、スマートフォンの画面が音もなく待ち受けに戻る。

深夜から丑三《うしみ》つ時《どき》にかけて、根岸からの着信が入っていたのを知ったのは今朝のことだ。

そういう時の連絡はほぼバイトの穴埋め要請なのも承知していた。

結果的に、自分がそれを無視した形になってしまったことも。

「今日中に、レポートの資料探しと考察とノート追記すませて、あと試験勉強する予定……う、何でスマホ出しとかなかったんだろ、おれ」

昨日の夜番つまり日付が変わる頃から朝までのシフトに、急に穴が空いたらしいのだ。

蒼天のシフトは昼番のみで、だから本来なら代理要請は来ない。けれど昨夜は叔母が不在で、それならと真っ先に連絡してきた。にもかかわらず――

（おまえが電話に出なかったせいで、オレは大事な会合を抜けるしかなくなったんだが？）

不機嫌と落胆が同じくらい滲《にじ》んだ声音を思い出して、ひどく申し訳ない気分になる。とはいえ明け方近くまで続いた雨の中、真夜中に病人を放って行けたかと言えばこれまたいろんな意味で難しかったに違いなく。

「……ちょっとだけ昼寝、は時間的に無理かな」

頭の中で昼までの予定を組み替えながら、図書館のロビーへと引き返す。待ち合いめいたその空間で雑談中の学生グループの中には蒼天が知る顔もちらほらあって、けれどいっさい声はかからない。

いつものことで、もっと言うなら昔からそうだ。気にしても仕方がないし、どうなるものでもない。よくわかっているのに今日に限って変に意識するのは、きっと昨夜ほとんど寝ていないからだ。

うっすら重い頭をぐりぐりと拳《こぶし》で押さえてから目をやった腕時計は、午前十時を三十分ほど過ぎている。

朝一番の試験を終えた蒼天が図書館にいるのは、待ち合わせがあったからだ。自主休講した時のノートを借りる予定で、このロビーで待っていたところに根岸からの着信が入った。

約束の時刻から二十分以上過ぎているが、待ち合わせ相手——友人の浜本《はまもと》からは何の連絡もない。昨夜メールが来ていたものの、そちらは今日が提出期限のレポートのことだった。

「もしかして、おれとの約束、忘れてる……？」

過去にも実際あったことだけに、可能性は高い。だからといって、こちらから連絡するのも躊躇われる。

「あっちもこっちもおれの都合、だし。でも、」

短く息を吐いて、蒼天は人が少ない閲覧室に近い壁際に立つ。ことんと背中で凭《もた》れながら思い出すのは、今朝別れ際の「おにぎりさん」だ。

……できたての、塩だけのおかゆを美味《おい》しそうに食べたあの人は、服を借りて帰りたいという蒼天の要望を二つ返事で了承してくれた。台所の片付けを終えて「帰ります」と告げた時には慌ててベッドから降りようとしてふらついて、「まだ動かない方がいいです」と蒼天が言ったとたん、表情の薄い顔に不満の色を浮かべた。

（一晩の看病の上に食事まで作ってもらったんだから、せめて見送りくらい）

（いらないです。ていうより、玄関まで出て来られたら気になって帰れなくなります）

あえて強く固辞したら、渋々頷いて、申し訳なさそうに笑ってくれた。

（本当にありがとう。すごく助かったよ。お礼はまた必ず、別の機会に）

コンビニで接してきた時も含め、あまり表情を動かさなかった人だ。なのにその時の笑みはとても柔らかくて、向けられたとたんに心臓が大きく跳ね上がった。首に耳に頬までがかあっと熱くなって、そんな自分に狼狽えてそそくさとあの家を出たのだ。

根岸からの着信に気づいたのはその直後、ナビを使うため荷物の中からスマートフォンを出した時だ。けれどそのあとはいったんの帰宅とシャワーにレポートの仕上げ印刷と慌ただしくて、メールで謝罪を送ったきりになっていた。

「そりゃ、根岸のおじさんも怒る、よね。……あれ、そういやあの家、玄関の鍵開けっ放し、かも。それに結局、あの人の名前も聞いてない……」

あっちもこっちも中途半端だと自分に呆れた時、横合いから知った声がした。

「お、ソラだ。なあ、おまえ今日期限の宮田《みやた》先生のレポート、もう仕上げてるよな?」

大股に近づいてきたのは、約束の友人——浜本だ。いつもの如《ごと》く、背後に数人の友人を引き連れている。

「お、はよう。レポートならもう出した、けど」

件《くだん》のレポートの提出は学内でも珍しく、ペーパーでの提出が条件付けられている。なので忘れないようにと、朝のうちに学生課に提出済みだ。

「は? 何だソレ、オレに断りもなく何勝手やっちゃってんの?」

「こと、わりって……だって、今日が提出日だし」

「昨夜メールしただろ。何勝手やらかしてんだよ気が利かないにもほどがあるだろ」

心底呆れた顔で言われて、蒼天は正直反応に困る。

「で、も昨夜のメールって、進捗状況を訊いてただけ、で」

「わざわざそれやる時点で見せろってことだと思うもんだろ。しょうがないな、今すぐ行って返却してもらって来いよ。段取り悪かったのおまえだしデータもそっちのパソコンの中なんだし、表紙の名前と学籍番号オレのに差し替えて提出よろしく。そのくらいなら、いくらトロいおまえでも今日中にできるだろ」

言うなり、ぺらりと付箋《ふせん》を押しつけられる。そこに書いてあったのは、浜本のフルネームと学籍番号だ。

「……丸写しはペナルティつくよ。おれ、前にそれで堂元《どうもと》先生から呼び出されて」

「おまえの提出が期限遅れな上に下手やったからだろ。こっちは何のお咎めもなかったし？」

平然と口の端を上げた浜本の背後でさざめくような笑いが起こるのが、スクリーンの向こうの光景のように見えた。

「で、もそれはそっちがおれのレポートをそのまま提出したから、で」

提出日当日に図書館で見直しをしていた時に横から覗かれ、「ちょっと貸せ」の一言でパソコンの前から押しのけられたのだ。ようやく返してもらった時には仕上げたはずのレポートのデータがメモリ上から丸々消されていて、自分の目を疑った。辛うじてどういうことかと訊いてみたら堂々と、「は？　何だそれオレがやった証拠でもある？」と言い返された。

ＵＳＢメモリに残っていたデータは最終修正前のもので、添付書類も一部はパソコンにしか保存しておらず――データはどうにか修正したものの資料は集めきらないまま提出するしかなかった。

その三日後に、件の担当講師に呼び出されたのだ。出向いた教官室で「他人のレポートの丸写し」を咎められ、「添付資料まで同じ、ただし蒼天の方が足りていない」と叱責されて、ようやく浜本が何をしたのかを知った。

「丸写しが厭《いや》ならソラの名前で出すヤツ新しく書けば。おまえ友達いないしお勉強以外することないだろ」

「そ、……おれ今日も午後はバイトで、昨夜はほとんど寝てなくて……それに他にもレポートや試験勉強が」

「それ、オレには関係ないし。ってか、そこまで忙しいんならおまえのパソコン寄越せばオレ、自分でやるけどー？」

それは、と返事に詰まった蒼天を面白そうに眺めて、浜本は笑う。

「丸写しで提出して、オレに盗まれたーとか騒いでみる？　どうせ疑われるのは前科者のおまえの方だし、オレは別に構わないけどー？　こいつらがオレの方がオリジナルだって証人になってくれるしさ。そん時、おまえの味方になってくれるヤツがいればいいなあ？」

「ちょ、そんなんいないの知ってて言うとか、ハマくん極悪でステキー」

絶句した蒼天を揶揄《やゆ》するように、浜本の友人たちがどっと笑う。

「あれ、そうなると案外そいつ便利なん？　鬱陶しいだけだと思ってたけどさ」

「オレ友達になってやるからさあ、追加でもう一本レポート書く気ない？　とーぜん宮田先生の、今日締め切りのヤツ」

「何言ってんだよ、おまえらこいつに何もしてやってねえじゃん」

鷹揚《おうよう》な素振りで聞いていた浜本が、わざとのように顔を顰《しか》める。それへ、囃《はや》すような声が返った。

「ハマがしてやってることって出席票の確保と代返頼むのと、あと何だっけ」

「新しくレポートの代筆と、グループ研究の原案作りと資料集め？　を全面的にお任せしてたよなー。責任者権限で」

「あとは適当にイジってやればいいんだっけ。だったらオレも喜んでやるけどー？」

「イジるんじゃなく、ちゃんとトモダチ扱いしてやってんじゃん。だからコイツもオレの頼み断らないんだろ。まあ、オレとしては博也《ひろや》に言われて仕方なく、だけどさ」

聞き慣れた名前にぴくりと肩が動いた蒼天に気づいたのかどうか、浜本の背後にいたひとりが意外そうな声を上げる。

「博也ってハマの高校ん時の友達？　今度の旅行メンバーの」

「そういやソラくんも同じ高校とか……ってまさか、こんな根暗が博也の友達とか言う？」

「幼馴染みの親友だってさ。小中と一緒で高校は博也追っかけてこいつも受験したっていうけど、そんなんただの腐れ縁だよなあ。ずっと安定のぼっちで誰にも相手にされないんで、博也が面倒見てやってたんだと。まさかの大学が別になったんで、オレに代理で面倒見てやってくれってことで」

「それ、いい加減鬱陶しすぎてハマに押しつけたの間違いじゃねえの」

「おま、そんなあり得そうなこと言うなって。ソラが傷つくだろー？」

そう言う浜本の顔が心底楽しげで、蒼天は思わず俯く。その頭上に、笑いを含んだ声が落ちてきた。

「そういやおまえ知ってる？　宮田先生と堂元先生、プライベートでも仲がいいらしいぞ。前科者の話も伝わってると思った方がいいんじゃねえ？」

「……わかった。今日中に差し替えて提出しておく……」

こういう物言いをした時の浜本に、何を言っても無駄だ。それに、最後の台詞《せりふ》がただの脅しですむとは限らない。

「あの、それで山科《やましな》先生のノートだけど」

「オレのレポートのが先だろ。じゃあよろしく～ってことで、やっぱりソラくんてやっさしいよなあ、さっすが博也のおっともだちぃ」

けらけら笑って閲覧室へと向かう浜本たちの話題は、早くも夏休みの予定一色だ。

立ち尽くしたままそれを見送って、蒼天は小さく息を吐く。

——宮田センセのレポート、どこまでやった？

昨日の浜本からのメールはその一文だ。それを「見せろ」だとか、ましてや「代筆しろ」に変換するのは——

「博也だったら言う、かな」

今年の春に初めて学校が別れた幼馴染み兼親友は甘え上手のちゃっかり者で、いっそ感動するほど要領がいい。どうして蒼天とのつきあいを続けているのかわからない、くらいに。

浜本は、正確には博也の友人なのだ。蒼天とはあくまで「博也を通じての顔見知り」でしかなかった。

（ハマに、てんてんのこと頼んどいたから）

この大学の合格発表の後、ひとりだけ不合格だった博也から告げられた言葉を思い出す。

（だっててんてん、放っとくと絶対またぼっちで虐《いじ》められるじゃん？　あいつに気にかけてもらったら、大学生活もかなりマシになると思うんだよね）

果たして浜本を「友達」と言っていいのか。疑問を覚えるものの今の蒼天は学内でも孤立気味で、他に声をかけてくる者はほとんどいない。浜本に見放された時点で、グループ研究やグループディスカッションに参加できないのは確定と言っていい。

実を言えば入学してしばらくの間は「友人」らしき相手がいた。けれどそれは「いつものように」長くは続かなく、て――

奥歯を噛み思考を振り切って、蒼天はのろのろと閲覧室へと向かう。しんとした室内の、林立する書架の間を進んで目的の棚を目指した。

ある意味幸いなことに、今日提出のレポートにはもうひとつ切り口がある。

講義中の講師の一言が妙に残って、いろいろ調べたことがあるのだ。当初はそれでレポートをまとめるつもりで下書きも八割はできているし、資料の大半もここに所蔵されていた。出来としては不十分になるだろうが、未提出よりよほどマシだ。

急いだせいで早足になって、その分周囲が見えていなかった。棚の前に辿りつくなり目的のタイトルに伸ばした手が、他の誰かのそれとぶつかる。

「あ、すみま……えと、あのどうぞ？」

「どうぞって、おまえもこれ探してたんじゃないのか」

すぐさま手も足も退いた蒼天とは対照的にその場に立ったまま、久しぶりに話す相手――樋口《ひぐち》は目の色を濃くする。

「いい、よ。それ、公立図書館にもあった、から」

「昼までにレポート一本仕上げて提出するんだろ。そこまで行く暇あんのかよ」

「え、」

「俺は別の資料にも心当たりあるし。今日は一日空いてるから、それこそ午後に公立図書館に行ったっていい」

言葉とともに、蒼天の手に本を押しつけてきた。反射的に受け取った蒼天を、まっすぐに見下ろして言う。

「数時間でレポート一本仕上げるとか。普通あり得ないけどな」

どうしてそれを、樋口が知っているのか。浮かんだ疑問を口に出せないまま強い視線に狼狽えて、蒼天は手の中の本に目を落とす。

「あの、……ありが、」

「どうでもいいけどおまえ、自分の時間くらい自分で確保すれば？　人の言いなりでどんな理不尽《りふじん》でも無理難題でもへらへら笑って引き受けるとか、ただの馬鹿だろ。まあ、どうしてもそうしたいって言うなら勝手だけどさ」

素っ気なく言い捨てて踵を返した背中を、声もなく見送った。その横合いから、露骨に揶揄するような声がかかる。

「さっすが樋口ってか、厭味《いやみ》なヤツう。入学当初はあんだけべったりの仲良しこよしだったのに、何やらかせばあそこまで嫌われるのか参考までに教えてくんない？」

ぎくりと目をやると、いつの間にか近くに浜本がいた。書架に肘をついてにやにや笑うその背後には、ご丁寧にも友人たちまで揃っている。

「いくら生粋の嫌われ者だって、あり得なさすぎて謎なんだよなあ。ま、樋口は樋口で協調性の欠片《かけら》もないスカしたヤツだけどさ」

切り口上で終わって黙るのは、返事を待っているからだ。そしてこうなった時の浜本は、蒼天が何か言わない限り執拗に同じ問いを繰り返す。

「た、ぶん。言動に、気に入らないところがある、んじゃない、かな」

「言動？　存在自体の間違いじゃね？　ところで旅行の件だけどさ、オレもう二箇所行きたいとこあるんだけど追加でいいよな？」

放り捨てるような口調で蒼天に言って、浜本は後半で友人たちに向き直る。いかにも楽しげな様子に、くすくすと笑う声が返った。

「いいけどハマ、いきなり話が変わりすぎぃ。ソラくん、そこで固まってんじゃん」

「レポート代筆してくれる大事なオトモダチなんだし、放っとくのはカワイソウじゃね？」

「だからわざわざ声かけてやってんじゃん。あー、でもいい加減面倒すぎだし博也にもうやめたって言うかなあ。けどアイツ、厄介なてんてんがいなくなったーってすんごい楽しくやってるし即答で断られそうなんだよな」

「は？　何そのてんてんって」

「博也限定の、ソラの渾名。言っとくけど、博也の前で使うと激怒されるから要注意な。――そんで、てんてんは最近博也と会って貰えてんの？」

まさかの流れで話を振られて、蒼天はどうにか声を押し出す。

「せ、んしゅう会った、よ。バイト先まで来て、くれて」

「あんなシケたコンビニじゃなく自分ちに呼び出しゃいいのにって、それやるとおまえんちのオバハンに怒鳴り込まれて面倒なんだっけか。ホント、おまえって厄介者だよなあ」

「ちょ、ハマそこまで言うのはカワイソウだって。それより旅行だけど、博也も参加だろ？トモダチのよしみでソラくんも誘ってやれば？」

割って入った声に、浜本がうんざり顔をする。聞こえよがしのため息をついて言った。

「せっかくの旅行にこんなのが一緒とか最悪だろ。それ以前にこいつ、バイト三昧《ざんまい》のくせに金欠だぞ。下手に誘ったら集《たか》られるって」

「そこはまあ特別枠ってことで、ソラくん夏休み一緒に旅行しない？　三泊四日で十万ぽっちの格安ー」

言いながらひょいと覗き込んできた顔も声も、揶揄一色だ。困惑し瞬いて、蒼天は首を横に振る。

「誘ってくれたのは嬉しい、けど……予算的に無理、かな」

「そっかーザンネン。こっちもそれ以上のボランティアは無理かなー？」

「ちょ、その予算オレらの倍だしっ」

「倍の倍出して、荷物持ちと使いっ走りしても足りないんじゃね？」

どっと笑いが出たタイミングで、鋭い声がかかった。

とたんに顔を顰めた彼らが、顔を出した司書に「でもー」と反論する。「きっかけはコイツが」「だってソラくんがぁ」などと口にするのへ、司書の男性は露骨に眉根を寄せた。

「あいにくこちらにはおまえらの声しか聞こえなかったが？」

「うっわ、何この司書。贔屓《ひいき》？」

「あー、たまーにコイツのゴマすりにやられる馬鹿いんだよな……」

「何か言ったか」

ぼそりとした会話まで鋭く咎められた浜本たちが、いかにも仕方なさそうに謝りを口にする。じろりと蒼天を睨んでから、そそくさと離れていった。仁王立ちでそれを見送って、司書はおもむろに蒼天を見る。

「何か困りごとでも？」

「いえ、すみません。その、お騒がせ、して」

「きみが騒いだわけじゃないだろう。……資料探しなら手伝うが」

「ありがとうございます、でもへいき、です。その、前に教えていただいて、場所も覚えてます、ので」

趣味といえば読書しか浮かばない蒼天はこの図書館の常連で、司書のほぼ全員と顔見知りなのだ。

重ねて礼を言った蒼天に「何かあれば遠慮なく言うように」と念押しして、司書の男性は離れていく。それを見送り、頭を振って思考を切り替えた。

あと二冊、ここの書架に資料があったはずだ。とにかく急ごうと、抱える本を持ち直した。

5

「あれ？　遠藤くんだっけ、レポートの修正もう終わったの？　これ二部あるけど、提出は一部でいいのよ」

構内のコンビニエンスストアで印刷したものと、表紙だけを差し替えたレポートを揃えて提出した蒼天に、学生課の女性スタッフは怪訝そうにした。

今朝から三度目の顔合わせで、すっかり覚えられてしまったらしい。落ち着かない気分で、蒼天はどうにか声を絞る。

「え、と……おれのレポートはこっち、で。こちらは友達のです。その、代理で出しておくよう頼まれた、ので」

「そう、なの？　確かに名前が違うけど……？　確かに受理しました。お疲れさま」

二部のレポートを胡乱そうに見比べてから、スタッフが言う。その一方が浜本の名前になっているのを確かめて、蒼天はそそくさと学生課を出た。

「うわ、これお弁当食べてる時間ない、かも」

単純計算すれば多少のゆとりがあるが、物事にはイレギュラーがつきものだ。それに今日ばかりはわずかにも遅刻するわけにはいかない。

昼食は後回しに、飛び乗った自転車を走らせる。相変わらず晴れ渡った空のおかげか、路面上に昨日の豪雨の名残《なごり》はない。

残り半分の距離で、赤信号に引っかかって自転車を停める。ふと目についたのは、いつもの場所にあるお守り——残っていた留め具を駆使したものの、どうにも不格好になってしまったキーホルダーだ。

そういえば、「おにぎりさん」はちゃんと昼食を摂っただろうか。あの家の台所事情を思えば外に買いに行くしかない、のだが。

「……おれの弁当、持っていってみよう、かな。そのくらいの時間はありそう、だし」

おにぎり一個から察するに、あの人は「食べること」への関心が薄い。そういう人は、得てして「面倒だから」で食べずにすませてしまいがちだ。

「あの人が熱出したのも、寝込んだのもおれのせいだし。一食抜くくらいおれはどうってことないし、……留守だったり断られたりしたらその時、ってことで」

今朝にも通った道だけあってナビを使うまでもなく、じき見覚えた家の前に辿り着く。門の内側に自転車を停め、保冷袋を手に玄関先に行き、インターホンを押そうとして、

「……や、でもめいわく、かも」

今さらの気後れに、ボタンに触れた指を引っ込めた。何となく後じさり、やっぱり帰ろうと踵を返しかけた時、狙ったように目の前の引き戸が開く。

「あれ、きみ……今朝の、」

ひょいと目の前に現れたのは、色つき眼鏡に長めの前髪で目元を隠した「おにぎりさん」だ。少し声のトーンが高いのは、たぶん驚いたからなのだろう。

「どうしたの、何か忘れ物？　服だったら急がなくていいって言ったよね」

「……これからお出かけ、ですか？　その、まだ顔色悪いし具合もよくない、んじゃあ」

あの綺麗なヘーゼルの瞳が見えないし、表情だって隠れている。半袖シャツにチノパンという服装は今の時期に相応《ふさわ》しく、立ち姿もすっきりまっすぐで――なのに、蒼天には無理をしているようにしか見えない。

「あー……まあね、でもさすがに何か食べないと、……？」

苦笑した「おにぎりさん」がふと視線を落とす。つられて目をやった先は自身が握る保冷袋で、慌てた拍子に勝手に声が出た。

「あ、のこれ失礼でなければその、どうぞっ」

うわずった声とともに突き出した保冷袋をまじまじと眺める彼に、思考が回らないまま続ける。

「昨夜さんざん迷惑おかけしましたし、ずいぶん助けてもらったしお礼とか言うのはおこがましいんですけど、その気持ちだけっていうか」

「ええと、……でもこれきみのお弁当じゃないの、かな」

少し困ったように言われて「バレた」と思った。とたんに顔が熱くなって、蒼天はわたわたと保冷袋を引っ込める。

「す、みませ、あのかえってしつれい、を」

面識があったとはいえ、個人的な意味では「お互い昨日が初対面」だ。そんな相手から、どう見ても市販品じゃない品を差し出されたところで受け取れるわけがない。

差し入れたいなら、どこかで買ってくるべきだったのだ。思い至らなかった自分に呆れていたら、すっと伸びてきた手にその端っこを摑まれた。予想外のことに「え」となったところで、少し緊張したような声がする。

「僕がこれを貰ったとして、きみのお昼はどうなるの」

「おれ、はこれからバイトで、食べる暇がない、です。この時期に夕方まで置いた弁当を食べるのはあれなので、処分するしか……でもお昼に食べる分にはちゃんと中に保冷剤も入ってるし大丈夫だと思って、でもおれの手作りなんでそんなのいきなり持ってきても迷惑――」

「これ作ったの、きみなんだ？」

「は、い。あの母親が亡くなった小学生の頃からうちのごはん作ってて、今も叔母さんのと二人分……その、いつも作ってるけど特に何も問題は」

「昼に食べなかったら捨てるって、本気？」

「えと、はい。その、もったいないとは思います、けど」

慎重に問いを重ねる間も、保冷袋は引っ張られたままだ。状況についていけずどうにか答えた蒼天に、「おにぎりさん」は「そうなんだ」と重々しく頷いて言う。

「いくら払ったらいいかな？」

「へ、」

予想外の言葉に顔を上げた先、ヘーゼルの瞳にぶつかって驚く。いつの間に眼鏡を外したんだろうと余所事を考えた蒼天を、首を傾げて見下ろしてきた。

「昨夜のお世話に今朝にはおかゆで、片付けも全部してもらったよね。そこにお弁当となると、そうだなあ」

続いて彼が口にした金額のあり得なさに、目だけでなく口までもがぽっかり開いた。

「少ないかな。相場ってどのくらいか知ってる？」

「いやあの逆ですっていうか迷惑かけたのはこっちです、し。看病っていうほどのことはできてないしおかゆだって材料も台所もこの家のものですし。むしろお客さん相手にお風呂やタオルや服まで借りて、無断で泊まった上に家の中勝手に歩き回ったりして」

「なるほど、そうなるんだ」

かすかに笑って、「おにぎりさん」は目を伏せる。一拍ののち、ひとつ頷いて蒼天を見た。

「これからバイトってことは、今は急いでて時間がない？」

「そう、で――っうわ！　ごめんなさいおれもう行かないとっ」

咄嗟に目をやった腕時計の時刻に、泡を食って一歩下がっていた。そのどさくさで、「あれ」と思った時にはもう保冷袋は「おにぎりさん」の腕に収まっている。

「それで、このお弁当は貰ってもいいかな？　白状すると、まだ外出はキツくてね」

「も、ちろんです、でもあの口に合わないようなら無理せず捨ててもらっていいのでっ、あとお弁当箱は今日のバイト上がりに取りに来るので玄関の前にでも置いておいてもらったら」

「待ってるから、その時はインターホン押してくれる？　……ええと、確かここに」

空いた手でポケットを探った「おにぎりさん」に小さな紙片を差し出されて、反射的に受け取っていた。

「え、あのこれ」

「僕の名刺。裏に個人の連絡先があるから。……これからあのコンビニに行って、きみに渡そうと思ってた」

「は、ぇ。あの、でも」

「昨夜と今朝と、今の分のお礼をする前提ってことで、持っておいて。急いでるのに引き留めてごめんね。わざわざ来てくれてありがとう、本当に助かったよ」

基本的に表情が薄い人が、ふと浮かべる笑みはかなりのインパクトだ。容貌が整っていればなおさらで、蒼天は言葉もなく「いやあのええと」と繰り返す。

「時間大丈夫かな。もう行った方がよくない？」

「ぇ、あ、はい。じゃあ」

「気をつけて。また夕方にね」

結局、まともな挨拶も思いつかないまま自転車に飛び乗って門を出た。

またしても名乗り忘れたと気がついたのは、定刻一分前に滑り込んだバックヤードでお仕着せを羽織ったその直後のことだった。


「じゃあ夕方まで頼むぞ。ああ、今日はオレはもう来ないから」

「は、い。その、いろいろすみません……」

「あとおまえ、たまには友達を連れてくるとかして売り上げにも貢献してくれよ？」

微妙な顔で付け加えた店長——根岸が店を出ていくのを見届けて、蒼天はこっそり息を吐いた。

定刻ジャストに店に出た蒼天に渋い顔を見せた根岸は、これから大事な会合に出るのだぞうだ。何でも店の将来を左右しかねない内容なのだとか。

この店の収益が微妙なのは根岸から聞いたことがあるし、それが「ミスが多発接客最低のバイトのせい」だとはたびたび社員から言われている。だからレジのマイナス分をバイト料から引かれるのに文句を言ったことはないし、シフトの穴埋めには無理してでも応じるようにしている、のだが。

「大学構内に売店あるし、門出てすぐにコンビニがあるのに、……わざわざこんな遠くまで買い物に来るとか、」

（いくら何でも遠すぎないか、ここ）

ふいに脳裏によみがえったのは、樋口の顔だ。まだ「友達」になったばかりだった四月の半ば、いつもの表情が読めない顔でいきなりやってきて、わざわざ蒼天が立つレジに商品を入れたカゴを載せるなりそう言った――。

軽く頭を振って、弁当売り場へと出向く。棚の上、穴あき状態で偏った陳列をバランスよく直しながら、ふと「おにぎりさん」を思い出した。

「お弁当、口に合ったかなあ……できれば嫌いなものがなければいい、んだけど」

「ちょっとそこのバイト、とっとと来いよ！　これおまえの仕事だろっ」

「すぐ、行きますっ」

背後からかかった鋭い声は、去年の冬に入った社員のものだ。初対面から蒼天を目の敵《かたき》にしていたと思ったら、今は客の前でも嫌う態度を隠そうともしない。慌てて駆けつけた先では高校生らしい女の子が落ち着かない様子でいて、その対応と処理を丸投げされた。

ライブチケットを、購入したいのだそうだ。初めてのことでどうすればいいかわからず相談したら、即アレだったらしい。

滅多にないこととはいえマニュアルは置いてあるし、丸投げが毎度なのでやり方は覚えている。わかりやすく説明し手順に従って操作を進めると、さほど時間もかからず終えることができた。

安堵したふうにお礼を言って帰っていく女の子を見送って、ほっとした。そのタイミングで、間延びした声に名を呼ばれる。

「てんてんはっけーん。……なあそれでネギシのおっさん、いる？」

「博也？　え、そっちもまだ試験期間中じゃあ？　えと、店長なら今日はもう来ない、けど」

入り口から顔を覗かせていた親友――中西《なかにし》博也が嬉しそうに笑う。弾んだ足取りでレジカウンターの前にやってくると、肘をついて蒼天を見つめてきた。

「そうだけどあと三科目で終わりだしぃ。いい加減ダルいしひとりでやっても楽しくないじゃん？　みんなで勉強会しようってことになってさあ、買い出しに来てみた」

「ヒロさあ、結局飲み物は何がいいんだよ。あと夕飯の弁当と菓子も！」

「え、さっき言ってたじゃん。弁当はにくにくで、菓子はそんなに甘くないヤツ。そんでデザートはプリンだっけ？」

「何だその好み不明なラインナップ」

言葉を途中で遮られた博也が、唇を尖らせる。拗《す》ね顔で振り返った先、入り口から入ってきた数人を眺めて言う。

「ちょ、おまえらブスイだから。オレは今、大親友のてんてんと話してるの！　あとオレの希望は今言った通りなんで、あとはおまえらが好きにすれば」

「え、マジで好きに選んでいいんだ？」

「うわらっきーヒロくん太っ腹っ」

口々に言ったかと思うと、博也の連れらしい数人はあっという間に店内に散って行った。それを眺めて、蒼天は不吉な予感に襲われてしまう。

「てんてん聞いてよー。オレすんごい頑張って勉強したのに全然手応えなくてさあ、だいたい何であんなに範囲が広いの？　おまけにレポート山盛りとかあり得ないんだけどー」

「あー……ごめん、大学違うし、そのへんはおれにはどうとも」

博也が在籍するのは、ここからだと自転車でも一時間以上かかる私立大学だ。自宅から電車を使っているから、博也の通学時間は三十分ほどだろうか。

「だーからオレ、てんてんと同じ大学がよかったのにさぁ。なあ、今からウチに入り直すとかしない？」

「ちょっと無理かな。そもそも、来年受験したら博也より学年下になるし。それはそうと博也、おれ今バイト中だから、」

「何それ冷たい。てんてんいなくて、オレ寂しいのにー。なあ、せめてバイト先変えようよー。コンビニだったらオレんちか、うちの大学の近くにもあるじゃん？」

泣き真似つきの物言いに、蒼天はつい安堵する。こんなことを言ってくれるのも、博也の中にちゃんと蒼天の存在があるからだ。正直に言えば蒼天だって、浜本よりも博也と同じ大学に行きたかった。

……三年前に父親が逝くまで、蒼天と博也は歩いて数分のご近所住まいだったのだ。互いの家で遊ぶのも泊まるのもしょっちゅうだった。

だからこそ、博也は根岸とも面識があるのだが、これまた壊滅的に相性がよくないらしい。

「何もさあ、ネギシのおっさんの店でバイトしなくてもよくない？　オレがあのおっさん嫌いなの、てんてんだって知ってるよね？」

「何だかんだよくしてもらってるから、それはちょっと。あと博也んちの近くも大学も、バイトには遠すぎるかな。おれ自転車だし、門限もあるから。あとごめん、さすがにもう、」

「だったらたまには一緒に遊ぼうよー。ここのバイトが終わってからでいいからさあ」

カウンター越し、腕を掴まれてゆさゆさと揺さぶられた。博也らしい子どもっぽいやり方に、蒼天は困惑しながらもつい笑ってしまう。

「おれも試験中だから、無理」

「だったら一緒に試験勉強っ」

「大学違うから意味ないかな。あとおれ門限あるからバイト終わったらすぐ帰らないとだし」

「てんてん、その言い方はヒドくない？」

じと、と上目に睨む博也は、どことなく猫を連想させる。そのせいか、どうにも憎めない。

「いいこと考えた。オバハンには大学の友達んとこに行くって言えばいいじゃん？　泊まり込みで試験勉強するって言えば文句も出ないだろうし、途中からゲーム大会になるのはお約束ってことでー」

「おれ、ゲームはよくわからないから。で、博也悪いけど、本当にもう、」

「え、てんてんまだゲーム禁止されてんのっ？　もう二年も経つのにー？　うっわ、何ソレしつっこいオバハンー」

心底厭そうな声音に、慌てて訂正した。

「だから禁止はされてないって。おれどっちかっていうと本読む方が好きだから、それと博也そういう話だったらまた今度、」

「そうやっていい子ちゃんしてるから、大学に入ってまで小遣いナシでバイト禁止で、家事まで全部押しつけられてんじゃん？　仕事だなんだってでっかい顔してるけど言い訳に決まってるし、なのにマンション買ってたりすんのって、てんてんのオヤジさんのイサン全取りしたからだって。男出入りが激しいからてんてんも相当キツいだろうって……あれ、だったらてんてん、夜中に抜け出すの簡単なんじゃね？　自転車だったら時間関係ないしー」

「いろいろ制限あるのは自業自得だし、仕方ないよ。あと、前から言ってるけど男の人の出入りとか全然ないから」

「中身がアレすぎて男に逃げられてるってことじゃん。てんてん、食われないように気をつけなよー？　毛嫌いしてる甥《おい》っ子を寮にぶち込まずに同居させる時点でアヤシイんだからさ」

「博也、」

「自由に買い物もできない遊びにも行けないとか普通じゃないし。このまんま言いなりになってたら、てんてん大学卒業して就職してもあのオバハンのいいように使われちゃうよ？」

妙に真面目《まじめ》な顔で言われて、蒼天は本格的に返事に詰まる。と、博也はふいに首を竦《すく》めた。

「って、てんてんに言っても困らせるだけかあ。あ、でも家出したくなったらいつでも言ってよ。もちろん手伝うしっ」

「……うん。ありがとう。でさ、博也、おれまだバイト中でこれ以上は本当に無理で、」

曖昧に笑いながら、この話が終わったことに安堵する……のは、少しばかり早かったらしい。もう離れていくだろうと思った博也が、「なあなあ」とカウンターに身を乗り出してきた。

「今夜のゲーム大会は諦めたけど、夏の旅行は？　やっぱ無理？」

「え、」

「昼前にハマから連絡来てさあ、せっかく誘ってやったのにてんてんから即答で断られたって。あー、でも考えてみたら無理かあ。てんてん、ミス多くてバイト料満額じゃないんだよね？　だったら資金の方がー」

「そう、だけど。メンバーも知らない人ばかり、だし。それに外泊はちょっと」

苦い気分で笑った蒼天に、博也はきょとんと目を丸くする。

「え、ハマの友達だろ？　気のいいヤツしかいないじゃん。オレの友達、今一緒に来たヤツらだけどあいつらともよく遊ぶし。旅行ももちろん一緒だし？　なあてんてん、本当は行きたいんだったらオレが何とかするよ？　ほらてんてんって料理できるし、何ならキャンプとかに変更すればてんてんがいて助かるの全員にわかるしー」

「――……気持ちは嬉しいけど、やっぱり無理かな」

「えええええぇ、やっぱりぃ……？」

へたりとカウンターに突っ伏す博也に、何とも言えない気分になった。

博也と浜本は、友達だ。そしてふたりにとっては互いの友達も、簡単に友達になれる相手なのだろう。

でも、蒼天にとって「友達」と言えるのは博也だけだ。浜本たちはもちろん今店内にいる博也の連れだってせいぜい「ただの顔見知り」でしかなく、何より彼らの誰ひとりからも蒼天はまともに相手にされたことがない。

誰からも好かれてすぐ仲良くなれる博也には、きっとそれがわからない。自分の友達同士だったらすぐにでも友達になれると、単純にそう思っている。

自分の友達なら蒼天のことも「友達」扱いするはずだと、ごく素直に信じている——。

「ヒロー、買い物決まったぞ」

「なあ、早いとこおまえんち行こうぜ。ゲームの続きぃ」

不意打ちでかかった複数の声とともに、蒼天の前にどんと山盛りのカゴが置かれる。カウンター向こうで自慢げなにやにや笑いをする「友人」たちを前に、博也は目を丸くした。

「うっわ、こんなにいるぅ？」

「いやだって徹夜予定だしー？」

「これでも遠慮したんだって、なあ？」

「じゃあなーてんてんクン、いつも通りよろしくぅ」

口々に飛ぶ声の、最後の物言いにぎょっと瞠目《どうもく》した。そんな蒼天をよそに、博也はいつものにこにこ顔で彼らに手を振ってみせる。

「わかったー車で待っててー……ってててんてん、これいつも通り支払いよろしくー」

「え、ちょ、いつも通り、って」

「先週言ったじゃん、オレ今自動車学校行ってるしバイトも減らしてて金欠なんだって。だから立て替え。免許取れたらもちろん最優先でてんてんの運転手してどこでも連れてくし、金が入ったらすぐ返すから、いいよね？　おねがいっ」

顔の前で両手を合わせた博也が首を傾げる仕草に、背中を冷や汗が流れた。

「や、でもあいにくおれにも持ち合わせ、が」

「えー……駄目なん？　でもてんてん、ここに友達呼んで買い物させろってネギシのおっさんに言われてんだよね？　誰も来ないから肩身が狭いって言ってたよね。だからオレ、わざわざ友達に車出して貰ってまでここに来たのに？」

「博也、でもこの量は」

「こんな遠くまでわざわざ買いに来たのに手ぶらで帰れとか言うんだ？　てんてんヒドい、実はオレのこと嫌いでわざと言ってたりする……？」

今にも泣き出しそうな顔で言われて、蒼天は返事に詰まった。それをじっと見つめて、博也はぽそぽそと続ける。

「今回だけって、言っても駄目かな。ちゃんと今までの分も返す、からさ……」

「――……本当に、今回で終わりだからな？」

何度も躊躇したあげく頷いてしまったのは、棚の間からこちらを睨む社員が目に入ったことと――何のかんの言ったところで博也には勝てないせいだ。どこにいても嫌われ者の蒼天にここまで関わってくるのも、わざわざ気にかけて会いに来てくれるのも博也だけで、だったら折れる以外の選択肢はない。

短く息を吐いて、蒼天はジーンズのポケットを探る。「絶対、使わない」前提で念のため奥に仕込んでいる万札を取り出し、カゴの中身を精算した。山盛りのそれが大きなレジ袋ふたつに収まる頃には、博也は見慣れた人懐こい笑みでこちらを見ている。

「ありがとてんてん、大好きっ」

「……本当に最後だからな？」

「わかってるって、でもてんてんだってズルいよー？　ちゃんとお金持ってんのに出し惜しみするとかさあ。……そだてんてん、大学で変なのに絡《から》まれてるってハマから聞いたけど大丈夫？　確か、ヒグチとかいうヤツ」

「え」

「てんてんのこと嫌ってるらしいけど、だったら近寄らなきゃいいのにわざわざ寄ってくるとか最低。何だったらオレが釘《くぎ》刺しに行くよー？」

「いや、いいよ。もう関わることもないと思う、し」

返事が慌て気味になったのは、かつてその通りのことを博也がやらかしたことがあるからだ。蒼天が知った時には完全に事が拗《こじ》れて、結局卒業するまで「蒼天本人が」恨まれることとなった。

「そうなん？　けど無理はすんなよ、オレがついてるからなっ」

ひとり気勢を上げる博也の左手、待ちくたびれたらしい連れが入り口から入ってくる。「早く早く」と急《せ》かしてレジ袋を抱えた。

「急げってみんな待ってるからさあ」

「ごめんすぐ行く、てんてんはまたなバイト頑張れー」

去り際の言葉は背中越しのもので、それきり振り返りもせずに博也は店を出ていく。思いつきで行動するところが多い博也は訪《おとな》いも唐突なら去るのもいきなりで、それだっていつものことだ。

なのに、——自分でも驚くくらい深い穴が、ふいにぽっかりと胸に空いたような気がした。

三年前に蒼天が叔母のところに居を移してから、博也と接点は大幅に減った。物理的距離という意味もだが、高校生の時に博也と蒼天を巻き込んだ金銭トラブルがあったことが大きい。

例の小遣いなしもバイト禁止も門限も、パソコンやスマートフォンに自転車が借り物になったのも、全部そのトラブルの結果だ。それだけで大ダメージだったのに、加えて大きな制約がついた。

それまでたびたび泊まりに行っていた博也宅への出入りを、叔母が完全に禁じたのだ。加えて、博也がマンションに出入りすることも許さないと言われた。

(外で会って遊ぶ分には、どうこう言うつもりはないわ。けど、あの子たちとどう付き合うかはもう一度、ちゃんと考え直しなさい)

そうは言っても、「外で遊ぶ」には先立つものが不可欠だ。手持ちはあってもそう長く続くわけもなく、結果せっかく博也が誘ってくれても三度に二度は断るしかなくなった。

学校が同じならともかく、別の大学に進めば自然と会う機会は減る。人懐こい博也の周りに集まる人が多ければなおさら、蒼天の優先順位が下がっていくのは当然だ。

わかっていて、それでも気持ちは理屈じゃなくて、どうにも取り残された気がしてしまう。今だって、博也の家に行きたかったと——どうして自分だけ駄目なのかと、不満を持て余す自分がいる……。

「いい加減邪魔なんだけど。退《ど》けよ」

横合いからかかった尖った声音に、蒼天ははっと我に返った。見れば、遅番シフトのバイトがいかにも厭そうな、不機嫌な顔でこちらを睨んでいる。その肩越し、もうひとつのレジ前にいた同じく遅番は、蒼天と目が合うなり露骨に顔を背けてみせた。

「仕事もせずに友達と喋ってばっかりとか。アンタ何しにここに来てんの？」

「岡橋《おかはし》さん、さっき帰ったけど呆れてたよねえ。サボってばっかりのミス塗《まみ》れなのに、何で社員と同格なのかって」

「もしかして店長、コイツに脅されでもしてるんじゃないの？」

蒼天に向けられたのは最初の一言だけだが、今回ばかりは言われても仕方がない。気付かれないようそっとため息をついて、そそくさとバックヤードに戻った。

帰り支度しようとして、ジーンズのポケットがじゃらつくのに気づく。取り出した札と硬貨を財布に収めてから、愛用のリュックサックを背に店を出た。

「いつ返してくれる、かな……物入りなのは、わかるんだけど」

博也に代理支払いを頼まれるのは毎度のことだが、それがいつ返ってくるかはまちまちだ。詳細に言えば、大学に上がってからはまだ一度もない。

そして、蒼天の手持ちは大学に入ってから減る一方だ。

「緊急用、だったんだけど、なあ……」

あの一万円は、自転車がパンクしたとかいった「どうにもならない時限定」で、だからこそ昨日のあの状況でもあえて手をつけなかった、のだが。

ため息交じりにリュックサックを自転車のカゴに押し込む。キーホルダーを撫でてから、唐突に思い出して腕時計を見るなり、自分の目を疑った。

「う、そっ……っ」

信号をぶっちぎってでも帰らないと門限に間に合わない。そんな時刻に、なっていたのだ。

慌ただしく鍵を外して、自転車に跨《また》がる。一分一秒でも早くと、祈るような気持ちで蒼天は強くペダルを踏んだ。

6

間が悪い時は、とことん悪い。

ということはよく知っているつもりだったが、今回はいかにいっても悪すぎる。

「蒼天くん？　遅かったわね。……まあ、門限には辛うじて間に合ったようだけど」

いつものように帰り着いたマンションの、叔母と住む部屋の玄関ドアを開けようとしたのを見越していたように、内側から開く。そこから顔を出した叔母は、出勤の際のスーツではなく見覚えのある部屋着姿だ。

「あ、の……すみませ、」

完全に出遅れたと悟って、つい首が縮んだ。そんな蒼天をじっと見つめて、叔母は言う。

「それは何に対する謝罪なの？　門限には間に合ってるのに？」

「え、と。その、」

「まあいいわ、とりあえず入りなさい。ちょっと話があるの」

「は、い……」

頷いて、蒼天は玄関から中に入る。自室に寄るか一瞬悩んだものの、結局は先に立つ叔母についてリビングダイニングに入った。

三年前から蒼天が暮らすようになった叔母の家は、３ＬＤＫの分譲マンションだ。玄関横の一室を蒼天が使い、あとの二室は叔母の寝室と仕事部屋になっている。

ここのリビングダイニングに、蒼天は未《いま》だになじめない。ダイニングテーブルを使うのは食事の時だけだし、ソファセットに至ってはごく稀《まれ》に——大抵は叱責される時に叔母に促されて座るだけだ。

父方の叔母にあたる茅子と蒼天の関わりは、ごく薄い。幼い頃から会うことすら稀で、まともに言葉を交わしたのは三年前の父親の通夜の準備中だった、というくらいに。

そして、蒼天はこの叔母に好かれていない。「くん」付け呼びが示すように態度は一貫して他人行儀だし、日常的にもわかりやすく距離を置かれている。

引き取られて一年足らずで六桁《けた》ものの金銭的トラブルを起こしたことを思えば、放り出されずにいるだけで御の字だとは思う、けれども。

「今日帰ったら、洗面所にびしょ濡れでゴミ袋に入った蒼天くんの服が置いてあってね。それと一緒に蒼天くんには明らかに大きすぎるサイズの服も一式、そっちはデザインにも色にも見覚えがなかったんだけど？」

「……ぁ、」

頭の中が、真っ白になった。

二年前のあのトラブル以来、蒼天の買い物はほぼ全部が定期的に叔母に呼ばれてのネットショッピングになった。その時間がどうにも気詰まりで、半年ほど経った頃に自分から「全部、お任せします」と切り出したのだ。以降、必要なものはメモ書きで伝え、数日後に宅配便で受け取っている。

衣類についてはもっと大雑把《おおざっぱ》に、訊かれた時にサイズを伝えているだけだ。選ぶのは叔母だから、「蒼天以外の」服が紛れていたら一発でバレる。

「朝帰りで、その時にあのサイズ違いを着ていたと管理人さんから聞いたわ。どういうことなのか、説明してくれる？」

「それ、は……――」

完全にバレたとその場で固まった蒼天をしばらく眺めた後で、叔母は短く息を吐く。

「詳しい話は夕食の後にしましょうか。ひとまず今日はわたしが作るから、」

「あ、の待ってください、おれがやります、その、おれの役割、なのでっ」

それだけはと、必死で言い張った。渋々叔母が折れてくれたのに安堵して、蒼天はキッチンで冷蔵庫の中身を吟味《ぎんみ》する。包丁と俎《まないた》を使いながら、本気でやらかしたと暗澹《あんたん》とした。

「時間なくても、朝のうちにやっとけばよかった……」

鉄のフライパンを温めながら眺めたキッチンのカウンター越し、リビングのソファにいる叔母は仕事らしき書類を前に何やら書き込みをしている。

同居当初からずっとそうだが、あの叔母はほとんど感情を顔に出さない。けれど、「だから何も思っていない」とは限らないのだ。だって、二年前のあのトラブルでも表面上は「いつも通り」だった。

……当時蒼天が「自分のもの」として持っていたパソコンを、博也の友達が持ち出して売ったことが発覚したのが始まりだった。直後に届いた蒼天のスマートフォンの利用料が六桁に上っていた理由を調べてみれば、やはり博也の友達に「頼まれて、貸した」際に勝手にゲームアプリをダウンロードされ、課金で手に入れたアイテムをゲーム内で当人に送っていたという事実が判明した。

そのどちらもが、博也の家に泊まった夜に起きたのだ。パソコンは「適当に知らない相手に売った」とかで返って来ず、六桁を超えるスマホゲームの課金など蒼天の手持ちでは到底払えない。

数日前に愛用の自転車を、やはり博也の友達に貸した結果塀にぶつけて駄目にされていたことも、きっと大きかったのだと思う。

件の「友達」複数と博也と、その両親たちに加えて担任に学年主任まで揃った「話し合い」の場を仕切ったのは、他でもない叔母だ。わざわざ専門家まで同行し、それぞれの弁償弁済責任を明確にした。その後でごく淡々と今も続く蒼天への処遇の実行に続き博也宅との行き来の件も告げ――最後に珍しく声を尖らせた。

(友達だからという口実で、蒼天くんを好き勝手に扱われるのは困ります。迷惑ですし、害悪でしかないので)

本当は、相当に腹に据えかねていたわけだ。きっと、一番には蒼天に対して。

博也とその両親はもちろん、「友達」とその親たちまでもが激怒した。その後三か月、蒼天は博也を含む周囲から「存在しないかのように」無視された。それなりに楽しみだった文化祭もグループ行動が原則のはずの修学旅行さえたったひとりで過ごすことになって、……正直、その時のことは思い出したくもない。

諸々《もろもろ》の制約がついたとはいえ、たちまち困ったわけじゃない。叔母に購入を頼んで断られたことは一度もないし、自転車はもちろんパソコンもスマートフォンも使うのは蒼天だけで、中身をチェックされることすらない。

あれだけ怒っていたにしては、淡泊《たんぱく》すぎないか。ふと浮かんだ疑問は、けれど何事もなかったかのように「いつも通り」になった叔母を見ていれば簡単に解けた。

つまり、叔母は蒼天に興味がないのだ。引き取って面倒を見ているのは「親族としての義務」でしかなくて、だから必要以上に深入りする気がない。

今、蒼天が家事を引き受けていることだって、きっと叔母にはどうでもいいことなんだろう。だからこそ、ああもあっさりと「自分がやるからいい」と口に出す。

蒼天の料理に文句をつけない代わり、「美味しい」と笑うこともない。トラブルの後、せめて恥ずかしいと思われないようにと必死で勉強し成績を一気に上げた時だって、何も言わなかった。

「基本、食事は一緒に」と言いながら、会話は最初の「いただきます」と最後の「ごちそうさま」のみ。休日に同じ家に一日いてさえ、挨拶以外の会話がないのだってざらだ。

「蒼天くん、そこ終わったらお風呂すませてくれる？　話はその後にするから」

いつも以上に気詰まりな夕食の後、キッチンでの後片付け中に先に風呂を使った叔母が声をかけてくる。慌てて仕事を終え、自室で着替えを用意して浴室へと向かった。

後ろ手に閉じた引き戸のすぐ横、ドラム式洗濯機の透明な窓越しに今朝借りて帰った服が目に入る。自分の間抜けさを痛感し、落ち込みながらのろのろと服を脱ぎかけて、

「あれ。……これ、何だっけ」

ジーンズのポケットから出てきた名刺はしっかりした厚手のものだ。肩書きには蒼天も名前だけ知っている博物館の研究員とあり、その上に企業マークとおぼしき型押しまで入っている。

表記された「前里倫《まえさとりん》」という名前に、まったく覚えはない。

「えと、どっかで貰った……拾った？　え、いつ」

じっと眺めても思い出せなくて、首を傾げた。一応とばかりに着替えの間に挟んでおいて、蒼天は浴室へ入る。

「やっぱり就職した方がよかった、のかも……根岸のおじさん、も誘ってくれてた、し」

全身丸洗いした後、ぶくぶくと湯船に沈みながらこぼれたのは、こうして大学生になってなお消えない疑問だ。

なるべく叔母に負担や迷惑をかけず、早々に自立する。それは彼女に引き取られてすぐに蒼天が決意していたはずのことで、なのに現状はその真逆を行っている。

――三年前に引き取られるまで、蒼天にとっての叔母は「父親を一方的に怒鳴りつける怖い人」だった。

確か、まだ小学校に上がる前のことだ。寝室に使っていた和室で昼寝から目を覚ましたら、もの凄い勢いで誰かを責める、あるいは叱りつけるような声がした。

その合間に、父親の声が漏れ聞こえてきたのだ。話の中身まではわからないまでも大好きな父親が一方的に責められているのは明らかで、それがどうしようもなく怖くてじっとしていられなくて、……おそるおそる廊下に出てみた。

さらに大きくなった声が父親を叱りつけて、直後に音を立ててドアが開く。逃げも隠れもできず立ち竦んだ蒼天の前に現れた叔母と、まともに目が合った。

見合っていたのは、たぶんものの数秒だ。無言ですいっと視線を逸らした叔母はそのまま玄関から出て行って、……引き戸が閉じる寸前に、どうにか「さよ、なら」と挨拶できた、ような覚えがある。当然ながら返事はなくて、今起きたことが飲み込めなくて突っ立っていたら、いつの間にか傍に来ていた父親に頭を撫でられたのだ。

(叔母さんは、悪くないんだよ。こっちが迷惑や心配をかけてるだけだ)

そんなこと言ったって、十分怖いし悪い人だ。心底そう思った蒼天だったが、すでに祖父母がいないこともあってか叔母と顔を合わせる機会はほとんどなくて、連日夕食時にやってくる根岸や何かと声をかけてくれる博也の両親の方が、ずっと身近な存在だった。

だからこそ、三年前に叔母が「蒼天を引き取る」と口にした時は驚いた。そしてそのすぐ後に叔母が友人にこぼす言葉で、その「理由」を知ったのだ。

（ああも兄さんそっくりの子なんて、放っておくわけにはいかないでしょう。……似てるのに、肝心なところが似てないんだもの）

好奇心旺盛で破天荒なくせに変にお人好しだった父親は、蒼天が知っているだけで三つの事業を立ち上げた。その全部が、紆余曲折《うよきょくせつ》を経てうまく行き始めてまもなく「父親の、知り合いだったはずの誰か」のものになった。端的に言えば、波に乗ったとたんに乗っ取られた。

……最後のそれが起きたのが三年半ほど前で、それと前後してまだ順調だった頃に保証人を頼んできた「知り合い」が失踪し、無職状態で多額の負債を肩代わりすることになって、さらにその半月後に事故に遭って亡くなった。

未成年だからと詳細は教えてもらえなかったが、ある意味幸いと言っていいのか死亡時保険金と生家の土地の売却で、かなりのお金ができた。もっとも、それでも負債は相殺しきれなかったらしい。

「肝心なところが似てない、……かあ」

思い返してみても「困りもの」の父親だったけれど、やっぱり今でも大好きだ。だからこそ、中途半端にしか似ていない自分が厭になる。

誰かに頼られた時の父親は、「まあ、そういうこともあるわな」の一言で手を貸すのが常だった。それで感謝され一緒に祝杯を上げることも多かった一方、後足で砂をかけるような真似をされることも珍しくなかったが、本人は何処《どこ》吹く風でまるで気にしない。

博也みたいに大勢から好かれ、必要とされる人だったのだ。……「誰かのため」に動いたつもりで、かえって迷惑をかけるだけの蒼天とは、違う。

父親のお人好しが天然なら、蒼天のそれは養殖だ。その証拠に勝手に気にして手を出していながら、相手の反応を窺《うかが》っている。

親しくなったはずの人から必ず避けられるようになるのも、何かとトラブルの元になるのも性根が悪いからだ。その証拠にもうじき十九になる今、蒼天にとって友達と呼べるのは博也だけで、蒼天を信用してまともに扱ってくれるのは根岸しかいない。

それも全部、仕方がない。だって、蒼天は父親とは真逆の「きらわれもの」だから。

「そんなんが大学行ったって……って、逆かな。性格で改善は望めないから、せめて何か資格取るとか技能身につけろとか、そういうの？」

蒼天の大学進学は、全面的に叔母の意向だ。高校で初めての進路相談の際に就職を希望したら、その場で叔母に真っ向から訊かれた。

（どうして就職なの。やりたい仕事があるっていうこと？）

同席していた担任が凝固するほどの切れ味の問いに、辛うじて「これ以上迷惑は」と口にしたら、もっと鋭い声で淡々と言われた。

（わたし、蒼天くんのことを迷惑だって言った覚えはないけど？）

（明確に「これ」ってものがないのなら――わたしに説明できないなら進学ね。先生、今の蒼天くんの成績だと、大学は）

そこからは、叔母と担任の話し合いになってしまったのだ。進路相談のたびに似たようなやりとりを繰り返して、最終的には「したいことが明確じゃないなら進学しなさい」と言われた。

（勉強ができるのも、苦にならないのも才能のうちよ。どうせなら自分の将来を見据えて悩みなさい）

「しょうらい、かあ……」

（おまえうちに来ないか？　幹部扱いで鍛えてやるぞ）

最初の進路相談の頃も、今になっても根岸から言われる言葉を思い出す。

「四年目にもミス連発とか、……そんなんでもできる仕事って、あるのかな。どっちにしてもバイトは続けたい、んだけど。でないと、自転車の修理代も出なくなる、し」

ぼやいたあとで、思考が回らなくなっているのに気がついて、のろのろと浴室を出た。もそもそと着替え終えた後で、足元にある紙片に気付いて拾い上げる。

「あれ、これさっきの名刺……裏に手書き？　えと、——鍵を見つけてくれた学生さんへ、……？」

昨日と今朝はありがとう。本当に助かりました。きちんとお礼がしたいので、都合のいい時に連絡をください。

少し右上がりのあまり癖のない文字に続いて記されていたのは、十一桁のナンバーとメールアドレスだ。

瞬いて、蒼天は紙片——名刺を裏返す。「前里倫」という名前を、もう一度見つめた。

（待ってるから、その時はインターホン押してくれる？）

（気をつけて。また夕方にね）

閃《ひらめ》くみたいに思い出したのは、今日の昼に聞いた柔らかい声だ。そういえば、弁当と引き換えみたいに名刺を渡された……。

「……っ、お弁当箱、取りに行く、約束っ——」

すっかりさっぱり忘れて、帰ってきてしまったのだ。最後に念を押されて確かに頷いたのに、何の連絡もしないまま、で。

「う、ぁ……」

がっくりと、寝間着の肩が落ちる。それを見ていたような間合いで、こんこんと洗面所のドアがノックされた。

「蒼天くん？　声がしたけど、何かあった？」

「ぅあいや何もない、ですっ、すみませんすぐ出ますー」

寝間着のポケットに名刺を突っ込んで、蒼天は神妙にリビングへと向かう。目顔で促されて座ったソファの、どうにも慣れない柔らかさに緊張だけが増した。

「先に言っておくけど、年に一度の荷物が届いてたわよ。部屋の前に置いてあったでしょ」

「え、……あ、そっか、そういえば」

自室前の廊下の壁際に、宅配の箱が置いてあった。そして「年に一度の荷物」と言えば、蒼天が幼い頃から毎年決まった日に必ず贈られてくる――

「誕生日おめでとうと言っておくわね。それで、昨夜……今朝のこともだけど」

「あ、はい、ありがとう、ございます。その、」

十九歳の誕生日だったんだと今になって気がついて、それでも頭を切り替える。良くも悪くも嘘が苦手な蒼天にできることがあるとすれば、

「自転車で走ってる時に、お守りを落としたんです。どこでかがわからなくて、探してるうちに雨が降ってきて」

ごくシンプルに、「あったこと」を口にするというだけだ。それと同時に「言わなくてすむことは黙っておく」こと。

「お守り……ああ、そういえば留め具がおかしくなってたようだけど」

「古くなったチェーンが切れた、みたいで。自転車を押して歩いて探してた、時に、同じように落とし物をした人と出くわして……たまたま顔を知ってた人だったんですけど、その人の探し物を、やっぱりたまたまおれが拾って、て」

そこからの経緯をごくシンプルに伝えながら、我ながら経緯が珍妙過ぎないかと思った。そこは叔母も同じだったようで、淡々とした様子の中に訝るような色が混じっている。

「その……熱は下がらないし放っておけなくて、泊まり込みで看病、させてもらって——」

時系列で口にした内容に、叔母はやっぱり眉を顰《ひそ》めたままだ。

「変に出来過ぎた話にしか聞こえないわね……？」

「おれも今、そう、思いました。でもあの、お守りを大事に扱ってくれた人、だし。何となく、父さんに似て、て」

ぽろりとこぼした蒼天をわずかに困惑したように眺めて、叔母は言う。

「それで、その人の家ってどのあたりなの？　何て名前で、何の仕事をしてる人？」

「え、あの、何で、そこまで」

こうも問い詰められるくらい、蒼天は信用されていないわけだ。ずんと重くなった気持ちと同時進行で、頭のすみで危険信号が点《とも》る。

「一晩泊めていただいたおかげで、土砂降りの中を自転車で帰らずにすんだのよね？　だったらきちんとお礼を言っておかないと。それで、その人と顔見知りっていうのはどういう」

「あの！　名刺を、貰ってますっ」

気がついた時には、そう口走っていた。

「その、今日の昼、に。おれを見かけたら、渡すつもりだったとかで」

わずかに眉を寄せた叔母に、ポケットから取り出した名刺を渡す。どういう意味だか短く頷いて、叔母はしげしげと名刺を眺めて裏返し、手書きの文面が意外だったのか瞠目した。

ややあってこちらを見た時にはもう、視線はいつものように色を失っている。

「服を返すのと、お弁当箱の受け取りは明日のお昼前に？」

「はい。えと、向こうの都合次第、ですけど」

「わかったわ。先方へのお伺いは今すぐメールで、わたしからの意向も伝えておいて」

「……、わ、かりました」

決定事項として告げられて、蒼天は悄然《しょうぜん》と頷くしかなかった。

7

「止《や》め」の声を聞いて、すぐに鉛筆を置いた。

前期試験最後の科目は、蒼天が好きな科学哲学だ。教科書として買った分厚い書籍は面白すぎて四月中に、講義中に紹介された本は近隣の図書館を回って漏れなく読破した。おかげで一昨日からの諸々にて大幅に試験勉強時間が削られたにもかかわらず、そこそこに答案を埋めることができた。

監督教官が講義室を出て行った後、それぞれに席を立つ学生たちを横目に蒼天は真新しいリュックサックに筆記用具を片付けた。

これまで愛用していたのと同色のそれは、昨日届いた「年に一度の贈り物」だ。同じシリーズだからか身体に馴染む気がするし、何より前のよりも使いやすい機能が増えている。早くもお気に入りとなったそのリュックサックを肩にかける前に、同シリーズで同色のウエストポーチを身につける。こちらも今年の「贈り物」だ。つけたまま自転車に乗れるという意味で、早々に手放せない品となった。

リュックサックを肩にかけて、気分よく顔を上げる。直後、講義室の出入り口から面倒そうにこちらを睨む浜本を認めてとたんに気が重くなった。渋々近づくなり、挨拶代わりのように「トロい」と吐き捨てる。

「人待たせてんのにモタモタすんなよ。そんでおまえ、レポートちゃんと出したのか？」

「昨日の昼前には提出した、けど。何かあった？」

「だったら報告くらいしろよ、マジで気が利かないヤツだな。頭悪いんじゃねえの？」

そんなこと言われてないし、気になるならメールででも訊いてくればいい。思いながらも口を噤《つぐ》んだ蒼天を鬱陶しげに眺めて、浜本は眦《まなじり》を吊り上げる。と、何か思い出したようににやりと笑った。

「そういや山科センセのノートだけど、オレもう提出したんで。金出すってんで全ページコピーしてったヤツがいるから、欲しいならそいつに頼めば。今日中に、無料で貸してくれるかどうかは知ったこっちゃないけどさ」

蒼天が知らない名前を放り出すように告げて、浜本は少し離れて待っていた友人たちと去って行った。

ひとりになった講義室で、蒼天は短く息を吐く。

ノートに関しては予想通りだから、これといって思うところはない。講義に出られなかったのは蒼天の都合で、要するに自業自得だ。数日分の抜けはそのままで提出するしかない。だったら早めにと顔を上げた時、すぐ近くでノックの音がした。ほんの一メートル先、仏《ぶっ》頂《ちょう》面《づら》で立っている樋口を認めて瞬く目の前に、ふたつ折りにした紙束を突きつけられた。

「山科教授のノート。おまえがいなかった日のヤツ」

「え、」

「昨日メールで教えて貰った資料、すごい助かったんでその礼。前に言ったろ、俺貸し作るの大っ嫌いなんだよな。……あとそれコピーなんで、返さなくていいから」

ぶっきらぼうに言うなり、大柄な背中を見せて歩いて行ってしまった。

言うなり離れていった背中を混乱したまま見送ってから、手の中の束をそっと開く。やや右上がりの力強い文字は確かに樋口のもので、用紙の右上には後で書いたらしいシャーペン文字で日付が記されている。

ノートの提出期限は今日中だ。午後からバイトが入っているものの、数日分書き写して提出するだけの時間は十分にある。

――昨日、二本目のレポートに取り掛かる前に樋口にメールを送った。あの資料本を使うならたぶん内容の方向性も近いはずで、だったら参考になるかもしれないと数冊分のタイトルと所蔵場所を記して、あとは短くお礼を伝える。それだけの内容なのに、送信ボタンを押すにはかなりの勇気が必要だった。

「なん、で?」

でも。だからって、どうして樋口が。昨日はあれほど不機嫌だったのに――五月半ばからは明らかに、蒼天を避けていたはずなのに。

(貸し作るの大っ嫌いなんで)

ぐるぐる回っていた思考が、いつかの樋口の言葉を思い出して止まる。そういうことかと納得するのと同時に、変に期待してしまった自分に失笑した。

仕上げたノートを提出し、時間に気づいて自転車置き場に急ぐ。朝に最寄り駅のコインロッカーに預けていた荷物を取り出し、前カゴの中のリュックサックの上にそうっと置いた。

バイトの前に、「おにぎりさん」――前里の家に立ち寄る約束があるのだ。ロッカーに預けていたのは借りていた服で、正直料金は痛かったが皺《しわ》くちゃで返すのは厭だった。

「だってあのメッセージ、すんごいこっちを気遣ってくれてた、し。最初のアレが学生さんへ、じゃなくてバイトへ、だったりしたらあの時点で一巻の終わりだった、し」

名刺の裏のあれは間違いなく、バイト中に邪魔しないように――渡せばすむようにと配慮してくれたのだ。加えて話し合いの後に気づいたことだが、あの書き出しのおかげで辛うじてバイトもバレずにすんでいる。

「でも、……あの人と叔母さんが会う、となったら、」

無事に帰れたならよかった。こちらのことは気にしないで。あと、お弁当をありがとう。すごく美味しかったよ。

昨夜蒼天が送ったお礼とお詫びとお伺いのメールに、あの人はそんな返信をくれた。

叔母との対面についての返事は「こちらからもお礼を伝えたいので、是非」という、できれば断ってほしいとの願いをばっさり両断するもので、たぶんその時の蒼天は少々恐慌状態に陥ったらしい。

昼前だし、よければお弁当でも買って行きましょうか。

了承に明日よろしくと返すだけのメールに、そんな一文を付け加えてしまったのだ。送信直後、我に返るなり青くなって取り消しメールを打ち込んでいたところに、少し長文で遠慮がちの、ちょっと意外な返信が来た。

迷惑だとか、負担でなければでいいんだけど。できたらきみの手作り弁当を売ってくれないかな。もちろん代金は払うから。

脱力するくらい安堵した、その時の気持ちを思い出して口の端が変なふうに歪む。そのタイミングで、訪れるのはこれが三度目になる前里宅に着いた。

門の内側に自転車を停め、リュックサックと借りた服を手に飛び石を踏む。背中がいつもより重いのは、二人分の弁当と水筒が入っているからだ。

あんなふうにお弁当を望まれるのはずいぶん久しぶりで、いつになく浮かれてしまったのだ。昨夜の試験勉強中のノートの端にメニュー一覧を書くのみならず、作りすぎて容れ物に困ったあげく朝から近所のコンビニに使い捨ての弁当パックを買いに行くまでになった、けれど。

「……もしかして、こっちが言い出したから断り切れなかった、とか……」

高校二年の時、誘われて参加したピクニックを思い出す。料理が得意なんだろうと周囲に囃され弁当を多めに作っていったら、「マジで作ってくるとか」だとか「空気読めよなあ」と嘲笑《ちょうしょう》された。片っ端から食べ散らかされ「別に普通」とか「たいしたことない」と評されたあげく、蒼天の口にほとんど入ることなく終わった……。

「ちがう、よね。そんなことない、はず」

厭な記憶を振り切るように頭を振り、思い切ってインターホンを押す。直後、磨り硝子の足元に見知った毛色が映った。

「あ。しろさん、だ」

音を立てて開いた引き戸から転げ出てきた猫が足元に擦り寄る。蒼天の両脚の間でぐるぐると八の字を描いたかと思うと、腹を見せて玄関の床に転がってしまった。それが嬉しくて、ついしゃがみ込んでおなかを撫でてしまう。機嫌がいい時特有の、鳴き声交じりの喉の音に破顔して、――その後でやっと気がついた。

蒼天からほんの数歩の距離で、足先がこちらを向いている。あれ、と見上げるなり、眼鏡なしのヘーゼルと視線がぶつかった。

やっぱり表情の薄い端整な顔が、けれどとたんにふわんと和らぐのがわかった。

「ぁ、えと、そのすみません、」

「いらっしゃい。――しろさん、大歓迎もいいけどせめて中に入ってからにしたらどうかな。遠藤くんも、ひとまず中にどうぞ?」

「うあ、……あの、おじゃまします、す……?」

赤面しながら、蒼天はおずおずと玄関先に足を踏み入れる。案内された先は、一昨日と同じ応接間だ。

さすがに食事中はということで、白猫は廊下に閉め出される。互いに今さらの自己紹介を終えたと思ったら何度もお礼を言われ、丁寧に洗った弁当箱を差し出された。

「す、みません。かえってお手間を」

「とんでもない。さっきも言ったけど、すごく美味しかったし助かったんだよ。だから、実は今日のお昼も期待してる」

そう言う前里は、玄関先での表情の薄さを思うと別人のようだ。端整な人は満面の笑みすら綺麗だと感心すると同時に、失礼ながら遠足前の子どもみたいだと思ってしまった。

浮き立った気持ちを咳《せき》払いでごまかして、弁当をテーブルに並べる。水筒の蓋とこの家にあったマグカップにお茶を注ぎ、期待に満ちた顔をした人に割り箸と紙皿を渡した。

「おにぎりがこっちで、おかずはこれです。それは取り皿に使ってください、ね」

蓋を開けた弁当に嬉しげに瞠目した前里が、ふと気付いたように蒼天を見た。

「美味しそうだしすごく嬉しいんだけど、もしかして無理させたかな。いきなりだったし」

「え、いえ。下拵《したごしら》えとかは休みの日にまとめてしてるし、そこまで手の込んだものは作ってないです、から。それより、昨夜はいきなりすみませんでした。その、叔母があんなこと言い出すとか、おれ思ってなくて」

「うちに強引に誘ったのも含めて面倒をかけたのは僕の方なんだから、そこは気にしないで。正直、遠藤くんがいてくれて助かったくらいだし。……じゃあ、いただいていいかな？」

「どうぞ。でもあの、口に合わないものはそのまま置いておいてくださいね」

蒼天の言葉に苦笑して、前里は箸を割る。わかりやすく嬉しそうに、おにぎりとおかずを取り皿に盛った。

「こんもり」と表現したくなる盛り方に、またしても小学生の遠足を連想した。同時に、社交辞令でこれはないはずと心底安堵する。

「えと、おれがいて助かった、ていうのは……？」

「年に一、二度くらいあんなふうに熱を出すんだ。平均で四日くらい続いて、熱が下がるとげっそりしてるんだよね。なのに、今日は朝から仕事ができるくらい調子が戻ってる」

本当にありがとうと重ねて言われて、やっぱり父親を思い出した。

「食べることを適当にしてたら、身体が保《も》たないのは当たり前です。前から思ってましたけど、おにぎり一個で一食すませてたり、してませんでした？」

「わかってはいるんだけど没頭すると時間が飛ぶし、と食べるのも面倒でつい忘れるんだよね。おにぎりだったら資料読みながらでも食べられるから」

「そういうの、よくないです。人間には、ちゃんとした食事と休息が必要です」

言い返してすぐに「生意気だったかも」と怯んだ。けれど目の前でおにぎりを頬張る前里は気まずげに「そうなんだよねえ」と首を竦め、思い出したように言った。

「そういえば一昨日のお礼と、昨日と今日のこのお弁当代だけど」

「あ、……の、実はそのことで。お代の代わりにお願いしたいことが、あるんです。すごく

図々しくて身勝手なこと、なんですけど」

「うん？　何かな」

箸を置いて居住まいを正した蒼天の様子に軽く瞬いて、前里がおにぎりを取り皿に置く。ヘーゼルの目で、じっとこちらを見た。

「おれが、あのコンビニでバイトしてることを叔母に言わないで、欲しいんです。その、……知られたら辞めるしかなくなるので。でもおれ、どうしても辞めるわけにはいかなくて」

「――それは、どうしてかな。僕があの店に行くようになったのはこの春からだけど、あそこって遠藤くんにとって働きやすい場所じゃないよね？」

「そ、こは自業自得っていうか、……おれがちゃんと仕事できないから、なんです。ミスが多くて他のスタッフの足を引っ張るし、クレームも一番多いし。なのに続けていられるのは店長が配慮してくれてるから、で」

「店長の、もう亡くなられた親友の息子さん、だっけ」

「えっ、あの何で、それ」

「店長もだけど、あそこのスタッフって口が軽いしモラルが低いよ。きみがいる時もだけど、不在でもプライバシー無視でよく話題にしてる。常連客だと思うけど、女性が持ち込んだ宅配荷物囲んで噂《うわさ》してたり？　僕も、聞こえよがしに馬鹿にされてるしね」

それでも前里があの店を使うのは、自宅からの最寄りなことと車を出すのが面倒だから、なのだそうだ。

（いつもおにぎり一個で、客単価が低い）

一昨日の雨の中、この人が口にした言葉を思い出して今さらに顔から血の気《け》が引いた。

「ぁ、……す、みませ――」

「遠藤くんが言ったわけじゃなし、謝らなくていいよ」

苦笑交じりの声に、罪悪感でちくちく痛む。たった今の「モラルがない」という言葉に、心底身につまされた。

蒼天は先ほど口にした頼み事は、「嘘をついてくれ」というのと同義だ。どうしてもそれを聞いてほしくて、自分にとって都合の悪いことはわざと言わなかった。

昨日も一昨日も、名刺のあのメッセージも昨夜のメールも。この人はずっと真摯《しんし》に、真正面から応えてくれている、のに。

もう一度きちんと背すじを伸ばして、蒼天は覚悟を決める。前里と目を合わせ、ゆっくりと言った。

「すみま、せん。もう一度、ちゃんと説明させてください。その、……今のおれの言い方だと、やっぱりフェアじゃない、から」

できるだけ端的に、時系列で父親が亡くなってから今までの話をした。現状に関わる二年前のことも、洗いざらい全部、だ。

「あそこでのバイトって、父の生前からやってたんです。店長……根岸のおじさんに、人手不足だから頼めないかって言われて。父親からは無理して受けなくていいって言われたんですけど、昔からよくしてもらってたしと思って土日祝日の、朝番か昼番限定、で」

今もそうだが、開店直後のあの頃にもバイトや社員が居着かなくて、どんなに長くても一年弱で辞めてしまうのだ。結果、店長の次に長いのがバイトの蒼天になってしまった。

「バイト禁止っていうのはあそこを辞めろっていう意味で……自業自得だからそうするつもりだったんですけど、根岸のおじさんからそれは困るって。バレないよう協力するからできる範囲で続けて欲しいって言ってくれて、その時点ではスタッフが足りたら辞めるつもりだったんですけど。小遣いなしだとやっぱり、いろいろ困ることもあって」

「……必要なものは叔母さんが買ってくれるんだよね？」

「それが、金額が小さかったり場合によってはそれじゃどうにもならないこともあって。その、たとえばシャーペンの芯を頼まれて貸したらカラのケースだけ戻ってきたとか、真夏に冷たい飲み物が欲しいとか。友達に遊びに誘われた時だって手持ちがないと断るしかないし、……でも、遊びや飲食のお金をくださいとは言いづらく、て」

言えば貰えるだろうと、思いはする。けれど、「だから言えるか」となれば話は別だ。何しろ未だに、大学用の文具を頼む時すら気が引けている。

「本来ならバイトして自分でどうにかしろって言われるはずの立場なんです。禁止されてるのはつまり信用がないからで、それが自業自得なのもわかってます」

いつの間にか俯いていた顔を上げて、蒼天は前里を見つめる。

「嘘をついてほしいとは、もちろん言いません。ただ、言わずにすむのならそうして欲しいだけ、で。それでバレても、自業自得なのはわかってます、から」

矛盾だらけの、本末転倒だ。それでも頼むしかない自分に呆れながら腰を上げ、その場で深く頭を下げた。

数秒の間合いに続いて、静かな声がした。

「協力は、するよ。僕はきみを困らせたいわけじゃないしね。ただ、あの店でのバイトを続けることは、正直推奨しないな」

「え、」

「よくしてもらってるってきみは言うけど、あの店長は他のスタッフ以上に遠藤くんをぞんざいに扱ってるように見える。正直に言うけど。縁故にしては――というより、縁故だからこそああいう扱いをするのかと、ある意味納得してたくらいにね」

思いも寄らない言葉に、声が出なかった。頭に浮かぶのは「何でどうして」という疑問符と、立っていることすらおぼつかなくなるような不安定な感覚だけだ。

「それ、は、……気心が知れてるから、じゃないでしょうか。確かにその、物言いはきつくて乱暴になりがちでよく誤解されるんですけど、でも実際は照れ屋なだけの、ちゃんとこっちを気遣ってくれる人、で」

言い募りながら、必死で言葉を探した。まだ足りない、もっとあったはず。妙な焦りに引っ張られるみたいに視線をうろつかせて、ふと傍らの真新しいリュックサックが目に入る。

自分でもびっくりするくらい、すうっと気持ちが落ち着いた。引き寄せたリュックサックを膝にのせて、蒼天は改めて前里を見る。

「個人的なことです、けど。おれ昨日が誕生日で。このリュックもウエストポーチも、根岸のおじさんが贈ってくれたものなんです。昨日まで使ってた同じ色のも、やっぱり中学の時におじさんから貰ったもの、で」

じっとこちらを見つめる前里の、ヘーゼルの目が瞬く。それを、まっすぐに見返した。

「それで、……父さんが逝ってから、おれに誕生日プレゼントをくれるのって、おじさんだけ、になってて」

「年に一度の贈り物」が届くようになったのは、蒼天が小学校に上がるよりも前のことだ。誕生日当日に必ず届く荷物の差出人名が「遠藤蒼天」になっているのが、どうにも不思議で仕方がなかった。両親に何度訊いても揃って「さあ?」と首を傾げるばかりで、一時は「うち担当のサンタクロースは誕生日にも来てくれる」と本気で思っていたくらいだ。

贈り主が根岸だとわかったのは、小学校中学年の時だ。誕生日当日、たまたまひとりで留守番しているところにやってきた根岸から、その時に初めて——後にも先にも一度だけ、手渡しで「贈り物」を受け取った。びっくりして目と口を丸くした蒼天に、肩を竦めてみせた。

（手違いがあって、今年は宅配じゃ間に合わないんでな。……けど、このことは誰にも言うなよ？　康一や美奈《みな》ちゃんや、もちろん茅子にも絶対に、だ）

男同士の約束で、もし誰かに喋ったら二度と贈ってやらない。そう言われて即座に頷いて、けれど気になってどうして内緒なのかと訊いたら口の端を歪めてこう言ったのだ。

（康一たちへの礼も兼ねてるんだが、直に言うのは照れ臭くてな？）

約束通り、蒼天は両親にその話をしていない。ただ、今にして思えば彼らはちゃんと贈り主を察していたのだろう。

叔母はどうなのかと言えば、「誕生日にそういうものが届く」ことは知っていたらしい。三年前、初めて叔母宅に届いた時も昨日と同じ物言いで渡してくれた。……たぶん、贈り主が誰かまでは知らないんだと思う。

話しながら、いつの間にかリュックサックの端っこを握りしめていたらしい。「そう」との声に瞬いて顔を上げると、少し困った顔の前里がこちらを見つめていた。

「す、みませ――その、変にムキに、なっ……」

「いや？　こっちこそ、事情も知らないで余計なことを言ったみたいで悪かった」

柔らかい声に、ようやく肩の力が抜ける。そんな蒼天を慮《おもんぱか》ってか、前里は話を変えた。

「ところで叔母さんとお会いする日時のことだけど。まずは叔母さんの都合を知らせて貰っていいかな。たぶん、僕が合わせる方が決めやすいと思うんだ」

二人分にしては多過ぎかと懸念していた折り詰めは、ものの見事に空っぽになった。

最後まで笑顔で食べてもらえたから、蒼天としては大満足だ。頬を緩めながら折り詰めのパックをゴミ袋に入れ、半分以上減ったお茶の水筒とともにリュックサックに仕舞い込む。

「そのゴミ、うちで捨てるからこっちにくれる？」

「え、あの、でも」

「そのくらいさせてもらわないとこっちの気がすまない。あと、この後はすぐバイトかな？」

予想外の問いに、蒼天はきょとんと頷く。と、前里は少し企んだように笑った。

「時間があるなら、ウチにあるものを見ていかないかと思って。――たぶん、興味あるよね？」

「――はいあのいいんですか本当にっ？」

声の強さに狼狽えて、蒼天は慌てて自分の口を手で塞ぐ。それを眺める前里は、いつもの薄い表情とは別人みたいに爆笑寸前だ。

「ウチにあるのはレプリカだけで、学術的な価値はほとんどないけどそれでもいいかな？ それと、もしかしたら途中で退屈になるかもしれない」

「いいえあの実はその、初めて来た時から気になってた、んで……」

応接間に辿りつくまでの間に、本日もあちこち開いていた引き戸の隙間から見えた積み上がった本――はもちろん、それ以上に広げた新聞紙の上に置かれた復元途中らしい土器っぽいものや土の塊みたいなものが気になって、ついつい見入ってしまったのだ。

「だったら存分にどうぞ。実はあの手のものは閉め切った部屋の方に置くようにしてるんだ。でないとしろさんのオモチャになるからね」

「オモチャ……転がして遊ぶ、とか?」

「惜しい。しろさんはどうやら、復元途中の器限定で中に嵌《は》まりたいらしい」

先に立った前里が言いながらドアを開けるなり、噂の白猫がにあにあ鳴いて駆け込んできた。それをひょいと抱き上げたかと思うと、今度は応接間に閉じ込めてしまう。

「可哀相《かわいそう》だとは思うけど、今はちょっとね」

厚めのドアの向こうでにあにあ鳴く白猫のおかげで、「復元間近のはずがイチからやり直し」を何度も体験する羽目になったのだそうだ。

「執念っていうのか、とにかく気に入ったみたいで何度叱っても追い払っても諦めないんだよねえ。開けっ放しの方にしろさん用を置いてるんだけど、そっちには見向きもしない」

「それ、前里さんに構って欲しいだけ、なんじゃあ?」

「それもあるんだろうけど、どうやら壊れる感触が好きみたいなんだよね」

暢気に言いながら案内されたのは、寝室の隣で先日も閉じていたドアだ。無造作に開けられた室内の床は板張りで、真ん中に大きなテーブルが、壁際には低い棚が据えてある。

そのテーブルの上、新聞紙が幾重にも重なった中に「復元中」らしい品があった。りんごを連想する輪郭《りんかく》からすると、たぶん土器なんだろうと察しがつく。

「えと、これって研究材料、なんでしょうか」

「いや？　完全に趣味かな。さっき言ったけど、学術的価値はほぼないから。出土した遺跡自体、年単位で発掘が進んでるところだから、注目されるような目新しいものはまず出ないって言われてるしね」

「しゅみ、……ですか」

「論文を書く時もだけど、推論を組み立てる時にいいんだよね。余計な雑念がなくなるし。ただ、油断すると徹夜してることもあるけど」

けろりと言う前里に、なるほど学者さんだと何となく納得しながら近くで見ていいかと訊いてみる。あっさり出た許可を受けて、蒼天はしげしげとテーブルの上の器を眺めた。

表面に走る継ぎ目からすると、この器はほとんど原形を留《とど》めていなかったらしい。想像でしかない上に素人《しろうと》丸出しの感想だけれど、完成図のないジグソーパズル以上に難しそうだ。

「遠藤くんは理学部だったっけ。それで発掘品に興味があるって、何かきっかけがあった？」

「えと、父が。一時期、ものすごくハマってたことがあるんです。もともと好奇心旺盛で、気になるとどこまでもっていう人だったんで図鑑借りるとか博物館に行くだけじゃ物足りなかったみたいで、実際の発掘現場でも仕事したことがあって……一度だけ、おれもくっついて行ったんですけど」

たぶん仕事ではなくバイトだったんだろうけれど、今思えば小学生連れはかなり邪魔だったのではないかと思う。ただ、その場で「教授」と呼ばれていた初老の男性はとても穏やかで、興味津々《しんしん》に手元を覗き込む蒼天を邪険にすることなく、過剰に構うこともなく相手をしてくれた。

「それはまた、……お父さんもずいぶんバイタリティがあるっていうか」

「当時の父は無職だったんです。面白そうだと思ったら即食らいつく割に、ある程度満足したらもういいか、ってなるところがあったから。発掘とかに関わったのも三か月くらい、で」

破天荒な風来坊とでもいうのか、よく言えば気の向くまま、悪く言えば何事も長くは続かなかった人だ。立ち上げた事業だって実はもっと数があったのに気が乗らなくなったと途中で潰してしまったり、いつのまにか誰かに事業そのものを譲っていたりもよくあった。

実際のところ、小学校当時に一番困った質問は「お父さんのお仕事は？」だったくらいだ。

「なるほど。だったら遠藤くんも？」

「おれ、は違います。知らないものに興味があるし見るのも話を聞くのも好きですけど、そこまで思い切りがよくないっていうか、行動力もないですし。ただ、遺跡とかもですけど古いものが好きだし気になる方です。その、おれが知らない時間を含んでる、っていうのが」

「知らない時間」

「遺跡に限らず、物って長くそこにありますよね。作ったものはいつか朽ちて壊れていくって言うけど、その間におれの一生がすっぽり収まってる、っていうか。それっておれが知らないことも全部見てきてるんだよなって。……おれの名前、漢字だと『蒼天《そうてん》』って書くんですけどそれって空の色のことなんです。それで、よく考えてみたら空って有名な古代文明が『今』だった頃からずっとそこにあって、地上で起きたことを全部見て知ってるんだなって思うとなんか壮大な感じがする、って……その、うまく言えないですし、父の受け売りも入ってます、けど」

じっとこちらを見つめるヘーゼルの瞳に、今自分は何を言ったのかととてつもなく恥ずかしくなった。思わず俯き肩を縮めた蒼天の傍らで、小さく笑う気配がする。

「……興味があるなら、発掘現場に来てみる?」

復元中の土器の前でいくつかの説明を聞いた後、部屋を出てきっちりとドアを閉じた前里が言う。え、と瞬いて見上げた蒼天に、目元を緩めるようにして続けた。

「もちろん遠藤くんの都合がつく日に、せっかくだからバイト扱いで。肉体労働にはなるけど、直接作業もできるよ」

「あの、でもおれ、素人で」

「バイトさんは誰でも最初は初心者だよ。ただ、慣れないうちはこっちの指示に従ってもらうことになるけど」

　当たり前みたいに言われて、ふわっと気持ちが浮き立った。直後、蒼天は息を吐く。

「行きたいです、けど……おれ、さっき言ったようにバイトは禁止、されてて。それに、自転車で行ける場所でないと、」

「叔母さんには、僕から話して許可を取り付けるよ。現場までは距離があるから、僕の車で送り迎えもしよう。それならどうかな？」

　柔らかい問いに天にも昇る気持ちで喜んで、けれど直後に我に返る。けれど、それではまるで——

「でも、あの。すごく嬉しいですけど、それだとおればっかり都合がよすぎ、だと思います。それでなくとも今日、勝手なお願いをしたばかり、なのに」

「そこで提案っていうか、交換条件ってことで当日のお弁当を頼みたいんだけど、どうかな」

「え、でも」

　そんなことでいいんですかと、こぼれかけた言葉を察したように前里は笑う。

「とはいっても、発掘は肉体労働だからね。試しに一度参加してみて、続けるかどうかを考えてみるといいよ」

「えと、それって単発じゃないってこと、に」

「もちろん。経験者は大歓迎だよ？」

言葉とともに、頭を撫でられた。そんなことをされたのは父親が亡くなって以来で、それを厭だと感じない自分についもじもじしてしまう。

「……その、じゃあ。叔母さんから、許可を貰えたら、是非」

「了解。だったら頑張ろうかな。――直近だと明日行く予定なんだけど、ちょっと無理かな?」

「あ。えと、おれ明日以降しばらくはずっとバイトが入ってるので……休みはちょっと先になるし、その次もシフトの都合で飛び飛びになる、かと」

「だったら空いてる日を教えてもらっていいかな。発掘なしで都合がつく日があれば近隣の遺跡に案内するよ」

「え。でもそれ、ご迷惑じゃあ」

「趣味と実益だから気にしない。そもそも迷惑だったら最初から言わないしね」

くすくす笑った前里から、興味深い話をたくさん聞いた。蒼天が昔の記憶から引っ張り出した疑問を口にすると、分厚い専門書や詳細な図鑑まで開いて丁寧に説明してもくれた。

専門用語混じりのそれが全部理解できたわけではないけれど、時間を忘れるくらい楽しかった。スマートフォンにアラームをかけていなかったら、きっとバイトの時間を過ぎても気づかなかったに違いない。

「あの、ありがとう、ございました。いろいろ助かりました……あと、楽しかったです」

「どういたしまして。むしろこちらこそ、かな」

ひたすら蒼天の方に来たがる白猫をがっちり抱え込んだ前里は、わざわざ門前まで見送りに出てくれた。

「遠藤くんて、空色が好きだよね？」

「えっ」

蒼天が自転車のスタンドを外したタイミングで、前里が言う。顔を向けると、こちらを見るヘーゼルと目が合った。

「着てる服ってどこかに空色が入ってることが多いし。その自転車と、スマホもそうだよね。それって名前の影響かな」

「それ、もあります、ね。小さい頃は何か大仰《おおぎょう》な字面《じづら》で厭だったんですけど、うちの親から詳しい由来を聞いてからは、はい」

照れ笑いをしながら、ふっと違和感を覚えて首を傾げていた。そこに、前里は笑って言う。

「そっか。もしよければ次に会った時にでも、その由来教えて」

「あ、はい。でもあの、すっごい個人的なことなんで大して面白くもないと思います、よ？」

笑い合った後で挨拶をして、自転車に乗った。

前里に抱っこもとい捕獲された白猫が、捕らえられた前脚で「お手ふり」をさせられて抗議の鳴き声を上げる。その光景に頬を緩めながら、蒼天はペダルを踏み込んだ。

8

見慣れたコンビニエンスストアに着いたのは、定刻の五分以上前だった。

建物の裏手に自転車を停めて、蒼天はリュックサックを肩にかける。早く着いた時はここで時間を潰すのが常だけれど、今日ばかりは早く根岸に会ってお礼を言いたい。

「でも店長、いる、かなあ……今日のシフトには入ってなかったと思う、けど」

足取り軽く踏み込んだ店内にいた朝番面子《メンツ》は例の蒼天を嫌う社員と、彼のお気に入りの女子大生バイトだ。挨拶は当然のように無視され、バックヤードへ向かう背後で続く不穏な雑談のそこかしこに蒼天の名前が埋まっている。

辿りついたバックヤードの、ロッカーからお仕着せを引っ張り出す。目に入ったリュックサックの真新しい空色に、つい先ほどの前里を思い出した。

「発掘のバイト、行ける、かなあ……叔母さん、許してくれる、かな?」

期待で膨らんでいた声が後半になってしゅるりと萎《しぼ》んだのはついさっき、レジカウンターの中からこちらを見た女子大生バイトの、とても厭そうな顔を思い出したせいだ。

一か月ほど前にバイトとして入ってきた彼女の指導を任されたのは蒼天で、最初の一週間はほぼ同じシフトで動いた。バイト自体ここが初めてだという彼女はとても素直で、個人的な連絡先を交換するくらいには親しくなれた、はずだった。

けれどその後三日で、彼女は豹変《ひょうへん》した。蒼天の挨拶には胡乱な目を向けるだけ、関わりは必要最低限以下なのに気がついたら蒼天を睨んでいる。

――……蒼天にとっては「いつものこと」だ。「またか」と、「仕方がない」と思うくらいに、慣れてしまったことでもある。だってどんなに頑張っても、神経質なまでに気を配ってみても「友達だった人」は必ず蒼天から離れていってしまう、から。

「きらわれもの、だもん、なあ……」

けれど、けして「だから平気」なわけじゃないのだ。その証拠に、

「も、しかして。これ以上、親しくなったりした、ら前里さんからもきらわれる、のかな」

口にしたとたん、心臓の奥が痛くなった。それだけは厭だとはっきり思って、疼《うず》くそこを羽織ったお仕着せごとぎゅっと握りしめる。その時だった。

「……蒼天か。へえ、その気がありゃゆとり持って来られるんだな」

「お、つかれさま、です……っ」

不意打ちで名前を呼ばれて、勝手に肩が大きく跳ねた。そういえばと思い出し、リュックサックを手に根岸を見上げた。

「あの、このリュック、」

「あぁ？　またいつものボロリュックかよ……って新品か。はぁ？　またその色かよ、いい

加減飽きねえのか」

「え、」

露骨なまでに低い声にぎょっとしてから、気づく。じろじろとこちらを見下ろす根岸は、滅多にないほど不機嫌だ。片頬を歪めた表情は剣呑《けんのん》で、続く声は厭味を帯びて尖っている。

「あんっなボロッボロのズダ袋かかえてウチに出入りされてンの、いい加減迷惑だったんだよなあ。客層に響くってか、実際響いてんじゃねえか？　オマエのせいでクレームは絶えないわ、レジは合わねえわ赤字続きだわ、おまけにバイトどころか社員まで辞めてくわ……」

「そ、――」

「迷惑なのは茅子もおンなじだろうなあ？　康一の息子ったたって出涸《でが》らしでトロくさい上に気の利かない役立たずだ。世間体で引き取ったはいいが、そもそも相手が大っ嫌いなガキじゃなあ、そりゃ強請《ねだ》られても鬱陶しいってか腹が立つよな。ああ、そンでおンなじものしか買ってやらねえのか。確かにその方が手間はないよな」

リュックサックを抱えて硬直した蒼天をよそに、鼻で笑って無造作に手を伸ばす。摑んで引っ張ったかと思うと「何だコレ重っ」の台詞とともに床に放り投げられた。

クッションケース入りとはいえ、パソコンも入っているのだ。慌てて拾い上げ中身を確かめていると、嘲《あざけ》るような声が上から落ちてくる。

「前から思ってたんだが、その色目障りなンだよな。次からその色のモンはいっさい店に持ち込むな。ついでに茅子に、馬鹿の一つ覚えみたいにおンなじ色ばっか買ってんじゃねえとでも言っとけ。……あのお守りとかいうゴミを捨てたのだけは褒めてやってもいいが」

今度見たら踏み潰してやる、との捨て台詞を残した根岸がバックヤードから出ていくのを、蹲って見送るしかできなかった。

……昨日まで使っていたリュックサックは、中学の頃の「贈り物」だ。一目で気に入って、つい跳ね回ってしまったくらい嬉しかった。だから次に根岸と会った時には誰にもわからないように、それでも精一杯にお礼を言った。

(この色、一番好きなんだあ)

(あ? そんなもんよく知ってるが)

「だから」この色を選んでくれたんだと、思った。六年前から毎日のように使っていたのを傍で見ていたからだと、ばかり――

(あんっなボロっボロのズダ袋かかえてウチに出入りされてンの、いい加減迷惑だったんだよなあ)

……過去に自分が選んで贈った物を。贈られた相手が以来ずっと愛用していた品を、ああも悪し様《あざま》に言うものだろうか。

ぽつんと浮かんだのは、ごく小さいけれど濃厚な疑念だ。澄んだ水に落とした墨に似て、あっという間にグラスの中を黒く染めていく――。

「とっくに時間なんだけど、オマエそこで何サボってんの？」

リュックサックを抱えたまま蹲って、どのくらい経った頃だろうか。うんざりした声を耳にして、蒼天はのろりと顔を上げる。目の前にいたのは、蒼天と同じ昼番のバイトだ。

「とっとと店に出ろっての。本っ当、オマエみたいのが責任者って絶対おかしいだろ」

「……、――」

無言で腰を上げ、開けっ放しになっていたロッカーにリュックサック他を詰め込む。施錠した鍵をポケットにバックヤードを出ると待っていたのか、顔を顰めた女子大生バイトが駆け込んでいった。

店内にいるのは、先ほどの昼番バイトだけだ。すでに帰ったのか店長も、あの社員の姿もなくて、それを知って少しだけ背中のあたりが緩む。

思考が痺《しび》れたみたいに、うまくものを考えられなかった。それでも慣れのおかげでか、店内の状況から次に何をすればいいのかはわかるから、これはこれで悪くないかもしれない。

頭の外れでそう思った時、自動ドアが開いて長身が入ってくる。いつも通り「いらっしゃいませ」と声を上げた後で、それが前里だと気がついた。へーゼルの瞳と顔半分を色つき眼鏡と長めの前髪で隠した「いつもの」スタイルなのに、どうしてか目が合ったとわかる。

またおにぎり一個かなと咄嗟に思って、とたんに笑いが出そうになった。それは駄目だとぐっと抑えようとしたタイミングで、またしても自動ドアが開く。

「おい蒼天、ちょっと出て来い」

店内に響く声は、いつも以上に――怖いくらいに険を帯びている。それが分厚いガラスの向こうの出来事にしか思えなくて、そのせいで返事も反応もワンテンポ遅れた。

「とろとろすんな、とっとと動け。――岡橋、」

「はい。大丈夫です、あとはオレが」

苛立《いらだ》ちしかない声音にあっさり答えた朝番の社員は、どうやら根岸と一緒にいたらしい。するりと店内に入ってきたかと思うと、蒼天に対し意味ありげな笑みを向けてきた。

とてつもなく厭な予感がして、なのにその実感がひどく薄かった。気がかりそうな前里の視線を感じながら、蒼天は早足で店を出る。

青空の下、蟬時雨《せみしぐれ》に混じって根岸の尖った声が呼ぶ。そちらへと足を向けながら、自然が少ない町中のどこにこれほどの蟬がいるんだろうとぼんやりと思った。

「昨日、中西のガキが来てたそうだな」

建物の裏手の、蒼天の自転車がある近くで、露骨なうんざり顔の根岸が切り出した一言はそれだった。

「ぁ……そ、の。試験勉強中、にお菓子、とか欲しかった、みたいで」

「オマエ、仕事もせずにあのガキと長々喋ってたそうじゃないか。それでレジ前に大行列ができた上、客からのクレームが来たって報告があったがいったいどういうつもりだ?」

「……え、」

「岡橋が注意したら、自分はこの店では最古参スタッフで店長代理だから文句を言われる筋合いはないとか言い返したそうだが、いったいいつからそうなった。オレはオマエなんぞに代理を任せた覚えはねえぞ」

言葉とともに膨れ上がった怒気に、勝手に足が一歩下がる。汗ばむほどの気温なのに、シャツの背中がすうっと冷えた。

ついさっき、バックヤードで会った時にこの上なく不機嫌だと思ったのは間違いだ。今のこれは、それを遥《はる》かに超えている。

「で？　店長代理の権限だとかで、カゴに山盛りの商品をレジも通さず持ち帰らせたってか。それも昨日が初めてじゃないと。確かにそれならレジが合わないなんてこたあ気にする必要はないよな。オレが不在で社員がいる日ならオマエは責任者ってわけじゃなし……って、まあよく考えたもんだ。あの大学に現役で入るだけのことはあったってか？」

「……ぇ、ぁ、ち、が、」

「ずいぶん見くびってくれたようだが、あいにくだったな。そんなザルを何度も見逃すほど岡橋は馬鹿じゃねえぞ」

「おれ、そんなことやってません！　話し込んだのは本当です、でもレジに行列とかなかったしクレームもおれは聞いてません、商品だってレジを通して支払いを」

「じゃあ、何か。岡橋が、わざわざオレに嘘をついたとでも？」

笑っているのに、笑っていない。その顔と同じように表面だけ優しい声で問われて、蒼天は咄嗟に返答に詰まる。

「そ、れはおれにもどういうことか、……でもおれはやってないです、それだけは」

「それにしちゃあ昨日は弁当類の、販売数と廃棄が合わなくてなあ？　握り飯ならともかくパスタや幕の内まで万引きされたってんなら、それはそれでどうやったら見逃せるのかって話になるんだよなあ」

「で、だったらレジの集計を確認してください、十五時前後にお菓子とお弁当と飲み物で六千円ちょっとの会計をしてるはずです、それが博也の分の支払いで」

「オマエがレジ担当したんだよな。で、その後その会計そのものを取り消したろうが」

「……え、」

「岡橋が忙しくしてたから誤魔化《ごまか》せるとでも思ったか？　残念だったな、アイツはアイツでずっとオマエを怪しんでたんだ」

続く言葉はあまりにも理解しがたいもので、蒼天はただ首を横に振る。

その様子をどう思ったのか、根岸はさらに声を低めた。

「ついでにバイトからも聞いたが。ガキの小遣い以下の買い物しかせずに店内で倒れるなんて迷惑やらかした客をご丁寧に介抱した上、タダで売り物の水くれてやったそうだな。長々休憩させやがったせいで、イートインで飲食する気でレジにいた客が何も買わずに帰ったそうじゃねえか」

「そ、れも違、……そ、のお客さん、だってわざと倒れたわけ、じゃあ」

「前から思ってたが、オマエ何か勘違いしてねえか。ここはオレの店であって、オマエは社員より下だ。そもそもバイトったって正規のじゃねえしなあ？」

「せいきのばいと、……じゃない？」

明らかな愉悦を含んだ声の、意味がすぐには飲み込めなかった。瞠目して固まった蒼天に、根岸は妙に楽しげに言う。

「今まで気づかないあたり、オマエ本気で頭弱いよなあ。他の連中が振り込みだってのに、てめえだけ手渡しって時点でわからねえとか」

「お、じさ、……それ、どうい、」

「小遣いナシで金に困ってるっていうから同情してやったんだよ。オマエみたいな気の利かない役立たず、どこに行ったところで早々にクビなのは目に見えてたしなあ？　そうは言っても康一の息子だ、オレの私費で飼っておけば最低でも穴埋め要員には使えるだろうと踏んだものを、肝心な時に役に立たねえ上にこうも好き放題やらかしてくれるとはなあ」

「だ、……だから知らない、知りません。連絡だって気づかなかっただけで」

もう一度必死で訴えた、そのとたんに根岸の表情から上《うわ》っ面《つら》の笑みがすうっと消えた。

「まだ言う気か。オマエ、オレを嘗《な》めてんのか。本気でクビになりたいとでも？」

「ちが、そういうわけじゃ、」

「警察呼ばれたいのか？　犯罪者になった日には、いくら穴埋めでもウチで雇えねえぞ。……なあ、諦めて素直に認めたらどうだ。損害分タダで働くなら表沙汰《おもてざた》にしないでやってもいい」

畳みかけるように言われて、蒼天はぐっと奥歯を噛む。――どうしても、頷けなかった。

黙って俯いた蒼天に、根岸は業《ごう》を煮やしたらしい。「へえ？」と乾いた声で言う。

「だったらオマエ、今限りでクビだな。今すぐ帰れ、二度とこの店に顔出すんじゃねえ」

「……っ、――」

「それは、いくらなんでも一方的過ぎませんか」

言い渡された言葉に蒼天の肩が大きく跳ねるのと横合いから場違いなほど穏やかな声がしたのがほぼ同時で、危うくこぼれそうになった声を辛うじて飲み込んだ。

「何だてめ、……お客さん、ですか。失礼だがこの場合、そちらは部外者だ。むやみに首を突っ込まれても、」

「本人がこうも一貫して否定するのなら、まずは検証すべきだと思いますが。店内の防犯カメラや証言者を集めれば、真相も見えてくるのでは？」

「防犯カメラの映像はそう簡単には見られないんですよ。本部と警備会社双方に連絡の上、許可と立ち会いが必要となるんです。そんなもの、そう簡単には」

心底面倒そうに言う根岸は、一応その相手——前里が店の常連だということに気づいたらしい。いかにも店長らしい顔を装い、困ったように言う。

「今聞いていた限り、彼のミスで今までにかなりの損害が出ているのでは？」

けれどその言葉尻を、前里はあっさり奪い取った。前後して、こちらを睨む根岸との間にしなやかな長身が割って入る。

手を伸ばせば届く距離に立つその背中に、ギリギリで保っていた何かが今にも崩れそうになった。それでももと、蒼天は必死で奥歯を噛む。

「そこに意図的な行為が加わるなら、警察に届けて真相を明らかにすべきでしょう。……ああ、正規のバイトじゃないのが問題なのかな。だとしても、そこまでやらかした『犯人』をそれでも雇い続けようとするのはどうしてなんです？」

「……——信頼のおける社員を監視につけるつもりですんでね。それと、お客さんは知らないんでしょうがコイツはオレの親友の」

「大事な忘れ形見、でしたっけ。なのに本人を信じるどころか言い分すらまともに聞こうとせず、確たる証拠もないのに一方的に犯人扱いするわけか。こちらからすれば、ずいぶん不可解な話ですよね」

間髪を容れずの反駁《はんばく》に、根岸は取り繕うのが面倒になったらしい。うんざり顔で息を吐くと、前里から目を逸らした。その背後、半分隠れる形になっていた蒼天を見据えて言う。

「さっきも言いましたが、アンタは部外者だ。変に嘴《くちばし》を突っ込むのはやめてもらいたいモンだね。……おい蒼天、中に入れ。話の続きはそれからだ」

顎をしゃくって言うなり背を向け、大股に店の出入り口の方へと歩き出した。数歩進んだところで首だけ振り返り、その場に突っ立ったままの蒼天に盛大な舌打ちをしてみせる。

「とっとと来い。トロトロすんじゃねえっつってんだろ……おい蒼天！　てめえ何やってんだ、聞こえねえのか。あぁ⁉」

眦を吊り上げた顔でさらに二度三度と名を呼ばれて、それでもどうにも動けなかった。手足だけでなく声や思考までもが、その場に縫い付けられたように思うようにならない。

いい加減にしろ、ふざけるな、オレの言うことが聞けないのか。突っ立ったまま、投げつけられる罵声をただ聞いていると、ふいに右手を握られる。のろりと目だけを落としてみれば、それはすぐ前に立つ前里で——根岸に相対する形の彼は蒼天に背を向けたままで、なのに「大丈夫だから」と言われた気がした。

「……蒼天てめえ本気でクビだ。もう二度と、ウチにその顔見せるんじゃねえぞ」

完全に形相を変えた根岸が怒鳴るように言って、建物の向こうに消えていく。それをただ見送って、数秒か十数秒か、……あるいは数分が経った頃だろうか。目の前の肩が緩く上下したかと思うと、振り返ったヘーゼルの瞳が気遣うように見下ろしてきた。

「遠藤くん、もう動けるかな。……移動、しようか？」

いつも通りの穏やかな声に、辛うじて頷く。そんな自分を、ずっと遠くから見ているように感じていた。

9

ぽっかりと、水底から上がった泡が水面ではじけるように目が覚めた。

ぼうっとしたまま瞬いて、蒼天は目の前にあるオリーブグリーンを見つめる。麻だろうか、涼しげなその布――開襟《かいきん》シャツの襟元《えりもと》をぎゅうぎゅうに握りしめているのは他でもない蒼天自身の両手、だ。

「……は、――え……？」

ちなみにそのシャツは畳まれていたわけではなくて「中身」入りだ。そしてその「中身」に当たる「誰か」は、蒼天の鼻先がその胸元に触れそうなほど近くにいる。

箱ごと床に落としたジグソーパズルみたいに、まとまりがない思考をかき集める。蒼天がいるのはベッドの中で、けれど自室じゃないのは匂《にお》いと感触でわかった。そしてこの状況は、つまり目の前の人と一緒に眠っていたことに他ならず。

「――……」

呼吸を殺し、そろそろと視線を上げていく。開襟シャツから覗く鎖骨と喉仏、そこから続く形のいい顎と少し薄い唇、整った鼻梁《びりょう》の先で閉じた睫は胡桃色、だ。

瞼《まぶた》の下にある瞳の色は、知っている。色つき眼鏡で隠すにはもったいない、深くて綺麗なヘーゼルの。

「まえさと、さん……？」

どうして、自分と前里が同じベッドで寝ているのか。それも彼の腕が腰から背中に回っているという、ほとんど抱き込まれているような状況、で。

思った後で気がついて、慌てて彼のシャツから手を離す。しっかり皺の寄ったそれに恐縮していると、両方の眦が妙に痛い。その周りにも、すり切れたようなヒリつきがある。

何で、と思ったタイミングで、ぅにあ、という鳴き声がした。頭上にあったぬくみがもそりと動いたかと思うと、首を伸ばすように蒼天の顔を覗き込んでくる。

「……しろ、さん？」

吐息に近い声で呼んだら、伸びてきた前脚に頬を踏まれた。それを足がかりに、額の生え際のあたりをざりざりと嘗められる。

「お、はようしろさ、……えとごめん、それ、嬉しいけど、いたい」

極力声を落としたはずだったのに、腰に回っていた長い腕がゆるりと動いた。反射的に目を上げるなり、少し眠そうに瞬くヘーゼルと視線がぶつかる。

「……おはよ。気分はどう？」

見下ろす彼——前里の気《け》だるげな表情と、少し掠れ気味の声にどういうわけだか顔が熱くなった。咄嗟に俯いてしまった自分に混乱し、どんな顔で何を言えばいいのかと惑う。

「お、はようござい、ます。……あの、おれどうして、」

「あー、やっぱり声もやられてるなあ。喉とか痛いでしょう、無理に喋らなくていいよ。——うん、これはちょっと寝坊だな」

宥《なだ》めるように頭を撫でてくれる手は、声と同じくらい優しい。蒼天の腰にあった腕を抜いたかと思うと、少し物憂げに身を起こしベッドから降りていった。つられて起き上がった蒼天の傍に、間を置かず戻って言う。

「今日は発掘に行くんだけど、遠藤くんはもう試験終わったんだよね。レポートとかの締め切りは大丈夫？」

「え、あの、」

「行き帰りも含めて一日がかりだし、体力も使うから今日は勉強にならないと思うんだよね。それでも間に合うかな」

言われたことを飲み込もうと思考を凝らす蒼天の腕に、擦り寄ってきた猫がおさまる。当然のように丸くなった重みに、ひどく安心して気持ちが緩む。

「試験はもう終わりました。レポートは週明けが締め切りで、下書きはほとんどできてる、ので平気、だと思います。あと、バイト……は昨日、クビになった、ので」

最後にぽろりとこぼれた言葉を聞いて、「そうだった」と思い出す。そこからどうしたんだったかと考えたところで、「じゃあこれ」とひと重ねの衣類を押しつけられた。

「僕のだけど、急いで着替えて。しろさんは、邪魔しないようこっち。……先に洗面所使ってるから、着替えたらおいで」

抵抗する猫を抱き上げて、前里は寝室から出て行ってしまった。

膝の上の衣類を広げて眺めた後で、ふと気づく。ここは前里の寝室で、つまり前里の家なわけだ。ついでに、何故か自分も彼も着替えもせずに寝てしまったらしい。

「え、あれ、えと……？」

おかしいと思いはするが、何だか思考が定まらない。着替えをすませた後で妙にヒリつく目元を押さえてみれば明らかに腫《は》れ上がり熱を帯びているが、その理由、も――

……あの後、前里に促されて建物の正面に戻ると、店の出入り口外の車止めのあたりに空色のリュックサックとウエストポーチが転がっていた。そのすぐ傍には昼番のバイトがいて、変ににやつきながら言ったのだ。

（制服と、ロッカーの鍵。今すぐ返せってさ）

思考が痺れたみたいに何も考えられなくて、言われるまま素直に従った。前里に言われなければきっと、自分の荷物を改めることすら思いつかなかったに違いない。

そこから前里宅に着くまでのことは、よく覚えていない。ただ、自転車は自分が押すと言い張ったことと、前里がずっと傍らにいてくれたことだけは、記憶に残っている。

ぼんやりと滲んでいるそれが鮮明になるのは、前里宅の玄関先に着いてすぐのことだ。引き戸を開けるなり飛びついてきた猫にびっくりしてその場で尻餅をついたら、するんと膝に乗られたのだ。長い尻尾に頬を撫でられ、にあ、と鳴く声とともに喉元に擦りつかれた。

優しいぬくみとふくふくした手触りに、ずっと固まっていた「何か」が綻《ほころ》んだ、気がした。無意識に動いた腕が猫を抱きしめて、喉の奥からこみ上げたそれを堪えようとした時、いきなり顔を嘗められたのだ。ざりざりと続く湿ったぬくみは肌に痛くて、けれどそれ以上に心臓の奥がぎりぎりと痛い。それに気づいてしまったらもう耐えられなくて、――気がついたらその場で、手放しで泣き出してしまっていた。

そこからは、また記憶が曖昧になる。辛うじて覚えているのは自分でもどうしようもないくらい涙が止まらなかったことと――しがみつく相手がいつの間にか、前里に変わっていたことだけだ。

泣いて泣いて、泣きすぎてえずくまでしゃくり上げて、途中でぷつんと記憶が途切れる。つまりはまたしても迷惑をかけたわけだ。関係のない修羅場に巻き込んだあげく泣き喚《わめ》いて寝落ちするなんて、十九にもなる男がすることじゃない。

改めて、あまりの恥ずかしさに悶絶《もんぜつ》しそうになった。もそもそと使っていた箸をいったん止めて、蒼天は向かいの席にいる前里を盗み見る。

身支度を整えてすぐに家を出て、裏庭に停まっていた黒くて可愛いフォルムの車に乗せられたのだ。助手席で固まる様子が不安げに見えたのか、運転席に座った前里は車を出す前にぽんと頭を撫でてくれた。

（これでも一応、無事故無違反だから安心して）

それから小一時間走って辿り着いたこの牛丼チェーン店で向かい合って、今は朝食を食べている。

「あ、の。今さらですけど、おれ何で今朝、っていうか昨夜前里さんのベッドで、その」

車内でずっと考えていたはずなのに、まず出たのがその問いだったことに自分で呆れた。とはいえ気になっていたことも事実で、蒼天は熱くなった顔を見られないよう下を向く。

「泣きすぎて、泣き疲れて玄関先で半分寝ちゃったんだけど、覚えてない？　それで」

夏場とはいえ板張りの廊下はないと、ひとまずのつもりでベッドに運んだのだそうだ。少し微睡《まどろ》んでは泣きながら目を覚ますのを繰り返す間にもずっと前里のシャツを握って離さず、所用で離れて戻った時には泣きじゃくっていたのでそのまま――ということらしい。

想像していた以上の醜態に、この場で蒸発したくなった。

「す、みませ……その、えと、それであの、何でここで朝ごはん……？」

「天気予報だと快晴だし、炎天下で丸一日働くならちゃんと食べないとだよね。僕の食生活を気にしてくれる子もいるんだし」

「ぅあその……——って、叔母さんの朝ごはんとお弁当……っておれまた無断外泊っ」

今さらに気がついて、ざあっと全身から血の気が引いた。

寝起きにちゃんと「発掘に行く」と言われたのに、どうして思いつかなかったのか。すぐさま自力で戻ろうにも、自転車も荷物も前里宅だ。

「大丈夫だよ。そこも含めてちゃんと許可は貰ってるから」

「え、」

「メールが届いてるはず……って、きみのスマホはうちに置いてきたんだっけ。じゃあこれ」

青くなった蒼天の目の前で、前里がシルバーのスマートフォンを操作する。はい、とばかりにトレイの横に置かれたソレを、遠慮がちに覗き込んで瞬いた。

つい数分前に届いたらしいメールの、差出人アドレスは確かに叔母のものだ。そこには蒼天が昨夜世話になったことのお礼と今日の様子を気に掛ける言葉。発掘については蒼天の意向と体調次第で、無理があるようなら見学に留めて欲しいこと。末尾には何かあれば連絡をとの言葉とともに、見知った十一桁のナンバーが記されていた。

二度見どころか五度ほど読み返してそれでも飲み込めずにいた蒼天に、味噌汁《みそしる》の椀をトレイに戻しながら前里が笑う。

「ね。許可は出てるでしょう」

「は、ぃ……」

でも。いったい何が、どうやって。降るほどの疑問をうまく言葉にできず、山盛りに迷惑をかけているのを心底申し訳なく思う。

……なのにひどく安堵しているのだから、本当に自分は狡《ずる》い。

バイトは論外として、今日ばかりは大学にも行きたくない。かといって、叔母のマンションにも帰りたくない。そのくせひとりになりたくなくて、ついでに何も考えたくない。

結局のところ、前里の優しさを利用しているのだ。承知の上で、それでも断ろうとは思えない。そうやって逃げるようなヤツなんて、嫌われるのも信用されないのも当たり前だ。

思ったとたん、またしても心臓の奥が疼く。それを押し殺して、蒼天は朝食に集中した。

到着した発掘現場は、よくこんなところでと思うような山中にあった。

他にも数人いたバイトと一緒に簡単に作業説明を受けた際に聞いたところによると、そもそもはこのあたりに大きめの工場を建設する予定があったのだそうだ。

ところが整地を始めてみたら、土中のそこかしこから遺跡めいたものが出てきた。念のため——というよりニュアンス的には仕方なく届けを出し調査してもらったら、ここに広大な遺跡が埋まっていることが判明した。保留となっていた工場建設は土地を移すこととなり、ここは本格的な発掘調査に入ったのだとか。

　そうなんだと感心しつつ指示されたバイト内容は、決まった範囲の土を掘って「何か」を見つけることだった。どんな小さな破片であっても、出てきた時点で近くのスタッフに声をかけてほしいと言われた。

「まあ見つかればラッキーくらいのつもりでいいよ。焦る必要は全然ない」

　果たして自分にできるのかと緊張していた蒼天にのんびりそう言ってくれたのは、周囲から「教授」と呼ばれていた人だ。ニックネームではなく実際に大学に所属する専門家なのだと、持ち場に移動する前に蒼天を呼んで引き合わせてくれた前里が教えてくれた。

「前里くんが人を連れてくるとはねえ。夏晴れだけど、雨を警戒した方がいいかな？」

「ああ、……その方がいいかもしれませんね」

　雲一つない晴天を見上げて笑った教授と口の端を緩めた前里は、現場の監督や調整確認のためひとつ場所に落ち着いてはいられないのだそうだ。実際に割り当てられた場所でおそるおそる作業にかかると、それなりの頻度で教授や前里を呼ぶ声がした。ふと手を止めた蒼天が周囲を見渡すたび、彼らはそれぞれ全然違う場所で話し込んでいたり何やら確認中だったりと忙しそうだった。

「ひとりにしてごめんね。体調はどうかな、目眩はない？」

「ありがとうございます、平気です。……その、まだ土しか出てきてません、けど」

にもかかわらず、前里はたびたび蒼天の近くにやってきては気遣ってくれるのだ。それに――これは自惚《うぬぼ》れかもしれないが視線を感じて顔を上げると高い頻度で前里と目が合ったり、手を振ってくれたりする。そのせいか、周囲にいるバイトその他にちらちらと見られているような気がして仕方がない。

「ねえきみ、前里先生の何なの?」

前里が離れていってまもなく、額に滲んできた汗を拭ったタイミングで横合いから声をかけられた。見れば作業説明の場で前里や教授の傍にいた、蒼天と同世代の女の子だ。確か、教授のゼミに所属する教え子なのだとか。

「なに、って、あの」

「ずいぶん親しげだけど前里先生に弟がいるなんて聞いたことないし、親類にしては全然似てないし! それに何であんなに先生が気にするとか、自分から楽しそうに話しかけるとか、あと何できみの前だと笑ってるの? あたしが――教授以外が話しかけても無表情で、事務的な返事しかしてくれないのにっ」

最初の一言に含まれていた棘を、数倍にしてぶつけられた気がした。とはいえ蒼天にとっては「よくあること」で、けれど自分でも同じ疑問を覚えてしまう。

「ええと、……知り合い? っていうか」

「知り合いって、そんなのおかしいでしょ。あの先生、友達すら現場に連れてきたことないのにっ」

「それはその、誘ってもらった、から……？」

「だから何でよ。どうして先生がアンタを誘ったりするの。ただの知り合いなんでしょ」

一応は「きみ」だった呼称が、とうとう「アンタ」になった。

しゃがみ込んだ蒼天を立ったままで見下ろす彼女の、険のある目つきに昨日の根岸を思い出す。答えられず黙った蒼天を睨んで続けた。

「誘ってもらったなんて嘘で、強引にくっついて来たんでしょ。その手つき、ド素人だもん。……言っておくけど、何か見つけても余計な真似はしないでよね。黙ってポケットに入れるとか」

言い捨てるなり、ざかざかと音を立てて離れていった。その背中を見送った後、ため息交じりに見上げた空には相変わらず雲ひとつ見えない。

春秋冬には嬉しい天気だが、真夏のコレはいささかキツい。降り注ぐ日差しは刺すように強く、眩《まぶ》しすぎて目も痛む。前里が貸してくれた上着が長袖だったこともだが、帽子のつばがやたら広かったのも道理だ。

掘り起こし中の地面を前に、借り物のスコップを持ち直す。ひたすら手を動かしながら、脳裏によみがえるのは昨日のことだ。

バイトをクビになったことは、仕方がないと諦めた。濡《ぬ》れ衣《ぎぬ》だとか正規のバイトじゃないって何なんだとか思うところはたくさんあるものの、要約すれば事は簡単だ。蒼天が根岸から欠片も信用されていなかった、というだけ。

それ自体はもちろんショックだ。なのにそれが妙にぼやけて感じるのは、それ以前にあのバックヤードでの衝撃があったからだろう。

つまり、「年に一度の贈り物」は根岸からのものではなかった、という。

十五年もの間続いている「贈り物」の、送り主が今年「だけ」違うなんて不自然だ。それより、「根岸が贈り主」という認識そのものが間違っていると考える方がすじが通る。……そう考えれば、思い当たることはいくつもあった。

どんな小さなことであっても恩に着せたがる根岸が、あの「贈り物」に限って事前に匂わせることとすらしない。お礼を伝えれば「気に入ったか?」と、「選ぶのに苦労したぞ」とは言うものの、現物については実際に見せるか、こちらから具体的に話さない限り何も言わない。喜んだ蒼天がどんなに語っても、物によっては興味なさげに聞き流すばかりで、露骨に退屈そうにする。

蒼天が幼い頃から家に出入りしていた根岸なら、「年に一度の贈り物」や、その贈り主が秘されていることを知っていてもおかしくはない。

父親の生前ならともかく、その後の蒼天をよく知る人なんてごく限られている。好きな色は見ていてわかったにしても、欲しいものまで的確に選べるならよほど身近な存在のはず、で――

「まさか、だよね。だって、」

脳裏を掠めた面影に、あり得ないと頭を振った。息を吐いた時、やや遠くで声を張るのが聞こえてくる。

「昼休憩ですー。お弁当頼んだ人、お茶と一緒にここで配りますー」

反射的に顔を上げると、ここに着いた時はまだ八時か九時の方角にあった太陽はほぼ真上だ。頬を焼いた熱に慌てて下を向いた拍子に、首すじからシャツの背中へと汗が流れていく。

「遠藤くん、お昼にしようか」

「あ、はい。じゃあ、すぐ……えと、あっち、ですよね」

声にぱっと顔を向けて、いつのまにかすぐ傍に前里がいたことに気付く。腰を上げながら、先ほど声が上がった方へと目を向けた。

三々五々と人が集まっていく先は、ブルーシートを駆使して作られた日除《ひよ》けつきの休憩所だ。最初の説明の際に、昼食時や間の休憩はもちろん、体調不良の際にも遠慮せず使うよう言われている。

「いや？　僕は大抵別だから。お弁当も、もう確保したしね。いつもはあっちの日陰に行くんだけど、今日は……そうだね、向こうの木陰はどうかな。歩ける？」

前里の言葉に戸惑って再度目を向けた先、休憩所前の人だかりの中からこちらを睨んでいるのは間違いなくさっき文句を言いに来た女の子だ。その向こうで、帽子を取った教授が人に囲まれて談笑しているのが見えた。

「でも、その、いいんでしょうか。前里さん、は教授と一緒の方、が」

「もともと僕は人の多いところが好きじゃないんだ。教授もそれをよくご存じだから」

でもありがとう、と頭を撫でられて、結局は素直についていて行った。辿りついた先はいわゆる林の入り口のようで、境の目印みたいに大きな樹木が伸びている。その根元、ちょうど陰になったあたりに座るよう促された。

隣に座って額を押さえた前里が、おもむろに色つき眼鏡を外す。汗で張り付いた長めの前髪をかき上げると、あのきれいなヘーゼルと目が合った。とっさに思ったのは「何で隠すんだろう」という疑問で、けれど口から出たのは別の問いだ。

「立ち入ったこと、だったらすみません。人が多いところが苦手、って……」

「正直に言えば嫌いかな。感覚的に落ち着かないっていうか」

「そ、なんですか」

苦笑交じりに差し出された折り詰め弁当を何気なく受け取って、はっと昨日の約束を思い出す。発掘のバイトの時は、送り迎えしてもらう代わりに――

「す、みませ……おれ今日、お弁当作ってない……」

「問答無用に引っ張ってきたのは僕だよ。叔母さんの反対も強引に振り切ったしね」

「えっ」

咄嗟に反応できない蒼天に、今度は前里が首を傾げる。傍らの紙袋から、思い出したようにお茶のボトルを渡してくれた。

「面倒をかけて、すみません。その、……おれ叔母さんに嫌われて、るから」

「嫌われてるの。叔母さんに？」

最後に口の中だけでつぶやいたはずの声が、聞こえてしまったらしい。慌ててみても今さらで、蒼天は俯いて奥歯を噛む。

こんなによくしてくれる人に、聞かせていいことじゃない。何より、これをきっかけに前里にも嫌われてもおかしくない。

「いくら身内でも、嫌いな子のために仕事を早退して迎えに来たりはしないんじゃないかな。こっちは落ち着くまで預かるつもりで、そのまま泊まって構わないって伝えてたしね」

「……へ」

思いも寄らない内容に瞬いた蒼天をじっと見つめた前里が、思いついたように腰のポーチを探る。「手を出して」と言われて応じると、小さな巾着をのせられた。

「作業中だし、帰ってからでいいと思ってたけど、これ。叔母さんから、きみに返しておいて欲しいって頼まれた。……開けてみたら？」

「叔母さん、から……？」

手の上にのる巾着は、大きさの割に少し重い。困惑しながら紐を緩め、取り出した中身を目にして蒼天は今度こそ瞠目する。

「これ、……」

「昨日連絡したらすぐ行くと言われてね。その時に」

蒼天の手の上にあるのは、昨日にも根岸からゴミ呼ばわりされた——前里と親しくなるきっかけにもなった「お守り」だ。それも、直そうとして歪めてしまった金属部分が新しくなっている。「猫に見えない猫」も妙にぴかぴかで、思う以上に汚れていたんだと今になって気がついた。そこに下がった古い鍵からは、どうやったのか錆がすっかり消えている。

「う、そ」

無断外泊がバレた一昨日の夜、この「お守り」を叔母に預けた。「見せてほしい」と言われて渋々応じたら、「直せるかもしれないから預かりたい」と言われて断りきれなかった。

正直に言えば、もう手元には戻らないかもしれないと思っていたのだ。それなのに——

「ちょっと行儀悪いけど、食べながら話そうか」

横合いからかかった声で我に返って、蒼天は慌てて頷く。巾着に戻したお守りを上着の胸ポケットに収め、促されるままに弁当の蓋を開けた。

スーパーやコンビニのではなく、いわゆる仕出し弁当らしい。区切られた九つの枠の中、目についた野菜の煮付けを口に入れると馴染みはないのに不思議と懐かしい味がした。

「これは叔母さんから口止めされてたんだけど。叔母さんと僕は、昨日の朝のうちに会って話してるんだよ」

「え、」

それはつまり、蒼天と一緒にお昼の弁当を食べるより前ということだ。思いがけないことに固まって、蒼天はどうにか声を絞る。

「……あの、じゃあコンビニのバイトのこと、は」

「もちろん言ってない。叔母さんの目的は、僕の人となりを確かめることだったみたいだしね」

「ひと、となり？」

何でそうなる、ときょとんとした蒼天に、前里は口の端で笑って続ける。

「けど、叔母さんはあのバイトのことは知ってたみたいでね。辞めさせたいのは山々だけどきみが店長に懐いてるのは事実だし、大学生になったものをそこまで束縛するのはどうなのかって悩んでたらしい」

告げられる言葉は蒼天にとってあり得ないことばかりで、けれど胸ポケットにある重みは確かな事実だ。

「昨日の遠藤くんはひどく参ってて、ちょっと帰れる状態じゃなかった。無理させるよりうちに泊めた方がいいと思って電話したら、その場ですぐ行くって言われてね」

今はそっとしておいた方がと伝えた前里に、「それでも」と押して訪れたのだそうだ。せめて顔だけでもと頼まれて、様子を見るだけと断って案内した。

「叔母さんの応対に出るのに離れた時、ぐずってるのはわかってたんだけど」

前里が戻るなり本格的に泣きながら、必死にしがみついてきたのだそうだ。しゃくりあげながら繰り返し「根岸のおじさん、ごめんなさい」と口にする様子に、叔母はひどく驚いた様子だったという。

「恨まれてもいいから無理にでも、あの店長から引き離しておくんだったたって仰《おっしゃ》ってたよ」

「――それって、じゃあおれがあそこをクビになった、のも」

あの経緯で、バレないわけがない。複雑な気持ちで、蒼天はぎゅっと奥歯を噛む。

「人って結構わかりづらいよね。意思疎通のための言葉を使って、平気で誰かに嘘をつく。思うことと言うことが違うのはよくあることだし、それ自体はけして悪いとは言えないけど、故意に悪意で人を陥れようとする輩《やから》も確実にいる。――だから、僕は遺物が好きなんだけど」

「え、?」

急に変わった話題が繋《つな》がらなくて、蒼天は思わず首を傾げた。それへ彼はさらりと言う。

「まだ半日だけど、参加してみてどう思った?」

「楽しい、です。その、……何も見つけてないです、けど。いつか、何か出てくるかもって思うだけで、何となくわくわくしたっていうか」

「子ども向けの恐竜図鑑とか、見たことある？」

「はい？　えと、昔に、なら」

またしても、いきなり話が変わった。遅れまいとどうにか答えた蒼天に、前里はどことなく意味ありげな笑みを向けて言う。

「あれって骨格そのものは確かにそれの化石なんだけど、体色なんかはほとんどがたぶんこうだったろうっていう推測なんだよ」

「えっ。あの、研究とかではっきりわかった、とかじゃなく？」

「そもそも残ってるのは骨だけだし、実際に見た人もいなけりゃ記録もないからね。研究して論文を書いて認められたところで、それが『事実だった』っていう証拠はどこにもない」

あっさり言われた内容に、「え」と目が丸くなった。

「例えば今の人類が全滅して何万年も先に、遠藤くんのそのお守りが土中から発掘されたとする。ところが付随する記録がまったくない。そうなると確かな事実は『古代の木片と金属の紐を繋げたもの』が『この土地の、この地層部分で見つかった』ことだけだ。そこで考えてみて欲しいんだけど、それが発掘された何万年も先にキーホルダーやお守りってものが存在しなかったとしたら？」

「……何、のために、どうやって使うのか、想像っていうか推測するしかない、ですよね」

「そういうこと。けど、残念ながらその想像……推測の成否を正しく判定できる遠藤くんは、間違いなくその場に存在しない。だったら『その用途が事実か否か』は不明なままだよね」

そこまで言われて、何となく「わかった」気がした。

人が存在しなかった時代を「真に正しく」証明するすべなんて、そうそうあるわけがない。それが簡単に「わかる」なら、人が築いた古代文明の謎なんてとっくに解明されているはずだ。

「そ、の場合の、前里さん、が言う『事実』って、」

「感情と期待と予測と思い込みを排除した、ごく端的に『その場で起きたこと』かな。たとえば今日のことなら『遠藤くんは僕に誘われてここに来た』っていう、それだけ」

淡々と言う前里は、どうやら弁当を食べ終えてしまったらしい。蓋を閉じる寸前、ほぼカラになった中身が目に入って慌てて箸を使った蒼天に「まだ時間はあるからゆっくりでいいよ」と笑ってくれた。

「これはただの提案だけど。そういう目で、叔母さんを見てみたらどうかな」

「叔母さんを、……ですか」

「そう。叔母さんが、実際に遠藤くんに何をしてくれたのか。それとは逆に、何をしなかったのか。できればあの店の店長についてもね」

誰が何をして、何をしなかったのか。心の中で繰り返した蒼天を見たまま、前里は続ける。

「たとえば、僕から見た事実。遠藤くんが着てる服は、遠藤くんによく似合ってて、遠藤くんが大好きな色が入ってる。選んだのも買ったのも、叔母さんだよね？」

「……そ、です」

「サイズだけで適当に買って、そうなることって滅多にないと思うんだけど。遠藤くん、貰った服を選《え》り分けたりしてる？」

思いがけない言葉に、反射的に首を横に振っていた。

「追加で、もうひとつの事実。叔母さんは、今日もうちに遠藤くんを迎えに来るつもりだったよ。昨日うちに来た時に乗ってたレンタカー、日延べを申し込むって言ってたから」

「は、へ？　れんた、かー……？」

「自転車がないと、遠藤くんが困るからって。電車を使っていいのに遠慮しすぎだとも言ってたかな。ああ、でも今日は僕が送っていくってことで話はついてるから」

さらに予想外なことを言われて、困惑した。

蒼天が持っている服に、青系統が多いのは事実だ。……それが服だけでなく借り物の、つまり叔母が買った自転車やスマートフォン、パソコンに電子辞書といった品物にまで至っている、ことも。

自転車もだが、電子機器を安く買おうとすれば色なんて二の次だ。実際、大学の知り合いの中には「現品限りで」、「型落ちだから」、「安売りで」と買ったものの、気に入らないからとカバーをかけていたり、中にはペイントまでしている者だっている。

高価な必需品なら、安いものを選ぶのは当たり前だ。誰かに貸し与えるのなら、そしてその相手が過去にやらかしているともなればなおさら、色などどうでもいいはずで。

(サイズだけで適当に買って、そうなることって滅多にないと思うんだけど)

でも、それは。だって、そんなはずが、あるわけが——

「だっ、て……叔母さん、はおれが嫌い、だって」

「叔母さんに、直接そう言われた？」

さらりと短い前里の問いに反射的に首を振って、愕然《がくぜん》とした。

叔母はもちろん両親からも、一度も言われた覚えがない。繰り返し、蒼天にそう言ってきたのは根岸と博也だけだ。

「遠藤くんは？　叔母さんが嫌い？」

「いえ。その、苦手です、けど」

間髪容れずに出た返事は、蒼天の本音だ。何しろ嫌われる理由はあっても、嫌う理由がどこにもない。

「叔母さんは、自分が遠藤くんに嫌われてるって言ってたよ」

「え、……」

「つまり互いの認識が食い違ってるってことなんだけど、それって結局は推論や想像で思い込んでるってことでもあるんだ」

今度こそ声を失った蒼天に、前里は続ける。

「そういう時は、事実――『その場で起きたこと』だけ抜き出して並べてみるといいよ。人って言葉では嘘をつくけど、行動には本音が出るものだからね」

10

今日が提出期限のレポートのデータが入ったUSBメモリを確実にリュックサックの中に収めて、蒼天は小さく息を吐いた。

昨日に最終見直しをしたら、本文中に引っかかる箇所を見つけてしまったのだ。そのまま提出するよりはと、外出ついでに大学図書館まで出向いて修正することにした。その場で指定のアドレスにデータを送ってしまえば、蒼天にとっての前期試験は終わりだ。

……本日以降順次届くはずの結果で、再試験や追加レポートがなければの話だが。

ひとつ頷いて、蒼天は急いでキッチンへと向かう。味噌汁にごはんに卵焼き、青菜の煮浸しに梅干しという朝食メニューと並行で三人分の弁当を詰め込んだ。小風呂敷でくるんだ三つの包みをカウンターに置き、テーブルに朝食を並べていると、いつものタイミングで身支度を終えた叔母が「おはよう」と姿を見せる。

「おはよう、ございます」

返事をする声だけでなく、表情もこれまでになく緩い。自分でもそれがわかって「あ」と思った、それとほぼ同時に叔母が口元を押さえて俯いた。

いつにない反応に焦ったものの、よく見れば叔母の耳が赤く染まっていて、どうやら厭がられてはいないと何となく悟る。

数秒の沈黙の後、ようやく口から手を離した叔母が上目に蒼天を見て早口に言った。

「ごめんねまだ慣れなくて」

「いえ。あの、それはお互い様っていうか」

言いながら、自分の顔が緩んだままだったことに気がついた。すぐに顔を戻そうとしたら、少し慌てたような声で言われる。

「一応言っておくけど、困ってるわけじゃないのよ。ただ、こう……先週までとは違いすぎて、ね?」

「あー……わかります」

ひとまず朝食をということで、揃って席についた。箸を使いながらちらちらとこちらを気にする叔母はやはりほとんど口を開くことはなくて、けれど空気は全然違っている。

――初めての発掘バイトを終えて帰宅した蒼天を見るなり、叔母は確かに安堵した様子を見せた。

マンションの集合玄関ではなく部屋の前までついて来た前里に、ドア口に出てきた叔母がお礼とお詫びを伝えたのを皮切りに始まった会話は蒼天の「次回のバイト」に言及し、「本人がやりたければ、無理のない範囲で」ということに決まった。あまりの呆気《あっけ》なさにぽかんとした蒼天の頭を撫でて「またね」と笑った長身を追いかけ、集合玄関で見送って――その後で、何故か後をついて来ていた叔母にその場で頭を下げて謝った。

（人が、平気で嘘をつく生き物なのは事実だけど。それでも、言葉にしなきゃ伝わらないこともあるからね）

別れ際の前里の言葉に、背中を押されたと思ったからだ。とはいえ場所が場所だっただけに叔母を困らせてしまい、ひとまず部屋まで戻ることになった。

禁止されていたバイトを辞めずにいた理由と、今回のクビの経緯。今日の発掘バイトが思いのほか楽しかったこと、今後はちゃんと相談するから他のバイトも許して欲しいこと。リビングのソファで向き合ってひとつずつ説明した蒼天に、叔母は訝る様子を見せた。

（ひとつ聞きたいんだけど、蒼天くんはどうしてそんなにバイトがしたいの。お小遣いだったら、これからはちゃんと――）

（自分にかかるお金は、できるだけ自分でどうにかしたいんです。その、大学生にもなっておんぶに抱っこはどうかと思うので。その、おれにできるバイトがあれば、ですけど）

掛け値なしの本音は、ちゃんと伝わったらしい。短く頷いて、叔母は小さく息を吐いた。

（きちんとしたところであれば、反対する理由はないわ。わたしも、いつまでも禁止してるのはどうかと思ってたし。……とはいえ、ひとまずは前里さんのところのバイトを優先したらどう？　夏場に外でのバイトは身体に来るものだし、他にも頼まれたこともあるでしょう。それに、せっかくの夏休みなんだから）

最後の一言に気遣いを感じて、だから素直に頷いた。その後で思い出してキーホルダーのお礼を言った、のだが。

（知ってるわ。木彫りのソレならわたしも持ってるから）

は、と瞬いた蒼天に、叔母はどこか懐かしむように言う。

（アオはもともとわたしが飼っていた猫なの。仕事が忙して面倒を見きれなくなって、思い切って兄さん――蒼天くんのお父さんにお願いしたのよ）

たぶん蒼天と同じタイミングで、「言われても猫には見えない」アレを貰ったのだそうだ。

（褒めようがないくらいアレよね。でも、せっかく作ってくれたものを捨てられないでしょ）

蒼天があまりに呆然としていたせいか、わざわざ自室から持ってきて見せてくれた。しょっちゅう触っていたせいか少し黒っぽくなった蒼天のとは違う、未使用そのものの木肌《きめ》のソレを、どうやら捨てるに捨てられずいるらしい。

驚いて、驚きすぎて、どうやって切り出そうかと帰りの車中でずっと悩んでいた問いがつるっとこぼれた。

（『年に一度の贈り物』って、――叔母さんから、ですよね？）

とたん、叔母は微妙に渋い顔になった。違ったのかと焦ったところで、短く肯定の返事が来る。その反応に、つい首を傾げてしまった。

(ええと、……何で贈り主不明、に?)

(だって、蒼天くんわたしのこと苦手でしょ? 小さい頃なんて、明らかに怖がってたし。そんな相手からのプレゼントなんて、貰っても微妙じゃない?)

それでもたったひとりの甥だから、その父親——兄には世話になっているからお礼のつもりで送っていた。もちろん、両親とも贈り主が叔母だと知っていたのだそうだ。

(今まで知らなくて……わかってなくて、ごめんなさい。あと、ずっとありがとうございました。全部大事に使わせてもらって、ます)

(いいわよそんなの、別に)

素っ気ない言葉に悄然と顔を向けると叔母は横を向いていて、けれどその耳が赤く染まっているのが目に入った。

(気に入ってくれてたのも、長く使ってくれてるのも兄さんから聞いて知ってたし。三年前からは、目の前で見てるから)

その時に落ちてきたのは、叔母の物言いと「贈り物」が一致したような——相手が根岸だった時には一度もなかった感覚だ。

(ひとつ訊いていい? ですか? 叔母さんと父さんて、実は仲がよくなかった、って)

（前から言おうと思ってたけど、わたしに敬語はいらないわよ。で？　それ言ったのって根岸さんかしら。それとも中西さん？）

両方とばかりに頷いて過去の記憶を口にすると、叔母はあっさり肩を竦めた。

（兄さんとの言い合いならしょっちゅうしたわよ？　たぶん、月に二、三度くらいの頻度で。──だって、気になるに決まってるじゃない。蒼天くんに美奈さんて家族がいるのに、事業を立ち上げては潰して。うまくいった時に蓄えをするならまだしも、根岸さんみたいな小悪党にいいように利用されてて）

父親がやたらツキがいいということは、叔母も知っていたのだそうだ。けれど家庭を持ってまで、博打《ばくち》みたいな生活をするのはどうなのか。せっかく軌道に乗ったものを横取りされ乗っ取られて、取り返そうともせずまた次へと目を向けるのは、いかにいっても無責任ではないのか。

（まあね。後々聞いた話だと、横取り乗っ取り系は軒並み駄目になったみたいだからどうでもいいと言えばいいんだろうけど）

妻子がいるのに「どうにかなるさあ」だった父親の姿勢そのものがどうにも気がかりで、お節介だとは思いつつついつい苦言を呈していた、のだそうだ。

（今にして思えば、余計なお世話でしかなかったんでしょうねえ）

ため息をつく叔母を見ながら、ふと思った。

——叔母さんは、悪くないんだよ。こっちが心配や迷惑をかけてるだけだ。

困った顔でそう言った父親は、たぶん自分が立ち上げた事業が軌道に乗った時点で興味を失っていたのではあるまいか。

子どもだった蒼天の目にも明らかに、熱しやすく冷めやすかった人だ。飽きて手を抜いたところで「出し抜かれ」たなら、好都合とばかりに手放してもおかしくない。もとい、その方が「らしい」気がする。

……もちろんそんなこと、叔母には到底言えるわけもないが。

(最後に、もうひとつだけ。——叔母さん、おれのこと本当は嫌いだったり、しない？)

(嫌いな子の誕生日を覚えておくほど、わたしは優しい人じゃないの。でも蒼天くんがわたしを嫌うのは自由だから、)

(嫌いじゃないです。苦手、だとは思ってましたけど、でもそれは叔母さんに嫌われてると思ってた、せいでもあって……でも、今日気がついたんです。おれ、叔母さんのこと何も知らないって。だから、これからちゃんと知っていきたい、です。それでもいいでしょうか)

蒼天の言葉に、叔母はやっぱり困ったように言った。

(過剰な期待はしないでね。残念ながら、わたしは面白みの欠片もない人間だから)

「蒼天くん、もう出るけど」

「あ、すぐ行きます！」

玄関先から聞こえた声に、慌てて蒼天は足を速める。リュックの他に手にしていたランチバッグを、先に靴を履いていた叔母に差し出した。

「これ、お弁当です」

「いつもありがとう。……それはそれと、また敬語ね」

「う、気をつけま……気を、つける」

「よろしくね。何かあったらわたしか前里さんに即連絡ってことで」

蒼天の背を押して玄関ドアを出た叔母が、慣れた仕草で施錠をする。ここで暮らすようになって初めての「一緒の出勤」に、何となくむず痒《がゆ》い気分になった。ただし、それもエントランスまでの短い距離に過ぎないが。

「連絡、って……でも、鬼電も鬼メールも昨日の昼で終わってるし」

「それきりとは限らないから警戒しておいて。根岸さんがしつこいのは、蒼天くんの方がよく知ってるでしょ」

発掘バイトからの帰り道、前里宅で荷物を回収してみたらあり得ない数の着信が残っていたのだ。そのほとんどが根岸からで、反応のなさに業を煮やしたのかこれまで使っていなかったSMSまで入っていた。

曰く、遅刻だとっととバイトに来い、ふざけるないつまでも拗ねてるんじゃない、いい加減にしろ本当にクビにするぞせめて昨日の万引き分とこれまでのマイナス分くらい働け――というもの。

留守電サービスに残っていた同じ内容の伝言を、一緒に確認するなり叔母の額に青筋が立った。この叔母がそんな顔を見せたことの方が、むしろ蒼天には怖かった。

「念のためっていうか、最終確認ね。蒼天くんは本当に、根岸さんとの縁が切れてもいいの？」

「うん。そのつもりでメールも返したし」

――根岸からの夥《おびただ》しい着信への対応は、まず蒼天本人がした。

と言っても、メールとＳＭＳ両方で「店長本人からクビを通告された以上、そちらに行く理由がありません」と返しただけだ。送信後には秒で着信が入ったが、画面に表示された根岸の名を見るなり叔母にスマートフォンを持って行かれた。しばらくして戻った時の叔母は底冷えのする顔つきで、「これで止めてくれるよう願いたいわよね」と口にしていた。

「くれぐれも気をつけてね？　うちも、蒼天くんの大学も向こうは知ってるんだから」

過保護としか取れない物言いは、けれど実は以前とさほど変わらない。それを「信用がないから」と解釈していたのは、「嫌われている」という前提があったからだ。改めて、自分は本当に偏っていたんだなあと思う。

その過保護な叔母は早々に蒼天のスマートフォンをナンバー変更するか、解約するつもりでいたらしい。目的はずばり、根岸からの連絡の遮断だ。

そこまでしなくてもと思った蒼天に加勢してくれたのが、前里だった。

（それだと相手を煽《あお》る可能性が高いので、現状維持で着信は無視がいいかと。ナンバー変更や解約はいつでもできますから）

昨日、叔母に誘われて出向いた近くの喫茶店でのランチに前里が同席していたのは、「乗りかかった船だから」なのだそうだ。蒼天の雇用形態を含めたあの店での扱いにいろいろ思うところがあるとかで、過去を含めたバイト料やシフトについて詳しく突っ込んで聞かれた。なので、過去のシフト表やバイト料が入れてあった封筒に加え、臨時で出た分を記録した手帳が手元にあると伝えたら、

（それ、ちょっと借りていい？　バイト関連以外は見ないようにするから）

断る理由もなしと、帰りにマンションに寄ってもらった。適当な箱に全部放り込んで渡した時に一番上になったのが先週貰ったばかりの八月分のシフト表で、それを目にするなり前里と、叔母までもが目つきを変えていたのだが、

「おれがいないとあのシフト、成立しないんだよね……」

叔母と別れて自転車のペダルを踏みながら、蒼天は「なかったこと」になった来月のシフト予定を思い出す。

学生バイトたちは各々それなりの日数の希望休みを入れていたし、社員だって盆前後に連

休を入れていた。そんな中、蒼天だけが連勤で休みと言えば週に一日か、酷い時は十日に一日だ。しかもいつもの昼番ではなく、八時から十八時までという本来存在しない時間帯が設定されている。

以前の蒼天は黙って受け入れたけれど、今となってはそうする理由がない。あの穴は果たして埋められるものなのかと疑問に思うが、それだけだ。

長年嘘を吐《つ》かれていた上にあの濡れ衣と暴言まで重なったことについて、何も思わないと言うつもりはない。けれど今改めて振り返ってみれば、それを助長する要因が蒼天の側にあったのも事実だ。

根岸に嫌われたくなくて、見放されたくなくて役に立とうと必死になって、確かにあった違和感を押しつぶしていた。明らかな不公平や言いがかりも、一方的な都合でたびたび臨時シフトに入れられるのも日常茶飯事で、なのにその理由を知ることも意味を考えることもしたくなくて、無理やりに「悪気はないはず」とねじ曲げて解釈していた。

要するに、失うのが怖かったのだ。逆らうことで父親の親友と名乗る人に、「年に一度の贈り物」をくれる人に、蒼天を思いやってくれる唯一《ゆいいつ》の大人に嫌われて、たったひとりにされることが怖かった。

……だって、蒼天はきらわれものだから。自分から、選べる立場じゃない、から。

今、こうしていられるのは――根岸に断りを入れることができたのは、クビになったあの日に自分がずっと信じてきた「根岸のおじさん」がただの幻想でしかなかったと思い知ったからだ。ただ気づけなかっただけで、すぐ傍にちゃんと「蒼天を見ていてくれる人」がいるとわかった、から。

それも全部、前里のおかげだ。彼に言われたようにただの「事実」だけを積み上げてみれば——「誰かがしてくれたこと」を並べさえすれば、相手の意図は明確に伝わってきた。

根岸に関しては、今となってもやっぱり「何故」と思うことばかりだけれども。

(根岸さんが兄さんの親友って、そんなわけないでしょ。ただの幼馴染みっていうか、向こうが一方的に執着してただけよ。都合よく利用するために、ね)

自転車を漕ぎながら思い出したのは、昨日の喫茶店で叔母が口にした言葉だ。

(兄さんて何かと破天荒なくせに変におおらかっていうか……どっちかっていうと大雑把な方だと思うけど、頼って来る人を断るってことをしなかったのよね。けど、一方的に頼ってくる人を友達扱いするほど優しい人でもなかったから)

(でもおじさん、よくうちに夕飯食べに来てたけど)

思わず突っ込んだ蒼天に、叔母はうんざりしたようなため息をついて言ったのだ。

(それって断る方が面倒だからでしょ。あの人ってとにかくしつこいから、下手に追い返すと美奈さんや蒼天くんにとばっちりが行ってたみたいだし。無駄な労力使うより、どうせ法螺《ほら》だって割り切って話につきあう方が面倒が少ないってだけ)

叔母が知る父親の「友人」は基本的に同類ばかりで、つまりわざわざ相手の家に押しかけるような人はまずいなかった、のだそうだ。

(エネルギッシュっていうか、似た者同士なんだろうけど自分がしたいことに突っ走る人たちばかりなのよねえ。……蒼天くん、結構兄さんに連れ回されたでしょ？　行った先で妙に熱い人に出くわした覚えがあったら、その人がそうだったと思っていいわよ)

言われてみれば心当たりはあって、なるほどと頷いてしまった。

ちなみに叔母はそのうちの数人と、仕事上のつきあいがあるのだそうだ。

(みなさん蒼天くんのこと覚えてるし気にしてたから、会いたいなら応じてくれると思うわよ？　ただ、日取りは数か月ほど先になると思うけど)

(あー……うん。えと、もう少しして落ち着いた、ら？　考えて、みる)

まったくもって予測不可能な話に、その時はそう答えた、のだが。

「すぐ、が数か月先って……具体的にどういう人がいる、んだろ……？」

記憶の中で父親に連れ回された先は、深い山奥の一軒家だったり都会の中心にある高層ビルの最上階だったりと場所に一貫性がないのだが。その殆どが雑多な機械器具に囲まれた工房で、そこの主もとにかく個性的で唖然とすることが多かった、ような。

古い記憶を思い返して、蒼天は軽く首を傾げる。思い出してリュックのポケットからスマートフォンを引っ張り出し、作動中のナビで方角を確かめた。ちょうど青信号に変わったのをしおに、ふだんとは別の方角へと進路を取る。向かう先は、この界隈では知られる博物館の最寄り駅前だ。

目印に決めたビルの前、街路樹の傍に立って眠そうにする人――前里を見つけてどうしようもなく頬が緩む。

「蒼天くん、おはよう」

こちらから声をかけるより先、気付いた前里が手を振ってくる。今日の彼は色つき眼鏡に長めの前髪を下ろしていて、あのヘーゼルが見えないのが残念だと思った。

「おはよう、ございます。えと、週末にはいろいろ、ありがとうございました。これ、約束のお弁当です」

「ありがとう。嬉しいな、お昼が楽しみだ」

弾んだ声で言われて、何とも面映《おもは》ゆい気分になった。

実を言えば、これが「発掘以外」のバイトなのだ。前里からの依頼で、もちろん叔母の許可を得て料金設定もすませている。

「今日は大学だっけ。レポートを出したら終わり？」

「はい。時間もあるし、せっかくだから図書館でゆっくり本でも読もうかと」

「そうなんだ。――だったら、もしよければだけど。お昼のコレ、一緒に食べない？」

「えっ。でも前里さん、今日は博物館で仕事じゃあ」

予想外の言葉に、跳ねるように顔を上げていた。一瞬喜んで、つい首を傾げてしまう。

「十三時から一時間ほど、昼休みがあるんだ。その間なら外出も自由だし、すぐ近くに公園もあるから」

「えと、じゃあ、はい」

約束してつい頰を緩めていたら、見るからに微笑《ほほえ》ましげな顔をされてしまった。その表情のまま、ひょいと顔を覗き込まれる。

「叔母さんと、ゆっくり話す時間が取れたみたいだね」

「う、……はい。その、ありがとうございます。おれ、いろいろ気がついてないことが多かった、みたいで」

昨日の喫茶店ランチですでにバレているとは察していたものの、面と向かって言われると何とも気恥ずかしいというのか、自分の馬鹿さ加減に穴があったら入りたい心地になった。

つい身を縮めた蒼天の頭に、ふわんとした重みが乗る。そっと動く感触に撫でられているのを知って、一気に頰が熱くなった。

「気がついたならそれで十分だと思うよ。『こういうもの』だと思ったら、そうとしか見えなくなるのが思い込みだからね。――それで、例の店長からは？」

「大丈夫、です。昨日の昼以降、何もありません」

「そう。でも油断はしないように。何かあれば遠慮なく連絡しておいで」

出勤間際の叔母との会話をなぞったようなやりとりをしながら、またしても頭を撫でられる。おそらく真っ赤になっているだろう顔の火照《ほて》りが冷めるより先に、昼食の約束を確かめて別れた。

自転車に乗って何度か漕いで、赤信号で停まる。何となく振り返った先、まっすぐ延びた歩道に胡桃色の髪はもう見えない。

……どうして、あんなによくしてくれるんだろう。

浮かんだその先を考えるのは何となくまずい気がして、蒼天は進行方向に向き直った。

11

そのメールに蒼天《そら》が気づいたのは、大学図書館で仕上げたレポートをネットで提出し安堵《あんど》した後のことだった。

送信完了の確認をした後、先週からのゴタゴタで何かの連絡を見落としていないかと思ったのだ。受信ボックスを順に確認した後、思いつきで「迷惑メール」フォルダを開いてみたら、よりにもよって「あの」宮田《みやた》講師からの呼び出しがかかっていた。泡を食って確かめた内容は研究室への呼び出しで、ひとまず期日までに折り返し連絡するよう記されていた。

日程にゆとりはあったものの、その場で即折り返した。ものの数分で入った返信には、「大学にいるなら今日これから来るように」と記されている。

「や、っぱり、即日仕上げのレポートは駄目、だったかな……資料不足の検証足らずで結論も今いち突っ込み切れてなかった、し」

それならそれで、臨むところだ。あの時みたいに不本意なまま提出するのではなく、今度こそ資料を探しまくって満足がいくようやり直してやる。幸いにしてコンビニのバイトの予定は全部消えたから、時間はたっぷり取れるはずだ。

決意を固めて了承の返信をし、すぐに指定された研究室へと向かった。

結論から言えば出迎えてくれた宮田先生は拍子抜けするほど「いつも通り」で、わざわざお茶まで淹《い》れてもらったことを思えばむしろ上機嫌だったのかもしれない。始まった会話は提出したレポートの内容についてで、複数の突っ込みを受けたので少々つかえながらも自分なりの考えを述べた。ついでとばかりに資料不足と考察足らずに結論の甘さを自己申告したら、むしろ楽しげに笑われる羽目になった。

不思議なくらい穏やかに過ごして約二十分の後、次の予定があるという先生に挨拶して蒼天はその場を辞した。

「主張すべきことは主張しなさい。でないと周囲には伝わらないぞ」

わざわざドア口まで見送ってくれた先生の最後の言葉は、先日の前里《まえさと》から言われたこととよく似ている。そして――それがどれほど大事なのかを、今の蒼天はちゃんと知っているつもりだ。

叔母《おば》との関係が変に拗《こじ》れたのは、蒼天がちゃんと言わなかったからだ。同時に、叔母の言葉をそのまま受け止めることなく、勝手に解釈していたから。

どうせ嫌われているから、言ったってしょうがない。そんなふうに、勝手に決めつけていたから。

「……遠藤《えんどう》」

一階へと続く階段の踊り場にさしかかった時、足音とともに眼下に見知った顔が現れる。

思いがけなさに瞬いた蒼天に、彼——樋口《ひぐち》はぶっきらぼうに言った。

「宮田先生との話は終わったのか。レポートの件で何を言われた？　必要なら図書館での件、オレが話すが」

「え、……っ、あの、何で、急に？」

「余計なことならやらない。邪魔で不要なら聞かなかったことにしろ」

言うなり、樋口が踵《きびす》を返す。大股に歩き出した広い背中に、思わず声を上げていた。

「ぁ、……ごめん樋口、あの待ってっ。その、心配してくれてありがとう、えっと呼び出しは確かにレポートの件だったけど、話はほとんどその内容のことで、ちょっと質問に答えたあとは雑談だった、から」

「そっか。ならいい」

いったん足を止めていたものの樋口は背を向けたままで、そのまま歩き出そうとする。それへ、必死で勇気を振り絞った。

「待って。あの、すごい勝手を言う、けど、できれば話がしたいん、だ。少しでいい、から時間を貰《もら》えない、かな」

今言わなければ、絶対後悔すると思ったのだ。駄目なら駄目で仕方がない、けれど何もせずに駄目だと決めたくはない――少なくとも樋口に関しては。

だって、何度思い返してみても樋口本人から「嫌い」だと言われた覚えがない。出会って今日までの記憶を辿《たど》ってみても、厭だと思うことをされたことがない。

何となく互いがよそよそしくなって、見る間に距離があいて関わりがなくなったのが五月のことで、けれどその後も遠目でたまに目が合っていた。思い出せばそういう時の樋口はどことなく物言いたげで、けれどいつもふいと視線を外してその場を離れてしまって、そのたびに「もう駄目なんだ」と心臓が痛かった。

でも、それは本当に「そう」なのか。

そんな疑惑が浮かんだのは、昨夜のことだ。

試験勉強に使った書類や資料本を整理している時に樋口のノートのコピーが出てきたのだ。やっぱりお礼した方がいいかと思いそれをめくっていて、ふいに前里の言葉を思い出した。

(行動には本音が出るものだからね)

レポート提出当日に、資料本を譲ってくれた。そのお礼のつもりで別の資料本の在処《ありか》を教えたのに、今度は「礼だ」と言って、わざわざノートのコピーを準備してくれた。

……本気で嫌いな相手に、そこまでできるだろうか。もしかして叔母がそうだったように、どこかで捻れ曲がって思い違いを重ねてしまった可能性、は？

「……話って、俺とか」

「う、ん。その、……どうしても厭なら、無理にとは言わない、けど」

視線が俯《うつむ》きそうになって、顎に力を込める。覚悟を決めて、目を合わせた。

身体《からだ》ごとこちらに向き直っていた樋口が、いかつい顔を顰《しか》めている。これまで「疎《うと》ましがられている証拠」だと思っていたその表情が何故《なぜ》かやけに気になって、つい階段を降りる足が速くなった。

最後の二段となったところで、右のつま先がどこかに引っかかる。あれと思った時にはもう、残り一段のその上で全身が傾いていた。

「え、」

「うわちょ遠藤っ」

落ちる転ぶ、と覚悟した直後、硬いのに弾力のあるものに鼻からぶつかった。痺《しび》れに似た痛みに思わず手を当てた後で、蒼天は自分が樋口に支えられていたのを知る。

「……ぅあごめん、その、ありがと……っ」

「おまえなあ、階段降りる時は足元に気をつけろって……」

同時に言いかけて、揃《そろ》えたように口を噤《つぐ》んでいた。身長差から見上げて見下ろす角度で顔を合わせたまま、瞬間的に思ったことはたぶん一緒だ。——初めて顔を合わせた、この大学での入学試験の朝のこと。

「——話、って何」

「う、ん。あの、」

押し殺したような問いに少し怯《ひる》んで、蒼天は小さく唾を飲み込む。先ほどの勇気をもう一度かき集め、顔を上げて樋口の目を見つめた。

「おれ、が勝手に思ってるだけ、だけど。できれば、樋口とはまだ、友達でいたい」

「……——は？」

「でも、樋口がおれを嫌いなら。関わりたくないっていうのが本音なら、ちゃんと諦《あきら》める、から……はっきりそう言って、くれないかな」

「——、……」

やたら長く感じた沈黙は、実際にはどのくらいの時間だったのだろう。眉を顰《ひそ》めて蒼天を見ていた樋口が、何かを落とすようにぽそりと言った。

「ちょっと待て。おまえの方が、俺を嫌いで……怖くて近寄りたくないんじゃなかったのか？」

蒼天が初めて樋口に会ったのは、この大学の入学試験当日の朝だった。

その日、蒼天はひとりで自宅最寄り駅から電車に乗った。

試験会場までのルートは二度ほど実地でシミュレーション済みで、その上に余裕を持って行動した、はずだ。けれど現実は軽く予想を裏切って、乗り換え後に降り立った駅がとんでもなく混み合っていた。四苦八苦しながら改札口を抜け目的の出口へと向かったのに、通路を埋めて溢《あふ》れる人波に揉《も》まれ、身長の低さで視界を塞がれ呆気《あっけ》なく方角を見失ったのだ。

すみません、通してください。何度もそう口にして、せめて壁際に行こうとした。けれど流れに飲まれて果たせず、押されるままに短い階段を降りるしかなかった。

本当にこの方角でいいのかと不安になって、スマートフォンを出そうと下を向いた。その時、たった今蒼天が降りたばかりの段にいた制服姿――おそらくは同じ受験生が、背後から押されでもしたのか上体を揺らして足を踏み外すのが目に入ったのだ。

考える前に、身体が動いていた。

自分よりも背の高い相手を受け止めるのは、まず無理だ。そうではなく、むしろ相手を押し返す方がいい。

咄嗟《とっさ》のその判断が、この時は幸いにも功を奏した。大きくグラついた相手は辛《かろ》うじて踏み留《とど》まる形となって、周囲から罵声を浴びるだけですんだ。

ほっとしたとたんにそこかしこから押され、流れに飲まれまいと踏ん張った足が蹈鞴《たたら》を踏んで、まずい転ぶ――と思ったのとほぼ同時に誰かに腕を摑《つか》まれた。ぐいぐい引かれるのに驚いて、けれど相手が先ほどの制服の学生なのを知って戸惑いながらついて行く。そうして階段を上った先が、当初の目的地だった大学の正門に近い出口だったのだ。

（さっきは助かった。ありがとう）

腕時計に目をやって心底安堵した、その直後に頭上に落ちてきたぶっきらぼうな声の主――制服の彼が、樋口だったのだ。

慌てて、蒼天は首を横に振った。

（むしろこっちの方が助かった、かも。おれひとりだったらまだ、たぶん下にいたんじゃないかなあ）

（あー……あの駅、慣れてないのか）

（ふだんは乗らない路線だから）

大学構内まではそんなふうに雑談しながら歩いて、それぞれの会場で試験を受けた。すべての科目を無事に終え、ほっとして教室を出るなり廊下の先でこれからどこに行くかと盛り上がる一団が目に入る。

仕切っているのは博也《ひろや》でその隣には浜本《はまもと》で、他も見知った顔ばかりだったから、「誘われていなかった自分」を思い知った。いつものこととはいえ慣れるのは難しくて、悄然《しょうぜん》とした気分で建物を出る。

とぼとぼと歩き出したところで、「なあ」という声がした。

それが自分への呼びかけだとは思いも寄らなくて、下を向いたまま歩を進めていた。

(なあ、おい。ちょっと待て、って)

そんな声とともにいきなり肩を掴まれ、びくんと跳ね上がるように振り返った先に朝の制服の彼がいたのだ。

瞠目《どうもく》したまま見上げる蒼天を、制服の彼——樋口は少し困ったように見下ろした。

(……よう)

(あ、うん。ええと、……試験、どうだった?)

(わかんね。そっちは?)

(どうかな。それなりに、頑張ったけど)

とりとめのない話をしながら大学構内を出て、駅へ向かう途中にもう少し話さないかと言われて、反射的に頷《うなず》いていた。

ファストフードで飲み物を頼んで、二十分ほど話しただけだ。互いの連絡先以前に名前さえ名乗り合うこともなく、朝と同じ駅の改札口で別れた。

それだけの、縁だ。気落ちしていたあの時、「誰か」といられたことは嬉《うれ》しかったけれど、「この機会に友達に」なんて「きらわれもの」の蒼天には思いもよらなかった。

だから入学式の後で、彼が駆け寄ってきた時には驚いた。

（別れた後で失敗したと思ったんだよな。せめて名前と学校名くらい訊けばよかったって）

そう言う樋口はどちらかと言えば無口で物言いもぶっきらぼうなのに、案外はっきり物を言う。態度だって素っ気ないくらいあっさりしていて、けれどそれが蒼天には心地よかった。

予想外に仲良くなって、一緒の講義の時はもちろん昼食もともに摂るようになった。初めてのグループ研究では樋口の声かけですんなりメンバーも決まったし、最初に出たレポートの資料探しも協力してやった。

うまくやれていると、思っていたのだ。友達になりたいと願ったし、それは確かに叶《かな》えられた。

……少なくとも、五月の連休明けまでは。


「そういやおまえ、今日はバイトはいいのか？」

樋口の提案で移動した先は、大学からほど近い喫茶店だった。

入学して間もない春の頃、何度か一緒に入った店だ。あの頃と同じ窓際の席につくなり思い出したように樋口に訊かれて、蒼天は話題の意外さに瞬く。

「う、ん。その、もう辞めた、から」

「辞めた？　っておまえ、あそこの店長には恩があるって言ってなかったか？　他を紹介するって言っても、辞める気はないとか」

「そこは、ちょっといろいろあって……実は先週、濡《ぬ》れ衣《ぎぬ》でクビになったんだ。けどやっぱり人手が足りないらしくて今なら許してやるから出て来いって連絡が週末に来て、いやクビだって言われたし戻りませんってこっちから返事したのが昨日、かな」

　答えた後で、我ながら凄い変化だなと思った。それは樋口も同様だったらしく、珍しいあんぐり顔になる。やってきた店員にオーダーを伝えた後で、妙に納得したように頷いた。

「よかったな。あの店、どう見てもおかしかったし」

「え、……そんな、に？　だって樋口が来たのって三回、だけで」

「その三回でもわかったって話。レジでおまえと話しただけで他の店員から睨《にら》まれるわ、やたらひそひそされるわ、極めつけにおまえに難癖つけてんのもろ聞いた」

「……え、ごめ、――難癖？」

「絡《から》む客もだけど、チケット取りみたいな通常のレジとは違うヤツ？　頼む客が来ると有無を言わさず押しつける、暇な時は自分がレジに居座るくせに列になってくるとおまえを呼びつける、コピー機やフライヤーの扱いに困ったとたんおまえに丸投げして本人はとっとと逃げる。あー、厳密には難癖とは違うのか、あれ」

「あそこで一番の古株って、おれだったんだよね。ならわかるはずだって、いつも」

「そうやって人に押しつけてるといつまで経《た》ってもできないまんまだろ」

呆《あき》れ顔の樋口に思わず「確かに」と頷きながら、けれど当時の自分はそれも「当たり前」だと思っていたことを――「頼りにしてもらえた」と密かに喜んでいたことを、思い出した。

「俺、何回か言ったろ？　コンビニのバイトするにしても店は選べって」

「ごめん、それ大学やウチから遠いからだと思ってた……」

これも前里が言った「思い込み」というヤツか。妙に納得し、その後ではたと思い出した。

「ええと、それでその、本題、なんだけど」

「そのまんま友達ってことでいいんじゃないか？　俺はおまえをいい友達だと思ってた……今も思ってるしな。一応訊くけど、おまえ別に俺のこと怖くないんだろ？」

あまりにもあっさり言われて、かえって戸惑った。同時にどうにも気になって、蒼天はじっと向かいの席の「友達」――樋口を見つめる。

「それ、さっきも言ってたけど。樋口のどこが怖いの」

「見た目がコレで愛想ナシで口が悪くて態度が粗野。あと遠慮なくずけずけ物を言う。オブラートに包むってのは実際苦手だしな」

樋口は同世代の中でも大柄で肩幅も広く、顔立ちは整っている方だがやや荒削りで目つきも鋭い。無言で立っているだけでも独特の雰囲気があって、厳ついというのかいわゆる「男臭い」という表現がぴったりだ。物言いはぶっきらぼうだし、話していても「そこまで言うんだ」と思うことも多かった、けれども。

「おれ、はこの見た目だし嘗《な》められるばっかりだから、樋口の見た目ってむしろ羨《うらや》ましいけどな。はっきり物を言うところも、むしろ助かるし」

「助かるって、何でまた」

「だって樋口、裏がないよね。あと、おれにはない着眼点があるから話聞いてても面白いし、……怖いと思ったことは確かにある、けどそれは樋口がどうこうじゃなく嫌われたって思ってたせい、で」

「そこなんだが。どうして俺が遠藤を嫌ってるって話になったんだ？」

「……五月の連休明けくらい、から、何となく樋口から距離を置かれてる気が、したんだ。その時にその、樋口がおれを疎《うと》ましがってるって。つきまとわれて迷惑だって意思表示してるのに全然気づかないから困ってるって聞いて、……それでその、とうとう来たのかって」

訥々《とつとつ》と続ける声が、だんだん弱くなっていく。言い終えたタイミングでオーダーしたコーヒーが届き、伝票を置いた店員が離れていった。

その間も、樋口は蒼天を見たままだ。ふと耳に入った長い吐息に思わず肩を撥《は》ね上げた蒼天に、渋面になって言う。

「その連休明けに、こっちは遠藤が俺を怖がってる、無理して合わせてきたけどもう限界だから距離を置いてやってくれと言われたんだが？　連休中の約束をドタキャンしたのがその証拠で、意思表示でもあるってな」

「……は？　え、何それ。その、確かにドタキャンしたのはおれだけど、あれはどうしても外せない急用があったから、で」

「その『外せない急用』ってのも嘘。休みの日まで拘束されたくないってのが本音で、けど俺が怖くてそれが言えない。だから、具体的な理由は答えられない。……その様子だと違うってことだな？」

予想外すぎる内容に辛うじて何度も頷いて、蒼天は必死で言葉を選ぶ。

「今だし樋口にだけ言う、けど。親友から緊急事態だって、どうしても助けてほしいって呼び出されたんだ。いつも助けてくれてる大事な友達だし、おれを頼ってくれることなんて滅多にないから断りきれなくて、でもちゃんと樋口には説明するつもりだったんだけど、誰にも知られたくないから絶対口外するなって言われてて、その」

「ああ、いやそれはもういいんだが。それより、俺がおまえを迷惑だと思ってるって言ったのも浜本でいいんだよな？」

「うん、そう……って、え？　じゃあ、おれが樋口を怖がってるって言った、のも……？」

返事代わりに肩を竦《すく》めた樋口と、数秒無言で見合ってしまった。ややあって、樋口ががりと頭を掻《か》く。

「で、まあお互い相手に嫌われたと思って距離を置いた結果が今、ってことだな」

「う、え……」

「言われた通り直接訊《き》けばよかったってことか。——悪かったな。その、実は以前に何人かそういう理由で離れていったヤツがいたもんで、深追いするとかえって追い詰めるかと」

「いやあの、おれの方、も……どうせきらわれものだしいつものことだし、これ以上迷惑かけるのもだけど下手に近づいて直接そう言われるのが怖くて避けてた、から」

互いのその反応を見て、納得してしまったわけだ。相手が自分を怖がっている、あるいは嫌っている、と。

「何でそういう真似《まね》をしたのかって疑問がなくはないが、……なあひとつ言っていいか。おまえ、浜本とは距離置いた方がいいんじゃないのか?」

いきなりの言葉の「え」と瞬いた蒼天に、樋口は少し迷うふうに言う。

「提出日当日のレポート強奪だけでもアレなのに、ノートを借りる約束を一方的に反故《ほご》にされてたろ。そこだけ見ても、わざわざ遠藤がアイツと付き合う理由はないと思うんだが?」

指摘に、つい顔が歪《ゆが》む。もっともすぎるくらいもっともだ。樋口と拗れた原因は別としても、蒼天自身春から何度も考えて、なのに苦く諦めてきた、のは——

「でも、……おれきらわれもの、だから。浜本、がいないと大学、でもひとり、に」

「何でひとりだ。俺がいるだろ。——それともおまえ、残り三年半もずっとアイツの言いなりになってるつもりか?」

「……っ、——」

巨大なハンマーで、脳天を殴られたような気がした。言葉もなく瞠目した蒼天に、樋口は同じ口調で続ける。

「あと、そのきらわれものって何だ。いつ、誰から言われた？」

「え、……言われたも何も、おれ小中高とろくに友達がいなく、て。せっかく仲良くなっても長続きしないっていうか、ある程度親しくなると必ず避けられるようになる、から」

蒼天の言葉に眉を寄せた樋口が、肩で息を吐く。何となくビクついた蒼天に「あのな」と苦笑した。

「とりあえず昔の話は置いておくとして、今の俺はおまえの友達だ。さっき言ったように、おまえを嫌った覚えは一度もない。……ついでと言っては何だが俺の友達も、どっちかっていうとおまえのことを気にかけてる」

「気に、かけ……？」

「一緒にグループ研究したヤツら。俺と気まずくなった後、遠藤に声かけたのがいたろ……と、噂《うわさ》をすれば、だ」

肩を竦めた樋口が、「悪い」と断ってスマートフォンを操作する。「もう、か」というつぶやきに腕時計を見れば、いつの間にか時刻は十一時を回っていた。

「いや、浅野《あさの》から。昼にはだいぶ早いが用がすんだから合流しようってさ。立原《たちはら》もいるけど知らない仲じゃなし、遠藤も一緒にどうだ？　休憩がてら茶でも飲んで、その後適当に昼食べに行くんだが……急だし、用があるなら無理にとは言わないけど」

「特に用事はない、けど。お昼は人と約束が、あって」

「だったら昼までってことで。今日で試験もレポートも終わったんだし、軽く打ち上げでもしようぜ」

会計を終えて店を出ながら当然のように言われて、戸惑いながらも嬉しくなった。肩を並べて大学へと引き返し、東門を入ってすぐに樋口を呼ぶ声がする。

「樋口お疲れ……ってあれ、遠藤も一緒？」

「ほお。何がどうしてそうなった？」

蒼天を見るなり瞠目したのが立原で、面白がるように樋口の肩を叩いたのが浅野だ。どちらも樋口の友人で、知り合ったのは大学に入ってからだと聞いた覚えがある。

講義が始まってまだ日が浅い春に、某教養科目で課されたグループ研究で一緒になった面々なのだ。樋口の一声でメンバーに加わった蒼天を、特に異論もなく迎え入れてくれた。

グループ研究そのものは高評価を受けたものの、浅野たちとの距離はやっぱり「顔見知り」止まりで、樋口と疎遠になってからはさらに遠い存在となっていた。

……ここに蒼天が混じるのは、やっぱり場違いだ。あっさり出た結論に、蒼天は仲直りしたての友人を見上げる。

「えと、じゃあおれはここ、で」

「いや待て何でだ」

そのまま退くはずが、がしっと腕を掴まれ引き戻された。とたん、すぐ横で浅野の明るい声が上がる。

「なるほどちゃんと話できたんだ？　そんでもって和解した？」

「そんなところだ」

「そりゃよかったけどさあ樋口、無理強《じ》いはどうなん？　遠藤にも都合ってもんが」

「却下。多少は強いないとコイツは自己完結で遠慮する。……そういうわけなんで、明後日《あさって》も一緒でいいか？」

「いいよーもちろん」

「反対する理由は、ないかな」

ごく軽い浅野の返事とは対照的に、立原はまだ戸惑うふうだ。それに構ったふうもなく続く会話を聞くに、「明後日」はこのメンバーで某テーマパークに行く予定なのだとか。

「え、でもあのおれ、そんないきなり飛び入りとか」

「別に問題ないよー？　朝早いだけの日帰りだし、むしろ奇数だと誰かあぶれるしー」

「あ、のでも、おれそういう場所に慣れてなくて、よく知らない、……」

「都合が悪いのか。それともそういう場所は嫌いで、行きたくない？」

もそもそ口にする蒼天が気に障ったのか、相変わらず腕を掴んだままの樋口が言う。容赦のない追及は以前にはなかったもので、虚を衝かれて息を飲み込んでしまった。

行きたいか、行きたくないかと訊かれたら、正直行ってみたいと思う。こんなふうに誘ってもらえるなんて滅多にないし、相手が樋口なら裏を考えなくていい。何より、せっかく仲直りできたのだから樋口ともっと遊んでみたい。

でも——それを、望んでもいいのか。

迷いながら見上げた先で、樋口と目が合う。見下ろしたままの視線の静かさに、迷いという重石《おもし》が少し軽くなった気がした。それでも、口に出すには勇気が必要だった。

「その、……おれがいるとやりにくいっていうか、邪魔じゃない、かな。さっきも言ったけどそういう場所、に慣れてない、し、遊ぶのも上手じゃないっていうか」

「邪魔だと思ったら誘わない。やりにくいかどうかはやってみないとわからない。場所に慣れないならなおさら行ってみればいいし、遊びに上手も下手もない。要は遠藤が行けるかどうかと、行きたいかどうか、だ」

「個人的に賛成ー。あとオレ、厭な時はそう言うよ？」

「オレも、別に。えーと、まだよく状況が飲み込めてないだけだから気にしないで？」

樋口の返事に、残るふたりが口にしたのは反対ではなく加勢だ。

そこまで言ってもらえるとは思ってもみなくて、勝手に顔が熱くなった。どう答えればいいかと必死で言葉を探して、蒼天は思い切って言う。

「じゃあ、その……一緒に行っていい、かな。邪魔しないように、するから」

「残念ながら男ばっかで華がないけどねー」

「うん、だから気にしなくていいんじゃない？」

「だったら決まりな。もっとも誰かが再試追レポートだったら予定変更だが。それなら掲示板見た後にでも時間を」

最後にまとめかけた樋口が、ふと言葉を止める。取り出したスマートフォンを眺めて眉を上げたかと思うと、「バイト先から電話。すぐ戻る」と言い置いて離れていった。

「遠藤ってテーマパークは初めて？」

「高校の時に行った、かな。順番待ちが長かったことくらいしか覚えてない、かも」

そこからは浅野主導で明後日行くテーマパークの楽しみ処の話になった。おかげで、樋口抜きでもさほど気まずさや疎外感を覚えることもない。

そうして話し込む間に、前半にあった試験やレポートの結果を知らせるアドレスが送られてきた。すぐさま確認にかかった浅野たちと同じく、蒼天もスマートフォンをタップする。

結果は三人とも、現時点で再試験も追加レポートもなしだ。

「あとは樋口かな。まあアイツなら大丈夫だろうけど」

「だな。それにしてもあっちいよなあ、とりあえず日陰に移動しない？　樋口にはメッセージか何かで連絡すりゃいいだろ」

日中でもかなり影が短くなる今の時間帯は、当然ながら気温も高い。当然のように一緒にと浅野たちに促された蒼天が頷いたタイミングで、いきなり横から肘を摑まれた。ぎょっと見やった先にいたのは浜本で、「ちょっと来いよ」の一言で引きずって行かれる。

「え、あの何――」

二十メートルほど離れた学舎の傍《そば》で、ようやく腕が離される。痛みを残すそこを手のひらで押さえた蒼天を見下ろして、浜本は唐突に言った。

「ソラにしては珍しくちょうどいいとこにいたじゃん。あのさあ、オレの代わりに追加レポート書いて提出しといてくれよ。期限は――」

それが当然とばかりにつらつらと告げられた日付が明後日なのもだが、それ以上に聞かされた科目に瞠目した。

「レポートも何も、……おれその講義取ってない、んだけど」

「教科書はコレ、図書館に置いてあるから今日借りとけば？　ノートは誰か探してコピーさせてもらえよ。どうせソラ暇なんだし、お勉強得意なんだからどうってことないだろ」

言うなり押しつけられたメモを受け取らず、蒼天は浜本を見上げる。

「誰か探してコピーって……そんなのおれ、知らないし」

「オレ、これから忙しいんだよ。今から友達と旅行準備の買い物行くし、明日は明日で予定がぎっちりでさあ、そこに追レポートとか来てすんげえ困ってんの、見てわからない？　ソラくんはオレのオトモダチなんだし、喜んでやってくれて当然だろ」

わざとらしく顔を近づけて言われて、臨時バイトを頼んでくる時の根岸《ねぎし》を思い出した。

……この状況を意識して「引いて、眺めて」みれば、やっていることは結局同じだ。蒼天の都合や事情を無視して、ただ自分が困るから助けろと、それが当然だからできない時の不利益や問題はすべて蒼天のせいだと押しつけてくる。

こんなにもわかりやすい手口に、どうして今まで気づかなかったのか。

先週までの自分に呆《あき》れ返って、言葉も出ない。その様子に、浜本はこちらが「いつも通り」言いなりになると思ったらしい。滔々《とうとう》と続く口上は、こういう時に恒例の「悪いなあすごく助かるーさすがオレのおっともだちぃ」にさしかかっていた。ふと思い出したように、小鼻を膨らませて続ける。

「そういやオレ、今朝宮田に呼び止められて面と向かって褒められたんだよなあ。ずいぶん深くて面白いレポートだったたってさ。ってことで、後期のレポートもよろしく頼むな？　もっちろん出来のいい方をオレの名前にするってことで……っておいソラ、おまえちゃんと聞いてんのかよ。返事くらいしろよなあ」

「聞いてたけど、断るよ。おれにも予定がある、から」

「……――はぁ？」

よほど意外だったらしい。浜本が唖然《あぜん》としたのを、初めて見た。

「さっきも言ったけど、取ってない講義のレポートなんか書けないし、書く気もない。あと、今後はレポートの代筆も、代返も出席票の確保もしない。——仕方なくトモダチやってもらう必要はないから声なんかかけなくていいし、わざわざ構ってもらう必要もない」

訥々と言いながら、耳の奥でよみがえるのは数十分前の樋口の言葉だ。

(何でひとりだ。俺がいるだろ)

(それともおまえ、残り三年半もずっとアイツの言いなりになってるつもりか?)

最初の言葉で背中を押されて、後半の言葉で思ったのだ。……そんなのは、真っ平だと。

そうして気づいたのだ。今だけ、今日だけ、今回だけ。そんな弱気の積み重ねが「今」なら、「いつも通り」でいれば間違いなくこの先の「三年半」も同じことに——あるいはもっと酷いことになるという事実、に。

「明日という日は永遠に来ない」という言い回しがあるように、時間は結局「今」の積み重ねだ。ちょっとだけだから、ほんの少しだから、この程度のこと。その連続は必ず「慣れ」を生み、慣れてしまえば「いつものこと」になる。「いつものこと」は「当たり前」でしかなくて、自分だけでなく周囲までもがそうすることに抵抗を感じなくなる。

今なら、わかる。「今、ちょっとだけ許す」のは、結局のところ「この先もずっと許し続ける」ということだ。だからこそ目の前にいる浜本は激昂《げっこう》している。

彼にとっての蒼天は、「言いなりになって当然の相手」だからだ。それを「当たり前」と思わせるだけの積み重ねが、確かに過去にあったから。浜本にとってそれは都合のいいことで、手放す必要のないことだから。

蒼天自身の都合や事情なんて、どうでもいいことでしかない、から。

「ば、……何言ってんだよおまえふざけてんのか？　いいからいつも通りおとなしく、」

「わ、るいけど。おれ、そのいつも通りはもう、やめることにしたから」

「――はぁ？　馬鹿かよおまえ何今さら、……あのなあこっちはおまえと違って暇じゃねえの。予定詰まっててるし友達待たせてんだよ！　ったく、オレがいなきゃ誰からも相手にされないクセに何生意気な、……勘違いすんなよ、オレにソラのこと頼んできたのは博也で、」

押しつけるような物言いに、焦った響きがある。いかにも見下すような顔つきがいつもとはどこか違って見えて、そのせいか妙に冷静になれた。だからこそ、逃げ腰になって今にも「やります」と言いそうになる自分をどうにか押しとどめていられる。

「暇じゃないなら急いでレポートにかかった方がいいと思うよ。あと、生意気だって言いながら無理に構ってくれる必要はないから」

いったん言葉を切って、蒼天は改めて浜本を見た。

「おれの面倒見るのは真っ平だって、前に言ってたよね。それをそのまま博也に話すよ。浜本がいなくても大丈夫だって、おれから伝えて撤回を頼んでみる。お互いその気がないなら無理する必要もないし」

「だからそれおまえが決めることじゃねえし！　どうでもいいからとっととレポート仕上げて出せよ、こっちの学籍番号とかはこないだ渡してやったよな、」

「とっくに捨てたよ。もしあったとしても、断る。絶対に、やらない」

「……っだから！」

「いやいやもうそのへんにしとけばー？」

今しも蒼天に摑みかかろうとしていた浜本の襟首《えりくび》を、ぐいと引っ張ったのは浅野だ。続いて蒼天の前、浜本との間にもうひとりが割って入る。

「浜本、声でかいよ。周りに丸聞こえだけどいいの？」

「なん、……立原かよおまえには関係な、」

「確かに関係はないかもだけど。立場悪くなるのそっちだって気づいてる？」

首を傾げる立原の声は少し困ったふうで、けれど蒼天からはその表情は見えない。そこに、浜本の襟を摑んだままの浅野が平然と茶々を入れる。

「だよなあ。今の問答だとどう聞いてもレポート代筆強制してるしー？　つまりタダで、しかも出来がいい方を寄越せってそりゃ脅迫か恐喝じゃん」

「確かにそう聞こえたよなあ。……もう一回言うけど、浜本おまえ注目の的だよ？」

淡々とした立原の声に我に返ると、確かにそれなりの数の学生がこちらを見ていた。

ほとんど同時に周囲を見回した浜本も、どうやら状況を把握したらしい。顔を顰めたかと思うと、浅野の腕を押しのけ蒼天を睨みつけてきた。

「ソラてめえ覚えてろよっ」

言いざまにわざわざ蒼天にぶつかっていった浜本がこの場で話を切り出したのは、「いつも通り蒼天は言いなりになる」ことを疑っていなかったからなのだろう。

その程度の相手として、扱われていたということだ。何とも言えない気分で遠ざかる背中を見送っていたら、横合いから遠慮がちな声がした。

「えーと、邪魔っていうか余計な真似じゃなかった、っていうことでＯＫ？」

「ぁ、……うんもちろん。ありがとう、本当に助かったよ」

ほっとしたように笑った浅野とは対照的に、こちらに向き直った立原はまだ複雑そうだ。

そういえば浜本と知己だったようだと思い出して、少し慌て気味に言った。

「あ、あの立原は大丈夫、かな。えと、もし浜本に仕返しとかされるようなら、おれ慣れてるから全部こっちに投げてくれたら、」

「は？　いやないだろそんなん、大学に来てまで」

「……これを言うのはどうかと思うけど、浜本は遠藤が相手だからやってる――やってたんだと思うよ？」

「えっ」

素で意外そうな浅野と、どことなく言いづらそうな立原の物言いはどちらも予想外で、蒼天はつい瞠目してしまう。

「で、でもあの浜本って博也、……と一緒で何かと目立っていうか、先生とかにも好かれてるしクラス全体のリーダーとかまとめ役で、浜本なんか生徒会役員までやってて」

「でも浜本ってあの頃から一部じゃ評判悪かったよ。役員も、本来なら楽勝のはずの二年目は大差で落選しただろ。気に入った相手の話は聞くけど、それ以外は無視してやりたい放題だったしさ。あいつのそういうところ、遠藤ならよく知ってるんじゃないかな」

「え、と……？」

立原の言葉は当事者そのものの実感が籠《こ》もっていて、ついじっと見上げてしまった。とたん、複雑そうだった顔がいかにも申し訳なさそうなものに変わる。

「オレ、実は遠藤たちと同じ高校出身で、浜本とは顔見知り。一度も同じクラスになったことはないけど、遠藤のことは――遠藤と浜本と、中西のことなら知ってる。一年の秋のアレの、犯人の一人と同じクラスだったから」

それで当初から蒼天に対して距離をあけるふうだったのかと、すとんと納得して頷いた。

「あー……その、だったらあの、やっぱりおれ明後日は遠慮す、」

「今これを言うのは卑怯かもしれないけど、あの頃の遠藤の噂ならもう信じてないから」

「え、」

「春のグループ研究を一緒にやってみて、噂の真相っていうか……遠藤が問題児だっていう噂自体がおかしいんじゃないかって気がついたんだ。それでまあ、樋口と疎遠になった頃にも遠藤には何度か声をかけさせてもらったんだけど」

（樋口と、ちゃんと話した方がいいんじゃないかな）

——立原からそう言われたのは樋口との距離が見る間にあき、話すどころか視線を合わせることすら怖くなっていた頃だ。

その頃の蒼天には、「樋口本人から引導を渡されてしまえ」という意味にしか受け取れなかった。途方に暮れて、黙ってその場から逃げることしかできなかったのだ。

「樋口にも一度話を聞いた方がいいんじゃないかって言ってみたんだけど、……あの頃の遠藤の態度は確かに、樋口を怖がってるようにしか見えなくて」

これ以上追い詰めてどうすると樋口に反論されて、立原も何も言えなかったのだそうだ。

「遠藤と親しかったのは樋口だし。あの時のオレは無責任な外野だったからね」

「それ、は……本当に、ごめん。樋口は悪くないし立原のせいでもないと、思う。おれ本人の、問題っていうか」

結局のところ、叔母との関係と同じだ。きらわれているから仕方ないと勝手に決めて諦めて、無駄だし意味がないと言い訳を並べるばかりで自分から動こうとしなかった。本人の言葉を聞こうともせずに、根岸や浜本から言われることを鵜呑みにした。

……真正面から「きらいだ」と言われるのが怖かったのだ。自分から距離を置いて、予防線を張っておく方が遥《はる》かに楽だった。

「うん。それも全部、おれが自分で選んだこと、で」

叔母との長年のぎくしゃくも、根岸からの扱いも浜本の言いなりになっていたことだって、「誰かのせい」にしていいことじゃない。

だって、蒼天には選択肢があったのだ。今こうして立原の話を聞けること自体が、『これまでとは違う選択』をした結果だった。

「いろいろ、ありがとう。その、あの時はせっかく声かけてくれたのに、ろくに返事もしなくて本当にごめん。浜本の件、はおれ、が自分でどうにかする、から」

「いや無理だろ。さっきのアレは単独だったけど、あいつ大抵後ろに引き連れてんじゃん。遠藤ひとりじゃキツくね？」

「オレもそう思う。……遠藤が本気で離れるつもりなら協力するよ？」

即座に言った浅野に続いて、どことなく申し訳なさげな風情で立原が言う。

予想外の言葉につい瞠目し――先ほど宮田講師から言われたことを思い出して、閃くように「わかった」気がした。

（主張すべきことは主張しなさい。でないと周囲には伝わらないぞ）

黙って相手の言いなりになるのは、結果的に「同意した」ということだ。内心どれほど不満でも、本意でなかったとしても最終的には自分自身で「そうすることを選んだ」。

浜本の件は、あからさまにそうだ。大学内で孤立するよりは、黙って馬鹿にされている方が――言いなりになっている方がずっと「マシ」だった。

……誰も、助けてくれなくて当たり前だ。どんなに厭がったところで最終的に本人がそれを「選ぶ」なら、「助け」なんて何の意味もない。

だって、ずっと必ず誰かが「助けて」くれるわけじゃない。たとえば今の出来事が先月に起きたとして、誰かの口添えでその場では追レポートを回避できたとする。けれどその後浜本に詰め寄られたら、きっと蒼天は「いつも通り」言いなりになっていた。

そんな相手に、誰がわざわざ手を貸そうとするだろうか。

「あり、がとう。でも、大丈夫だと思う。もともと浜本とは友達じゃなかったし、ちゃんと博也に話を通すつもりだから」

ふたりの気持ちが心底ありがたくて、だからこそはっきりそう言った。

樋口もだけれど、こんなふうに言ってくれる人を巻き込むつもりはないのだ。

「あー……その、遠藤さ。まだ中西とは、」

「たーだいま、ってどうした何かあったのか？」

物言いたげな立原の言葉を、勢いよく駆けてきた樋口が遮った。そこに、浅野が軽く言う。

「樋口遅い。肝心な時にいないとはどういうアレー？」

「は？　何だそれ、」

　ざっと三人の顔を眺めた樋口が、「おい」とばかりに蒼天の肩を摑む。大柄な体軀《たいく》を屈《かが》めるようにして言った。

「もしかして浜本か。あいつ何をやった？」

　そこまで自分はわかりやすいのだろうか。少々悩みつつも、蒼天は念のため伝えておくかと樋口に向き直った。

12

　前里の勤め先になる博物館前に着いたのは、約束の時刻の五分前だった。

　あらかじめ言われていたように門の前からメッセージを送ると、思いがけないことにすぐさま既読がついた。間を置かず、「すぐ行くからそこにいて」と返信が来る。

　もしかして、連絡が早すぎただろうか。気にしながら見上げた空は、見事な夏晴れだ。雲は端っこにちぎれちぎれにあるだけで、だったら日が陰る余地がない。

「これで公園でお弁当って、……暑すぎない、かな？」

「……――あなた、何。何で、こんなところにいるの」

　つぶやきの語尾に被《かぶ》せるように、聞き覚えのある声がした。責めるような響きにびくりと目をやった先にいたのは、先週の発掘バイトで蒼天を咎《とが》めてきた女の子だ。ぱんぱんに膨らんだ紙袋を肘に提げ、大きな箱を右肩に載せるように抱えた格好で蒼天を睨んでくる。

「そんなとこに突っ立っていられたら、お客さんの邪魔なんだけどっ」

「えっ、いや、おれは前里さんと約束、があって」

追い払うような物言いに、慌てて反論する。ここは確かに門前だが軽自動車なら十分通れるほどの幅があるし、何より入り口はもっと先だ。ついさっきやってきた親子連れだって、問題なく過ぎていっている。

「……何なのそれ。約束ってどういうこと」

「それ、はこっちのプライベート、だと思うけど」

かえって語気荒く追及されて、蒼天なりにちゃんと反論した。「嘘、そんなの、ありえない」などとつぶやく彼女の本来は可愛いだろう顔は、まさに親の敵《かたき》でも見たように歪んでいる。

「あなた本気で何なの？　あの前里先生が声立てて笑うなんて初めて見たし、眼鏡《めがね》外すところなんてわたし今まで一度も見たことないのに。頼んで断られた子だっていっぱいいるし、教授だって滅多に見ないって」

「前里さんの眼鏡？　だったらおれといる時はいつも外してる、けど」

「だから、それどういうことなの。何であんただけ！」

「――添田《そえだ》さん。ここで何をしてるんです？」

追及されて、たじたじになっていたせいで気づくのが遅れた。横合いから割って入った声にびくっと肩をはね上げたのは女の子の方で、見る間に萎《しお》れていくのがわかる。

「はぃ、ぇ、あの……でもあたし、っ」

「僕のお客さんに何か用事でも？　第一、きみはお使いに出たのでは？」

「ぇ、だからその、……いえ、すみません、何でもない、ですぅ……」

目の前に立つ広い背中を見上げて、心底安堵した。今の蒼天からは見えない彼女に、低い声が事務的に言う。

「でしたら早々に先方に出向いてください。きみは今、バイト中のはずです」

やけに淡々と冷ややかな物言いに違和感を覚えた蒼天が瞬くのとほぼ同時、小さく謝罪の声がした。息を吐いた前里がようやく振り返った時には、彼女の姿はかなり遠ざかっている。

「不愉快な思いをさせたようでごめんね。何を言われたのかな」

「いえ、たいしたこと、じゃあ……前里さんとはどういう知り合いなのか、とか」

「そう。……悪かったね、次はないよう注意しておくから」

困ったように言う前里の、声も表情も蒼天が知るそのままだということに安堵した。

前里の薦めで自転車を博物館の利用者駐輪場に置き、肩を並べて歩き出す。この近くには他にも美術館があるらしく、イベント用らしい広場には高い樹木もあってどことなく長閑だ。

「この先の公園って、よく行くんですか？」

「春の花と秋の紅葉は見事だよ。夏場はコレだし冬は冷え込むから微妙だけど」

「……えと、今日って本当によかったんでしょうか」

「もちろん。飲食できる場所なら館内にもあるんだけど、さすがにそれはね」

苦笑して前髪を払う前里は、色つき眼鏡を外した蒼天には見慣れたスタイルだ。けれど先ほどの彼女の言い分では、あの眼鏡は滅多に外さないらしい。物言いも蒼天といる時とは違うみたいだし、蒼天にはよく見せてくれる笑みだって——

そこまで考えて、頭を振って思考を払った。詮索のしすぎは失礼だし、変な自惚《うぬぼ》れはみっともないだけだ。

辿り着いた公園のメインは、林立する樹木と広い池の合間を巡る遊歩道になるらしい。そこかしこにあるベンチや東屋《あずまや》の多くで、昼食を摂る人の姿が見えていた。

「もう少し先に気に入ってる場所があるんだけど、そこまでいいかな？」

「もちろん、です」

前里の案内で着いた先は、樹木の間に立つ東屋だ。やや奥まっているせいか、人影はない。

向かい合って席について広げたお弁当は当然ながらお揃いで、それが妙に気恥ずかしかった。とはいえ、美味《おい》しそうに食べてくれる前里を見られるのは素直に嬉しい。

浮き立った気持ちのまま、こぼれた話題は今日の大学での一幕だ。「事実だけ」を意識してみれば、正しく「今」に気づくためのヒントはいくつもあったこと。それが見えなかったのは蒼天が勝手に思い込んで逃げていたからで、結局は自業自得でしかなかった、ということ。

最後のあたりは反省大会になっていた蒼天の言い分に、前里は箸を使う手を止めて笑った。

「ちゃんと気づいて行動できたんだったら、上等なんじゃないかな」

「でも、遅いです。樋口はずっと気にしてくれてたのに……浜本の言うことを鵜呑みにして、言いなりになってたばかりで」

「蒼天くんはまだ十九になったばかりでしょう。十分だと思うけどな」

ふと目元を緩ませたかと思うと、人差し指で蒼天の額《ひたい》をつんとつついてきた。

「習慣を変えるのもだけど、『当たり前』を疑うのはそれ以上に難しいよ。傍目《はため》にどれほど不自然でも、異常に見えても本人にとっては『いつも通り』でしかない。『いつも通り』ってつまり本人にとっては『普通』だから、指摘されても意味が理解できない」

先週までの自分がまさにそうだったと、つい深く頷いてしまった。そんな蒼天の頬を指先で掠《かす》めるように撫《な》でて、前里は静かに続ける。

「『いつも通り』を崩すには、相当な勇気と労力が要るんだ。すぐに、うまくできなくて当たり前だから必要以上に焦らないこと」

「ゆうき、とろうりょく……」

「人間関係には相手の思惑も関わってくるし、元々の力関係があったなら怖いと思うのが普通だよ。気づいて前向きに変えて行く気があるなら、遅いも早いもないんじゃないかな」

何度も頷きながら頭のすみで思ったのは、「この人はちょっと蒼天に甘すぎないか」ということだ。もちろんそれが厭なわけはまったくない、のだけれども。

「それはそうと、樋口くんだっけ？　無事に和解できてよかったね」

「あ、はい。それで明後日は四人でのテーマパーク行きと、明日は樋口から映画に誘われてるんです。でもその、発掘バイトの日程もあるからいったん保留にさせてもらってて」

あの後、蒼天も打ち上げに同席したのだ。他のメンバーが早めのランチにする中、ひとりだけ飲み物のみになったけれど誰も気にする様子はなく、浅野や立原とは連絡先を交換した。その流れで樋口から、よかったら明日もどうかと誘われたわけだが、

「せっかくだからOKすればよかったのに」

「前里さんとの約束の方が先です。それに、その……おれも、楽しみ、だったんで」

「嬉しいこと言ってくれるなあ。けど今週はずっと通常勤務だから気にしなくていいよ」

その場で来月の予定まで確認し、スケジュール帳に書き込んでおいた。その続きで、蒼天はこれだけはとばかりに言う。

「お弁当ですけど、明日明後日もちゃんと作って持ってきますね」

「無理させないって条件つきでお願いしたんだし、お休みでいいよ？」

「明日の待ち合わせは十時なんで時間に余裕があるんです。明後日の分は明日の夜に準備し

て、ちょっと朝早い時間になりますけど前里さんちまで自転車で、」

「明日はともかく、明後日は駄目だよ。ちょっと朝早いって、何時に起きるつもりなの」

「え、でもおれに取り柄ってそのくらい……」

「そういう話じゃないよね」

でも、だってという反駁《はんばく》は、ことごとく却下された。箸を銜《くわ》えて眉を寄せていると、今度はそこを曲げた人差し指の節でつつかれる。

「お土産《みやげ》話、楽しみにしていいかな。実は僕、その類《たぐい》の場所には行ったことなくてね」

「う、……はぁい」

そんな話をしていれば、時間が過ぎるのはあっという間だ。頃合いを見て弁当箱を片付け、前里のそれは近くにあった公園のゴミ箱に捨てる。

毎度弁当箱を回収するには無理があるだろうと、前里分は使い捨ての容器にしているのだ。言い出したのは前里自身で、本当にこちらの都合を考えてくれていると思う。

「そういえば、店長からは何もなかった？」

肩を並べて引き返す途中、ふと思い出したように前里が言う。

「その、一度会って直接話したいって内容のメールが昼前に来てました。レジのマイナス分の精算ができてない、って」

「……そう。返事は？」

「まだ、です。その、どう返事をすればいいかなって」

「わかってると思うけど、会うのは絶対駄目だよ？」

すっぱりと一刀両断された。何となく予想はしていたものの、蒼天はついむくれてしまう。

「おれ、もう流されたりしません、よ？　根岸のおじさんの本音は、よくわかったと思います、し。でも、レジのマイナス分はおれのミスだから」

「例えばだけど会った時の店長が見る影もなく窶《やつ》れてこのままだと店が潰れる、一週間かそれが無理なら三日でも一日でもいいから助けてくれって言われたとする。――蒼天くん、面と向かって即答で断れる？」

「う、」

もちろんと即答するはずが、引っ張り出された例えで固まった。そんな蒼天の頭を撫でて、前里は続ける。

「まず放っておけないよね。じゃあ一日って出向いたとして、もう少しだけって頼まれたら断り切れないよね？　あの店長って、そういう意味では蒼天くんのことをよく知ってると思うんだけど、どうかな」

「……そ、の通り、だとおもい、ます。い、ままでずっと、そんな感じ、で。――す、みませ、おれ、なんか中途半端、で」

一拍返事に詰まったのは、思い当たることしかなかったからだ。そして蒼天のそういう性分こそが、すべての起点とも言えた。

「非があるのはあくまで店長側だよ。蒼天くんが悪いわけじゃないから、そこは勘違いしないように。……蒸し返すようだけど、クビになった時の店長の様子は覚えてる？」

即座に頷いた蒼天に、前里は穏やかに続ける。

「あの人があれほど激昂したのは、つまり『蒼天くんが言いなりにならなかった』からだ。——そんなふうに考える人と会ったとして、まともな対話ができると思う？」

「それ、は……むり、だと思い、ます」

こうして前里と話すようになって気づいたけれど、根岸と蒼天のやりとりはいつも一方通行だった。根岸からは一方的に命じられるだけ、蒼天の言葉はただ聞き流される、だけ。

「だよね。だから、少なくともトラブルの決着がつくまでは会わない方がいい。僕はそう思うんだけど、どうかな？」

言われた内容が今度こそ呆気なく腑に落ちて、蒼天は深く頷く。

「困ってる人を放っておけないのは、蒼天くんの一番の長所だよ。そうじゃなかったら僕は土砂降りの中で行き倒れるか、未《いま》だに寝込んでたんじゃないかと思うんだよね」

「でも、それは」

「あえて言ってなかったけど、元バイト先の件は叔母さんと僕が処理に動いてるんだ。決着がついた後でよければ機会を作るから、それまで待ってくれないかな」

思いがけない内容に、つい目を瞠《みは》っていた。

「あ、の、じゃあまた迷惑、……」

「僕が個人的に思うところがあって動いてるだけだから、気にしなくて大丈夫。蒼天くんはどうやら誤解してるみたいだけど、僕はそれほど善人じゃない」

「えぇ……」

そんなわけないだろうと前里を見上げた時、耳慣れた電子音が鳴った。ほぼバイト専用になっていた通話着信で、引っ張り出した画面には「博也」の名前が表示されている。

「通話みたいだね。僕は離れていようか」

「いえ、大丈夫です。友達……親友から、なので」

博物館まではもうすぐだと思うと、今の時間すら惜しくなった。とはいえ前里の前で無視するのは躊躇《ためら》われて、蒼天は断ってから通話をオンにする。すぐさま聞こえたのは「てんて ん今どこ?」の一言だ。

「え、どこって」

やや遠目に見えた博物館名を口にして、蒼天は直後に後悔する羽目になる。

『ちょうどいいや、オレすぐ近くにいるしそこに行くから待っててっ』

「え、ぁ、ちょ、ひろ――」

返事も聞かず通話を切られるのはいつものことだが、「すぐ近く」っていったい何だ。

待ち受けに戻った画面を眺めて唖然としていたせいで、前里の「どうかした？」との問いに答えるのが遅れた。

「あー、いた！　てんてんみっけー！」

すぐどころか、絶対通話中に見つけていたはずだ。間を置かず聞こえた声とともにぶんぶんと手を振りながら駆け寄ってきた博也を目にして、そう確信した。

「らっきーついてた！　こんなに近いとは思ってなかったー」

言いながら蒼天の首にかじりついてきた博也は、いつにも増して全開の笑顔だ。固まったままの蒼天をよそにひとしきり歓声を上げたかと思うと、わざとらしくも見える仕草で前里に目を向ける。ひょこんと頭を下げた後は、人懐こく自己紹介だ。

「こんにちはー、オレてんてんの親友で中西って言います。てんてんがお世話になってますー……ってことでてんてん、この人誰。てんてんにとってどういう人？」

どうして、こういうことになってるんだろう。

「うっわうわ、ねえねえこれってホンモノですかー？　何ていうか、中身入り？」

「間違ってはいないけど、そういう言い方は推奨しないなあ」

「間違ってないいんだーじゃあ中身入ってるってことでえ」

蒼天より五歩先で、さらにロープ向こうにある展示物を眺めて歓声を上げたのは博也だ。その隣では前里が、がっちりと博也の手にシャツの袖を掴まれる形で寄り添っている。

「意外にってか、博物館て結構楽しいんだーオレ、今回初めて知りましたあ」

「そう？　だったら案内した甲斐《かい》があるかな。蒼天くんもこっちおいで、そこからだとよく見えないでしょう？」

「……ぁ、はぃ、」

振り返った前里に呼ばれて、蒼天は遠慮がちに傍に寄る。博也がいるのとは逆側の前里の隣に立つと、穏やかな声で説明板以上の解説をしてくれた。

なのに、……その内容がほとんど頭に残らないのはどうしてか。

「じゃあ次行きましょーか、あれあれ、あのてっぺんにのってるのって何ですー？」

次の展示へと向かう主導権を握るのは、当然のように博也だ。その手はやっぱり前里の袖を握ったままで、結局蒼天はまたしても先を行くふたりを後から追いかける形になる。

（この人誰。てんてんにとってどういう人？）

博也からのその問いに、蒼天は「いろいろお世話になってる人」と答えた。「ふーん」と頷いた博也はそこからは矢継ぎ早に、直接前里へと質問を投げた。職場は、仕事内容は、年齢は住んでいる場所は。

（そこの博物館の職員で、年齢は二十八かな。それ以上は内緒で）

（教えてくれないんです？　んじゃいいや、そのうちまた聞こ。ところであそこの博物館の人だったらついでに中を案内とかしてもらえたりしません？　オレこの後、てんてんと一緒に行こうかなーと思ってるんですけどー）

唐突で馴《な》れ馴れしい物言いに慌てて制止したら、訳知り顔で「でも、てんてんも行きたいんだよね？」と言われたのだ。

案内云々《うんぬん》は論外だがそうしようと思っていたのは事実で、咄嗟に否定できなかった。そうしたら、前里に苦笑されてしまったのだ。

（時間制限があるけど、それでもいいかな？　もともとそのつもりではいたんだけどね）

（でもあの、仕事の邪魔、じゃあ）

（そこは調整したから大丈夫。ただ、一周べったりは無理だけど）

「いいからおいで」と言われて断りきれず、だからといって飛びつくこともできずにいる間に前里の隣を博也が陣取ってしまって、……その後はずっとこうしてふたりの後をついて歩いている。

（ちょっと博也、いくら何でも前里さんに迷惑じゃあ、）

どうしても気になって、スタッフに呼ばれた前里が数分席を外した時にそう言ってみた。けれど博也はむしろ不思議そうに蒼天を見て笑った。

（何でー。あんな優しいカオしてるのに、そんなわけないじゃん。それにしてもマエサトさ

ん、すっげ格好いいヒトだよなー。てんてん、どこであんなヒトと知り合ったの。何でオレに教えてくれなかったワケ？）

最後は少し咎めるように言われて、返事に詰まってしまった。

実際のところ、前里の態度は蒼天とふたりでいる時とまったく変わらない。職場に戻ったのに眼鏡をかけず前髪も上げたまま、何より博也ととても気が合ったように見えた。

だって、近すぎる距離に博也がいても避けようとしない。袖を掴まれた時は少し意外そうにしたけれど、咎めもせず好きにさせている。今だって引っ張られるままに軽く屈んで、博也の言葉に聞き入っている。

……まるで、蒼天なんかこの場にいない、みたいに。

もちろん、そうじゃないことはよくわかっているのだ。数歩離れた蒼天を気にしてたびたび振り返ってくれるし、傍に呼んで説明もしてくれている。

ただ、傍にいるのが蒼天じゃないだけで。

そんな、些細《ささい》なことを気にする蒼天が子どもじみているだけ、で。

モヤモヤする気持ちを持て余していたせいか、何を見て聞いたのかはほとんど記憶にない。先を行くふたりを追いかけて行き着いた先に売店のカウンターやテーブルに椅子《いす》が並んでいるのを見ても、その意味がよくわからない。

「飲み物はご馳走《ちそう》するよ。何がいい？」

「わーい、ありがとうございますっ。じゃあオレ、コーラで！」

「え、あのいいです、おれじぶん、で」

「遠慮はいらないよ。中西くんはコーラで、蒼天くんは……コーヒーでいいかな？」

少し首を傾げるように言われて、辛うじて頷いた。促されるまま座ったテーブルの端からカウンターに立つ前里を見ていたら、すぐ隣の椅子にいる博也にひょいと顔を覗《のぞ》き込むようにされる。

「てんてんさあ、いっつも思うけどソレ、可愛くないよ？」

「え、」

と肩を揺らした蒼天を呆れ顔で眺めて、博也は言う。

「相手は年上で社会人なんだし、奢《おご》ってもらって当たり前じゃん。素直に喜んだ方が相手も気分いいだろうに、わざわざ自分で払いますーとかさあ」

「それ、は……でも、そんなの決まってるわけじゃあ」

「決まってるってー。こっちが甘えた方がオトナのメンツが立つし、向こうのが金持ってんだからそれでいいんじゃん。まあ、てんてんみたいに頭かったいと無理かもだけどー」

違うそうじゃない、と思うのに、言葉が見つからなかった。じきに前里が戻ってきてしまい、蒼天と博也それぞれに紙コップを渡して「どうぞ」と笑う。

「ありがとーございます！　ごちそうさまですー」

「どういたしまして。――蒼天くん、どうかした？」

あっけらかんとお礼を言った博也に、前里が笑みを向ける。その光景に、喉が詰まったみたいに何も言えずにいたら、不思議そうに顔を覗き込まれてしまった。

「いえあの、……すみません。何か、」

「気にしないで。こっちこそご馳走さま」

「えー何ですかそのご馳走って。てんてん、マエサトさんに何か奢ったんだ？」

「昼のお弁当を作ってもらったんだけど、すごく美味しくてね。――ところでてんてんって蒼天くんのことだよね。渾名《あだな》だろうけど、どうしててんてん？」

気になったことを、そんままにしておかないのが博也だ。蒼天との間に立ったままでいた前里の袖を当たり前のように引っ張って、自分と向き合う形に誘導してしまった。

「てんてんのおかーさんが、てんてんのことを『てんちゃん』て呼んでたんですよねー。それと、てんてんに『ソラ』って名前は似合わないじゃないですかー。それで」

「そうかな。いい名前だし、ぴったりだと僕は思うけど」

話題の中心のはずの蒼天は、博也と話す前里から背を向けられている。その状況で口を挟めるわけもなく、あったとしても口下手すぎて気の利いたことなど言えるわけがない。

疎外感を覚えながらちびちびコーヒーを啜《すす》っていると、前里のスマートフォンに通話着信が入った。ごく短い受け答えの最後に「すぐ戻ります」と返して、改めて蒼天たちを見る。

「悪いね。そろそろ時間切れだ」

「えー、もうですか？　もうちょっと話しません？」

「残念だけど、仕事だから」

強請《ねだ》った博也をさらりと躱《かわ》した前里が、気がかりそうに蒼天を見る。その視線に慌てて言った。

「あの、ありがとうございました。お仕事中に、ご迷惑をおかけしてすみませんでした」

「迷惑はないから気にしないで。続きの案内はまたそのうちにね」

「いいんですかー？　じゃあまた来ます！　な、てんてん！」

「ぁ、……うん。もちろん」

嬉しげに口を挟んだ博也に苦笑した前里が、胸ポケットに差し込んでいた色つき眼鏡を鼻にのせる。とたん、博也が「えー」と声を上げた。

「何ですかその眼鏡。似合わないってか、隠さなくていいのにぃ」

「ちょ、ひろ、」

「ないと面倒が多くてね。仕事中は集中したいから」

博也の物言いにはぎょっとしたけれど、それ以上に前里があっさり「理由」を教えたことの方がショックが大きかった。そう感じる自分が不可解で、なのに喪失感だけが妙に深い。

「あー、わかった。いい男すぎるから？」

にもかかわらず、博也はさらにあり得ない行動に出た。ひょいと腰を浮かせたかと思うと、前里から眼鏡を奪って自分の鼻にのせてしまった。

「やっぱりぃ。コレ全然、度が入ってないしー。あ、でも色ついてるから新鮮かもっ」

「こら、駄目だよ。返して」

「え、いいじゃないですかー。だってなくても困らないですよね？」

「……中西くん？」

さすがの前里も思うところがあったのか、声が少し低くなる。奪った眼鏡をかけたまま、博也は悪戯《いたずら》坊主の顔で見返した。

「交換条件。博也って呼んでくれません？　てんてんだけ名前呼びってズルいしぃ」

「きみとは今日知り合ったばかりだと思うけど」

「じゃあこれからお近づきになりますってことで。次回、また案内してくれるんですよね」

にっこり笑顔で首を傾げてみせるのは、蒼天が知る限り博也の最大の武器だ。大抵の人がコレで陥落する。

果たして前里は短く息を吐いた。苦笑交じりに言う。

「博也くん。眼鏡を返してくれないかな」

「はーい」

返された眼鏡を手早くかけた前里の表情は、「仕方がないな」と言いたげだ。その顔のまま、思い出したように蒼天を見た。

「じゃあ、今日はこれで。またね」

「はーいっ。仕事頑張ってくださいねえ」

言葉が出ない蒼天の代わりのように、博也が無邪気に手を振る。早足で去っていく長身が廊下の先に見えなくなるのを待っていたように、ぐるんと蒼天に向き直った。

「てんてん、この後ヒマだよね。だったらオレとお茶しよ？」

13

「オレ、マンゴーのかき氷ソフトクリームつきで。それ食べた後でパンケーキセット、アイスコーヒーでよろしくー」

「え、と……おれは、オレンジジュースで。すみません、お願いします」

手元のメニューをじっくり眺めていた博也がそう言ったのは、呼び鈴に応じて店員がやってきてから数分が経った頃だ。詫《わ》びにもならないのは承知で早口に言った蒼天を微妙な顔で眺めると、オーダーを復唱して離れていく。

博也はまだメニューを広げたまま、「あ、これもいいなあ」とつぶやいている。ひょいと上目に蒼天を見て言った。

「なあ、オレこれも食べたいんだけどいい？」

「……別にいいと思うけど、でも博也食べられる？　かき氷はともかく、パンケーキセットも頼んだよね。かなり量がありそうだけど」

初めて入った店なので実物は知らないが、メニューの写真では分厚いものの二枚セットで上には複数種類の果物がトッピングされているのだ。女性なら十分一食分になりそうだから、到底「デザート」とは言えない。

「いろいろあって、昼ごはん食べ損ねてさあ。さっきの博物館で何か食べようかと思ったけど、ああいうとこってあんま美味しくないじゃん？　それとここ、前に友達から聞いてて来てみたかったんだよねえ」

「そうなんだ。え、じゃあもしかしてここに来る予定だったんだ？」

前里と別れて博物館を出た後で博也について入ったこの喫茶店は、弁当を食べた公園の出入り口から歩いてすぐの場所なのだ。

「まあそんなとこ……って、てんてん、スマホ鳴ってるけど放置でいいんだ？」

「ああ、うん。また後で見るから」

博也から見えないよう確認してみれば、浜本からのメールだ。実は大学で別れてからこれで三通目になるが、新着表示に出る冒頭を読んだだけでげんなりした。

「それはそうと博物館って案外面白いんだなあ。もっと退屈かと思ってた。案内してくれるって言ってたし、また行こうな！」

ちょうど運ばれてきたかき氷をさっそくスプーンで掬《すく》いながら言う博也はいつになく楽しげで、妙に落ち着かない気分になった。

「行く、のはいいけど、案内は遠慮しようよ。展示の前に解説あるし、もっと詳しく知りたきゃ音声解説借りればいいんだし。今日だって、無理して時間取ってくれたんだと思うよ？」

「次だって向こうから言ってくれたんだから甘えたらいいじゃん。それよりてんてんはあのヒトといつ、どこでどうやって知り合ったワケ？　手作り弁当渡すくらい親しいとか、オレ全然聞いてないんだけどー？」

矢継ぎ早にまくし立てられて、正直返答に詰まった。

こうなった時の博也は好奇心の塊で、つまり何が何でも逃がしてはくれない。逐一細かく追及してくるから、結局はかき氷がすっかりなくなる頃には前里との経緯について質問に答える形で話すことになってしまった。

「なるほどー。きっかけからしててんてんらしいっていうか……けど相手がマエサトさんでよかったじゃん。ネギシみたいのだったら相当ヤバかったしー？」

スプーンを振り回しながら言う博也は、どうやら前里が気に入ったようだ。そうでもなければ自分からあもくっついて行かないし、眼鏡を取り上げて自分でかけたりもしない。

思うだけで、胸の奥がちりちりする。焦げるような、追い立てられるようなその感覚は博也が前里に自己紹介した時からあったもので、……今になってその正体がわかった気がした。博也と前里の距離が近いのが、気がかりだったのだ。自分よりも博也の方が前里と親しくなってしまいそうで、それを厭だと感じている。

案内を遠慮するよう言ったのも、結局はその延長上だ。気づいてしまえば、自分の狭量さがつくづく厭になってきた。

博也は大事な親友だ。物心ついた頃から一緒にいて、蒼天のことは何でも知っている。孤立しがちな蒼天に声をかけ、仲間に入れてくれるのも博也だけだった。

それなのに。

自己嫌悪に陥った蒼天をよそに、博也の前にパンケーキセットが届く。大きく切り取った欠片《かけら》を口に入れ、「うっま！」と全開の笑顔になった博也はきっと、そんなことなど思いもしないんだろう。

「それはそれとしてさあ、てんてん、ハマと喧嘩《けんか》したんだって？」

「え、……？」

「今日の午後は旅行準備の買い物予定だったんだけど、ハマから行けないって電話があってさー。てんてん怒らせて、仲直りしようにも話も聞いてもらえないって」

短く息を吐いて、蒼天はオレンジジュースに口をつける。氷がほとんど溶けてしまったせいか、味がひどく薄い。

「喧嘩っていうか、言い合いなら確かにしたけど最後は浜本が捨て台詞《ぜりふ》吐いていなくなった、かな。その後メールなら来たけど、どれも仲直りって内容じゃないし」

最初のメールは樋口たちとランチの店に移動してすぐで、要約した内容は「とにかくレポートは間に合わせろ」。二通目はランチを終えて店を出る寸前に、同じく要約すると「返事もできないのか、役立たず」。ついさっき届いた冒頭部分は「不可レポートは回収したノートも確保したから今すぐどこそこまで来い」だ。

「発端は追加レポートだっけ？　それなんだけどてんてんに頼めないかなー。あいつ明日から遠距離の彼女が遊びがてら泊まりに来ることになってるんだよねえ。今日予定してた買い物だって、本当はまだ先でいいのにアイツの都合がそこしか空いてなかったせいでさあ」

明日以降、夏休み前半は予定が隙間なくぎっしりなのだそうだ。少し呆れ顔で笑って、博也は続ける。

「彼女との予定も全部決まってるとかで、ずっと楽しみにしてたんだよねー。それをさあ、レポートがあるから明後日まで延期とか言えないじゃん？　彼女の方もかなり前から新幹線の指定席取ってるっていうし、これが初めてのお泊まりらしいしぃ」

こう言うとアレだけどさ、と言いながら博也は亀みたいに首だけ伸ばして蒼天を見た。

「てんてんは時間あるじゃん？　ネギシのおっさんとこのバイトも辞めたんだしー」

首を傾げる博也が言いたいことは、わからないではない。その上で、けれど蒼天は短く息を吐く。

「事情はわかったけど、やっぱり無理。本人にも言ったけど、そもそもおれは取ってもいない講義だし。頼む相手を間違ってると思う」

「あー……まあ、それはそうなんだけどさ。どうしても無理？　どうにかならない？」

「そこまで言うなら博也が引き受けてあげたらどうかな。条件は同じだよね？」

さすがにうんざりしてきてぽそりと言ったら、博也は「うあー」と天井を仰いだ。それへ、蒼天はさっきから気になっていた疑問を口にする。

「ところでだけど、何で博也はおれがバイト辞めたって知ってるの」

博也にはまだ、その件を伝えていなかったはずなのだ。先ほど前里との経緯を追及された際は、訊かれたことにしか答えなかったから。

「一昨日、てんてん電話くれたじゃん？　だから昨日、あの店に顔出したんだよ。なのにてんてんはいないしスタッフはすごい感じ悪いし。何訊いてもろくに返事もないしで何も買わずにとっとと出たんだけど」

そうしたら、どうやらバイト終わりらしい女の子が追いかけてきたのだそうだ。

「ちっさくて可愛い子でさぁ、店長が直々《じきじき》にてんてんをクビにしたって教えてくれた」

「そう、なんだ」

「てんてんもさあ、そのくらいメールしろよー。無駄足踏んだじゃんっ」

むくれ顔でパンケーキを頬張る博也に、つい苦笑した。

「いろいろありすぎて、メールに書けそうもなかったから電話にしたんだよ。博也こそ、折り返してくれたらよかったのに」

「直接顔見て話す方がいいと思ったのー。まあいいけどさあ、オレあの店大っ嫌いだったし？　そうだてんてん、次のバイトだけど今度こそオレんちかうちの大学の近くでっ」

「だから、それは遠すぎて無理」

「えー。でもあのオバハンは懐柔できたんだよね？　てんてんのお小遣い、復活してるみたいだしー」

言われて今度こそ驚いた。それを知っているのは当の叔母と、前里だけのはずだ。

「いつものてんてんだったらこの店に入るって言われた時点で困った顔するか、自分はやめとくって言うじゃん？　それがなくて、けど次のバイトが決まったにしてはのんびりしてるし。そもそも、てんてんの条件でできるバイトって単発に限りだしねえ」

「……そう思ってるのに、博也んちや大学近くの店薦めるんだ？」

「小遣い解禁だったら門限もなくなったかなーと思ったけど、違うっぽいね。やっぱ、あのオバハン性格破綻してるよなあ」

厭そうな顔でしれっと言われて、蒼天はため息をつく。

「何度も言ってるけど、小遣いなしも門限も自業自得で叔母さんのせいじゃないから」

この様子では蒼天が言うことなど右から左だ。それでもいつかわかってくれたらと思う。

「……――あ、れ」

ふっと覚えた違和感に眉を寄せて、けれどそれは摑む寸前にかしゃんと響いた音で霧散した。

博也が、放り投げるようにカトラリーを皿に置いたのだ。どうやら喉が詰まったらしく、アイスコーヒーのグラスを結構な勢いで傾けている。

「それはどうでもいいんだけど、あの店かなりキツいっぽいよー。夜番バイトにも逃げられたとかで、ネギシのおっさんが昼番と夜勤の両方に出てるって。そのくせチケット系や戸籍系？　の客が来るたびさっきの彼女に呼び出しかけるんだってさ。てんてんクビにしてまだ三日なのにすんごい愚痴と文句吐いてるらしくて、居るだけでろくに仕事もしないくせに何かと言い訳していなくなるんで、ふたりシフトなのに実質ひとりで回すしかなくなってるとか。おまけに来月のシフトの希望休みがほとんど潰れそうなんで、バイトのほぼ全員が辞める気になってるって」

「あー……そう、なんだ」

「それも全部てんてんのせいで、てんてんが戻りさえすれば来月のシフトも含めて元通りなんで、どうにか連絡して引っ張り戻せってシレイまで出てるんだってさ。けど、てんてんと連絡先交換してるヤツっていなかったんじゃん？　そんでどうしろって話だよねえ」

微妙な気分で聞いている蒼天をよそにパンケーキを齧《かじ》って、博也は続ける。

「だいたい、てんてんを馬鹿しすぎだっての。それでなくとも真っ正直でくっそ真面目《まじめ》なのにさあ、おつりごまかすとか勝手に商品持ち出すなんてできるわけないじゃんね。そんなこともわからずにてんてんをこき使うから、ネギシのおっさんに天誅下ったんじゃないの一?」

がしゃ、と音を立てた皿の上、博也が握るフォークが深くパンケーキに突き刺さる。

苛立《いらだ》ったような仕草はいつかの根岸とは真逆の意味で、つまりは蒼天を信じてくれている。

そう思うだけで、ひどく安堵した。

「ないとは思うけどさー、てんてん、またあのバイトに戻るってことは」

「ないよ。メールでだけどはっきり断った」

「よかったあ。だったらあの店はいつ潰れてもいいや」

あっさりと物騒なことを言われて、蒼天は苦笑する。

「ちょ、博也それ言い過ぎ。人さえいれば、あそこはおれがいない方がうまくいくはずだよ」

「だったらいいけどねー?　って、話は戻るけどてんてんさあ、ハマと仲直りする気ない?」

上目に蒼天を窺《うかが》いながら、博也はパンケーキの最後の一口を詰め込む。もごもごと咀嚼《そしゃく》してから続けた。

「追レポートの件は、確かにハマの都合で勝手言い過ぎだと思うよー。でも、あいつはあれでてんてんのこと気に入ってたし、心配もしてたんだよ?　オレがてんてんのこと頼んだ時だって、二つ返事で引き受けてくれたしー」

黙って聞く蒼天が気になるのか、博也の視線が落ち着かない。少し迷うふうに言った。

「言っちゃナンだけどてんてんって、ちょっと目え離しただけで変なのに懐かれてたりするじゃん？　オレとしては、あんまりひとりでいて欲しくないっていうかさあ」

「変なのに懐かれるって、博也……」

「間違ってないよね。中学ん時は冴えない教生にひっつかれてたし、高校は高校で根暗ーな人嫌いにつきまとわれてたし。どっちでもいいように使われかけてたじゃん？」

反論に困って黙った蒼天を前に、博也は皿に残ったクリームをフォークでこそげて口に入れた。「やっぱパフェも食べようっ」と声を上げ、テーブル上のベルを鳴らすより先に店員を捕まえオーダー追加を伝えてしまう。

「てんてんの言い分はわかったけど、そもそもがハマと話が通じてないんじゃん？　そんで仲直りが難しいんだったらさあ、てんてんも例の旅行一緒に行こうよ」

「……は？」

名案とばかりに言われたのは、とっくの前に浜本と博也の両方に断ったはずの誘いだ。

「オレもいるし他の友達も一緒だし、ハマとふたりきりにならないようにすれば大丈夫だよね？　三泊四日もあればお互い歩み寄りのチャンスはあるはずだし、小遣い復活したら費用はどうとでもなるじゃん？　足りなきゃ前借りとかー。だってあのオバハン、口やかましいけどてんてんには甘いんだし、男日照りっぽいからちょっと可愛いぶったらそのくらい出してくれそうな気がするんだよねー」

「博也、ねえ……」

つらつらと、得意げに言われて目眩《めまい》がした。

断言してもいいけれど、蒼天には「浜本に心配された」り、「面倒を見てもらった」覚えは一度もない。大学の講義に必要な伝達を貰ったことはあるけれど、それは必ず交換条件つきな上にいつまでも恩に着せられた。

……ごく普通にあっさりと、「それ変更になったぞ」と教えてくれた樋口とは、全然違う。何より、浜本が望んでいるのは「歩み寄り」じゃなく、「今まで通り蒼天が言いなりになること」だ。

「そもそもの前提が違うよ。浜本はおれを友達だとは欠片も思ってないし、おれもそうは思えない。……博也にとってどっちも友達だからって、おれと浜本がそうなれるわけでもない」

「――……てんてんさあ、もしかして大学で友達できた？　新しく……って時期じゃないしー、前にトモダチだったヤツと仲直りした、とか。だからハマはもういらなくなった？」

じっと蒼天を見つめた博也が、数秒の間合いで言う。

返答する声が、一瞬喉に詰まった。それでも、蒼天はどうにか言う。

「仲直り、は確かにしたけど、浜本のこと、はそれとは別だよ。おれと友達やってるのは博也に頼まれたからで、自分は望んでないってずっと言われてたし。それで仲直りって言われてもどうやったって無理っていうか……そもそも合わないいんだと思う、し」

気遣いを無にする上に、博也の「友達」を非難するような物言いだ。だからこそ、この話はここで終わりにしたい。

相手によって見せる顔を変えるなんて、誰でもあることだ。それに——樋口の件で浜本がやらかしたことを伝えたとして、博也が信じてくれるなんて確信は持てない。

嘘をついているとか、浜本を陥れようとしているなんて疑われるリスクを負うより、黙っておく方がずっといい。

「たった四か月でそんなん決めないでよー。てんてんもハマも、オレには大事な友達なんだよ？　だからさあ、一緒に旅行してみればいいじゃん。オレも和解の協力するしっ」

「……ごめん。それだけは無理、かな」

ここで頷いてしまうのが、きっと一番いいんだとは思う。博也は安堵するだろうし、浜本と蒼天の板挟みで厭な思いをせずにすむし、蒼天だってこんな重たい罪悪感を抱えずにすむ。

「なあ、てんてんってば今回だけ！　この旅行で駄目だったらもう二度と言わないからー」

「ごめん。本当に、悪いけど」

断るたびに胸が痛んで、手のひらまでもがちくちくと疼《うず》く。見れば、いつの間にか握り込んでいた手のひらに爪が食い込んでいる。

博也と一緒に喫茶店を出たのは、午後もだいぶ遅い時刻になってからだった。これから約束があるという博也がダッシュで駅の方へと向かうのを見送って、蒼天は長く息を吐く。

——記憶にある限り、博也からこんなにも長く懇願されたのは初めてだ。

博也からの頼みを、最後まで断り続けることができた、のも。

消えない罪悪感がずっしり重くて、なのに気持ちはやけに軽い。博也に悪いことをしたと思うのに、欠片も後悔していない。

自分の中に混在する矛盾を、改めて不思議だと思った。

14

樋口は、ホラーやミステリーの類《たぐい》はあまり好きじゃないらしい。

「とにかく無意味に人が死ぬだろ。特にミステリーなんかは話の展開上っていうか、最初から死に役みたいな感じでさ。アレがどうにも好きじゃないんだよな」

「あー……うん。何となくだけど、わかる、かも」

そんな会話を経て入った映画館で並んで観たのは、いわゆる未来冒険アクションコメディだ。SF要素たっぷりで突っ込み処満載だったが、随所で大笑いさせてもらったおかげか何だかすっきりした。

映画館を出た後は、樋口の提案でほど近いビュッフェ形式の店に入った。ランチ中の会話は映画の感想から始まって、じき樋口お気に入りの映画談義に移った。

レイトショーにもよく行く樋口は、気に入った映画の原作はむしろ読まない派なのだそうだ。蒼天はといえばある意味逆なのに同じで、好きな小説が映画化されてもまず観には行かない。結果として同じタイトルの映画と原作、それぞれの話で差異を指摘して笑い合うという、当人同士は楽しいが傍目には微妙かもしれない状況となった。

「それにしてもこの店いいな。さすが立原、よく知ってる」

「え、ここ立原の行きつけなんだ？」

「あいつ、この手の店には詳しいんだよ。確か、バイト先の先輩から聞いたって言ってた。……で、俺は何か取ってくるけど遠藤はどうする？」

「どうぞ。おれはそろそろ打ち止めかな」

そっか、と頷いた樋口が四度目のお代わりに向かった先はまたしても料理のコーナーで、よく入るものだと感心した。蒼天自身はといえばとうにコーヒーでデザートを食べ終えていて、食欲の差が体格に出るのかもとふと納得してしまう。

「あのマリネ美味しかったな……あの味なら真似できるかも。前里さん、マリネ好きかな？」

（ありがとう。お昼が楽しみだよ）

今朝弁当を届けた時の、前里を思い出す。通勤中なのに色つき眼鏡を少しだけずらして、蒼天が好きなヘーゼルの目を見せてくれた。

頭を撫でられて、身辺に変わりはないかと訊かれた。それに頷いてから、昨日からずっと気になっていたことを——博也の振る舞いを謝ったら、少し困ったように笑われた。

（中西くんだっけ。なかなか興味深い子だよね）

「きょうみ、ぶかい、って……」

ぽつんと繰り返して、何となく落ち着かない気分になる。聞いた時点で気になっていて、けれどそれを言葉にできないまま別れてしまったのだ。そのせいか、こうしてひとりになるとつい思い出してしまう。

「……遠藤？　どうした、もしかしてまたメールか。浜本から？」

戻ってきた樋口が、山盛りのプレートをテーブルに置きながら言う。それへ、蒼天は軽く笑った。

「浜本からは、あの後もう一通メールが来ただけだよ。内容は樋口たちと見たのとほぼ一緒」

「反省もない上にまだ諦めてない、と。返事はしたのか？」

「まだ。実は昨日、博也に会ってさ。あ、博也っておれの親友で、浜本とは友達なんだけど」

怪訝《けげん》そうな顔をした樋口は、そういえば博也を知らないんだったと思い出して簡単にこれまでの経緯を説明する。と、豪快に料理を口に運んでいた樋口が露骨な仏頂面《ぶっちょうづら》になった。

「何だそりゃ。いくら遠藤の親友で幼馴染《おさななじ》みだって、友達になってやれとか構ってやってくれとか余計な世話だろ。それも、あの浜本だぞ？」

「う、ん。でもおれを気にしてくれてのことだし、……実際んとこ博也がそうやって気を回してくれなかったら、おれなんかぼっちどころかその場にいない扱いだったと思うんだよね」

博也から無視されて過ごした四泊五日――高校での修学旅行を思い出す。担任にも嫌われていたせいかクラス全体で空気扱いされたあの時は心底辛《つら》くて、さすがに叔母を恨んだ覚え、が……

「そうは言っても、俺と拗れた元凶は浜本だろ？　その浜本をけしかけたのがそいつなのは間違いないわけで」

「それはそうだけど、おれもきらわれてるの承知で浜本を頼ってた部分もあるから。――……だから昨日、博也にははっきり断ったよ。もう、浜本に構ってもらわなくていいって。すぐには納得してくれなかったけど、最終的にはわかってくれたから」

昨日の別れ際の、いつになく悄然としていた親友兼幼馴染みを思い出す。

そのくせ蒼天のオーダーの軽く五倍近い支払いをこちらに回してくるのだから、博也のちゃっかりぶりは健在だ。

「こう言っちゃ何だけど、そいつ信用していいのか？　浜本の友達ってことは類トモってヤツじゃ」

「それ言うんだったら浜本よりおれの方じゃないかな。幼馴染みで、幼稚園から高校までずっと一緒だったし。浜本とは、確か高校で知り合ったはず」

肩を竦めた蒼天に、樋口が気まずそうにする。

「悪かった、会ってもいない相手に対して言うことじゃなかったな。——ところでスマホ、放っといていいのか？　映画館でも鳴ってたろ」

「あ、ごめん。電源落としとく」

「いやそうじゃなくて、出なくていいのかって話」

映画上映中の館内では、シーン次第でバイブレーションすら響く。そのタイミングで鳴ったからすぐに電源を落として、ここに入ってから改めてオンにした。その後、立て続けに来た着信は新着で眺めただけで、今鳴ったのは確認すらしていない。そこを突っ込んでくるあたり、樋口はつくづく気がつく人だと思う。

「コレ、前のバイト先の店長からの最新」

たった今、届いたばかりのメールを新着から表示して樋口に見せる。内容を要約すれば「このままじゃ店が潰れるすぐバイトに来いあと叔母と前里を抑えろ、というか取りなせ」だ。

黙読した樋口が「うわあ」な顔になるのを眺めて、蒼天はメールアプリを終了させた。

「クビになった翌日からずっとこうだけど、おれはもう戻る気はないし。叔母さんと前里さん……もうひとり間に入ってくれてる人が後処理するから何もするなって言われてて」

「は？　けど、遠藤のバイトだろ？」

「そうなんだけど、いくら何でもたちが悪すぎるって。あと、もともと店長と叔母さんって古い知り合いで、その……個人的にもいろいろと、思うことがあるみたいで」

(気にしないでいいわ。わたしも一度、きちんと話しておくべきだと思ってたし)

昨日の帰宅後にそう言った叔母は、実はかなり前から根岸が「年に一度の贈り物」の贈り主を騙《かた》っていたのを知っていたらしい。それ以外にも諸々《もろもろ》言いたいことがある、のだとか。

「な、るほど……？　けどずいぶんしつこいな。スマホ替えるのは無理でもナンバーやアドレスを変更するか、着信拒否でもすればいいのに」

「それ、先週末から言われてるんだけど、その……立原たちと連絡先交換したばっかり、だし。あと、当事者なのに自分から蚊帳《かや》の外に出るのはどうかなって」

何もできないなら、結果は同じだとは思う。けれどあのバイトをこっそり続けていた蒼天が、関係ないと全部丸投げしてしまうのは違う気がするのだ。

「あー……まあ、気持ちはわかるかも。悪いな、その余計なことばっかり言って」

「とんでもない。気にしてくれてありがとう」

深く頷いた樋口が、蒼天の返事に少し困ったふうに肩を竦める。ややあって、それまでよりも軽い口調で言った。

「それはそうと、遠藤んちに合羽《かっぱ》ある？　できれば使い捨てても構わないようなヤツ」

「つかいすての、かっぱ？　何それ、どうするの」

「明日初っ端《しょっぱな》に行くアトラクションに要る。ないと全身ずぶ濡《ぬ》れになる」

「え、何それどういうの」

気を引かれて身を乗り出した蒼天に樋口が笑って、そこからは明日行くテーマパークの話になった。蒼天以外全員行ったことがあるがそのメンバーでは初めてなので、あえてそれぞれのオススメアトラクションを優先抜粋して回ることになっているのだとか。

「いや、そうなると遠藤には面白くない、か……？」

「いや全然。むしろ楽しみ」

気になることはいくつもあれど、こんなに楽しみな「予定」はたぶん、初めてだ。その後は張り切って、樋口と一緒に合羽を買いに行った。


「じゃあ、浜本からは一昨日オレらと別れた後にメールが一通来たっきり？」

「そんなとこ。今日も、今の時点で何もないし」

あっさり頷いて、蒼天は向かい合う形でこちらを見下ろす浅野を見返した。

夏休みらしく、テーマパークは盛況だ。早朝の電車を乗り継ぎ開園を待って入場したのに、最初の目当てだったアトラクションに着いた時にはすでにそれなりに長い行列ができている。

今はようやく建物の中に入り、係員からの注意喚起に従って、四人揃って合羽を着て順番待ちをしているところだ。

「そっかー。なかなか複雑だけど納得。浜本と遠藤ってどう見ても友達じゃなかったよな」

そう言う浅野は四人の先頭で、蒼天と向き合っているため歩みは後ろ向きだ。屋内で、しかも迷路状態にロープで作られた通路でそれはなかなかに危険ではなかろうか。

気になった蒼天がそれと伝えてすぐに、列が大きく動き出す。ぞろぞろと前に続くと、うまい具合に乗り物の中ほどの席につくことができた。

真横になった浅野が言うに、前後の中ほどでやや右よりは「そう悪くないポイント」なのだそうだ。曰《いわ》く、「さほど水飛沫《みずしぶき》がかからない割に、そこそこ周囲が見える」のだとか。

乗り物が動き出してからは文字通りジェットコースター状態で、気がつけば降り口だ。少少よたよたしながら建物の外に出て、蒼天は改めて再認識する。どうやら、自分はああいう絶叫系が苦手な部類らしい。

「何か、おなかの底が変に裏返ったみたいにゾワゾワする、し？」

「えー、そこがいいと思うんだけど」

「オレとしてはもっとひっくり返りたい」

言い合いながら向かった次のアトラクションは、幸いにしてコースター系ではなく舞台式だ。モチーフとなった映画はかなり古いものだったが、以前に観たことがあったので内容はそこそこ理解できた。気がつけば蒼天は樋口たちと一緒になって笑い転げている。

思い切り遊んでスリルを味わって、ちょっとハラハラしての時間を過ごした午後、早めの夕食にしようと目についた店に入った。カウンターでそれぞれハンバーガーのセットを買って、窓際の席につく。

この時期限定の、夕暮れから夜にかけての園内アトラクションにも参加する予定なのだそうだ。いわゆるホラー系のイベントだとかで、どうしても駄目ならイベントとは無関係なエリアもあるのだとか。

「蒸し返すのはアレだと思うけどさあ。遠藤は引き続きっていうか、浜本の動向に注意しておいた方がいいんじゃないの」

蒼天が頼んだものの軽く一・五倍はありそうなハンバーガーを齧りながら、思い出したように言ったのは浅野だ。唐突さに、ちょうど銜えていたストローを噛んでしまった蒼天をよそに顔を顰めて続ける。

「あえてヤバい言い方するけど、浜本からすれば遠藤ってすごく都合がいいっていうか、便利な存在だったと思うんだ」

「でもおれ、きらわれてたよ？　理由がなくなれば寄って来なくなる、んじゃないかな」

「あー、個人的には浅野に賛成」

戸惑う蒼天をよそに、隣にいる樋口が言う。え、と顔を向けた蒼天と目が合うなり、厳つい顔を申し訳なさそうに顰めた。

「傍目には、嫌ってるようには見えなかったぞ。言い方は悪いが便利に使いながら都合良くイジってたっていうか」

「賛成。追レポの件も含めて逆恨みされる可能性がないとは言えないよね。中西が話を通したから連絡が途切れた、のは間違いないんだろうけど」

「その中西ってのがどう話をつけたのかも不明なんだろ？　だったら念のため警戒続行した方が吉、ってこと」

立原の言い分を引き取ってまとめた浅野が、ハンバーガーの最後の欠片を口に押し込む。もごもごと咀嚼しながらじっと見つめられて、そこまで言ってくれるならと素直に頷いた。

それで安堵したのか、浅野はにかっと笑って飲み物に口をつける。

「一応、オレらも注意しとくな。んじゃ、オレは先に土産見に行ってくるからっ」

言うなりトレイを手に腰を上げてしまった。え、と瞬く間にゴミを捨て、店内右手の壁にあるドア状にくりぬかれた穴の向こうに駆け込んでいった。

どうやらその向こうは土産物売り場だったらしい。遠目にも、カラフルに彩られた陳列棚が並んでいるのがわかった。

「……浅野が率先して売店行くって、何が起きた？」

「珍しく欲しいものでもあるんじゃね？　遠藤も、食べ終わったら行くよな」

ぽかんとしたような立原の声に続いた樋口のそれは笑いを含んでいて、けれど最後にそう訊かれた蒼天は少し困る。

「あの、さ。……お世話になった人へのお土産ってどんなものがいい、のかな」

前里から「お土産」を頼まれていたのを、思い出したのだ。

あの時は即座に頷いたものの、こういう場所で売っているのはいわゆるグッズ類が主だ。つまりキャラクターものの小物や文具類やポスターに、ぬいぐるみにTシャツといったもの。

——あの、ヘーゼルの瞳が綺麗な人に。あの古くて静かな家に、果たしてそれが似合うのか。

お土産とか言って渡したら、かえって困らせることになりはしないか？

「お世話になった人って、昨日言ってた？　マエサトさん、だっけか」

「うん。もちろん叔母さんにも何か買おうとは思ってるんだけど」

言葉を切って、蒼天は樋口と立原を見た。たぶん、懇願に近い物言いになったと思う。

「年上で大人の男の人って、何を買ってったら喜んでくれる、と思う？」


前里へのお土産は、さんざん悩んだ末にキーホルダーにした。猫の後ろ姿を模した革のと、前里宅の白猫と同じ毛色のもふもふしっぽのと、ふたつだ。

家だけでなく、車の鍵までリボン結びだったのを思い出したからだ。気に入ってもらえるかはもちろん使ってもらえるかも謎だが、他にこれといったものが見つからなかった。

ちなみに「何を買ってったら」の後は、友人たちから「どういう知り合いか」と口々に訊かれた。「恩人」と答えはしたものの、改めて考えれば前里との縁は本当に奇遇としか言いようがなくて、博也があそこまで興味津々《しんしん》になるのも道理だと今さらに思った。

会計を終えてレジを離れてすぐに、壁際で手持ち無沙汰《ぶさた》そうにしていた立原と目が合う。手招かれて近づくと、立ち位置をずらして場所を空けてくれた。

「お土産、いいのが見つかった？」

笑って言った立原に、蒼天は手にした袋を掲げてみせる。

「うん。いろいろアドバイスとか、ありがとう」

「どういたしまして。恩人さんにはキーホルダーだっけ。叔母さんの何にした？」

「猫のぬいぐるみ。叔母さんのスマホの待ち受けが、十年近く前に亡くなった猫と一緒の写真だったのこの前見たんだ。その猫によく似たのがいたから」

「そうなんだ。そりゃ嬉しいんじゃない？」

「だといいけど」

自分用には、同じくアオと同じ毛色のしっぽキーホルダーを買った。叔母がぬいぐるみに難色を示すようだったら、そっちと交換するつもりでいる。

「そういや、立原は？　何も買わなくていいんだ？」

樋口と浅野は棚の前でまだ迷っているようだが、立原は品物を見る気もないらしい。それが不思議でつい見上げると、少し困ったように肩を竦めて返された。

「前はよく買ってたんだけど、その割に使いも飾りもしてないのに気がついてさ。特に目当てがない時は無理して買わないことにしてるんだ」

「あー、そういう人っているよね」

思わず大きく頷いた蒼天に、立原は意外そうに瞬いて言う。

「新鮮な反応だけど、もしかして身近にそういう人がいたりする？」

「亡くなった父親。ご当地物とか限定品に記念物も大好物で、徹夜で並びに行くくせに買った時点で満足してどこにやったかも忘れるんだよね。自分で作る時も材料とか素材にこだわって、すごい集中して時間と労力かけるのに、出来上がると片っ端から人にあげるとか」

「それ親近感湧くなあ……それはそうと、遠藤と中西ってまだよく会ってるんだ？　今でも一緒に遊んだりしてる？」

いきなり変わった話題に瞬いて、蒼天は苦笑する。

「そうでもないかな。博也は友達が多くて忙しいから、週に一度おれの元バイト先に来てた程度だし。一昨日会ったのも連絡が来た時たまたま近くにいたから、で……――」

（ごめんなー？　てんてんも一緒にって言ってみたんだけど、絶対厭だって言われてさー）

（そこまで言われて、無理押すわけにもいかないじゃん？　だから、悪いけどてんてんはまた次回に誘うから）

ふっと脳裏に蘇《よみがえ》ったのは、かつて博也から誘ってきたはずの予定を直前にキャンセルされた時に聞いた台詞だ。そういう場合は決まったように、蒼天とも面識がある相手も一緒に行くことになっていて――

「……っ――」

ウエストポーチの中から、電子音が鳴った。

思わず肩をはね上げた蒼天に、隣の立原がつられたようにびくりとする。窺うように、こちらを見た。

「遠藤、どうかした……？」

「――、いやごめん、ちょっと変なこと思い出し、そうになった……えと、何の話だっけ？」

「遅くなった。待たせてごめんねー！」

蒼天が立原に向き直ったタイミングで駆け寄ってきた浅野は見るからに浮かれていて、立原と一緒に目を丸くしてしまった。鼻歌まで出そうな勢いで彼が抱えているのは直径が八十センチ近くありそうな、薄いビニール包装越しにも明らかなぬいぐるみだ。

「ちょっと訊きたいんだけど、コレって誰へのお土産？　浅野って女きょうだいいなかったし、姪《めい》っ子もまだいないよね」

「そのはずだが、何か異様な浮かれ具合だったぞ」

間にそう言ったのは、こちらも買い物を終えたらしく小さめのビニール袋を提げた樋口だ。

どことなく疲れた様子で、呆れ混じりに浅野を見ている。

果たして、浅野はそのふたりへ満面の笑みにピースサインを添えて言った。

「え、誰って彼女にお土産だけどー？」

15

浅野に彼女、つまり恋人ができたのは、何と昨日のことだったらしい。

「バイト先の先輩でさー、いろいろ指導してもらってたんだけど最初っから何かいいなーと思っててっ」

前期試験がめでたく終了した昨日、予定通り出向いたバイト先で「ちょっと内緒にしておきたい」アクシデントの果てに告白し、その場で了承を貰ったのだとか。

「そんでまあ、今日の予定話したらいいなーって、行きたいなあって言われたんでまた来週も行くけど。チケットも昨日のうちに取っといたし」

ひとつ年上の女子大生で、見た目清楚系で中身は可愛い。年上だからとお姉さんぶるくせに時々抜けていて、そこがタマラナイ――そんな惚気《のろけ》を垂れ流す浅野は、そういえば待ち合わせ場所で会った時から妙にテンションが高かった。

なるほどそういうことかと素直に納得した蒼天のすぐ傍で、樋口と立原が微妙な顔を見合わせる。つい首を傾げた拍子、目が合った樋口がぼそりと言った。

「他人の惚気は胸焼けの素」

「そ、ういうもの、なんだ……？」

友達もいないきらわれものだった蒼天には「彼女」なんて別世界の存在すぎて想像もできないが、樋口たちは違うらしい。そういうものかと納得した時、浅野がからりと声を上げる。

「だったら樋口も彼女作ればいいじゃん。気になる子がいるんだろ？」

「おま、いや待てそれはだな」

「オレ、今すっごい幸せだよ？　彼女といるとほっとするしずっと一緒にいたいなあと思うし、電話で声聞くだけで精神安定剤っていう」

「あー……うん。そういう人、ならおれにもいる、かも」

それだから、浅野の言葉を引き継ぐみたいにこぼれた自分の声に、自分でもびっくりした。

そこに、間髪を容れずの勢いで複数の声がかかる。

「うわ、遠藤意外にダークホース」

「は？　え、誰だそれ、どこの何てヤツ？」

「え、マジ？　なあもう告白した？　もしかしてすでに付き合ってたりする？」

妙に冷静な立原に続いて樋口は狼狽《ろうばい》し、仕上げみたいに浅野がずいと詰め寄ってくる。気圧《けお》されて半歩下がるなり当たったのは、現在進行形で帰路を走っている電車の扉だ。

「ぁ、えといや、だからその、かも、だし。レンアイとか、そういうんじゃなくておれ彼女とかまず無理っていうか、女の子からは相手にされてない、しっ」

過去に蒼天と接点があったのは、博也の「彼女だった」子たちだけだ。その子たちからもやっぱりきらわれていたから、いいように使い走りにされた記憶しかない。

「いや十分可能性があるって。遠藤って真面目でマメな気遣いの人じゃん？　教授や講師受けがいいのも道理だと思ったもんなあ。——で、遠藤が好きな相手ってどんな子？　その言い方だとまだ片思いかなー。うちの大学、じゃないか。じゃあ」

「ちょ、浅野待てって」

さらなる勢いで追及されて、背中からドアに張りついていた。直後、我に返ったらしい樋口が割って入ってくる。

「もしかして、そろそろ告白を考えてる、のか？」

助けに入ってくれたはずの樋口からおそるおそる訊かれて、蒼天は困惑する。見れば浅野だけでなく、立原までもが見事にこちらに注目していた。

「ごめん、言い方が紛らわしかっただけで、……その、今言った相手って男の人、なんだ。最近知り合って、いろいろ助けてもらってて」

「キーホルダーの恩人さん？」

速攻で立原に言い当てられてしまった。どうにも落ち着かない気分で、蒼天は頷く。

「その、一緒にいると安心するっていうか、落ち着く、んだよね。いろいろあってここんとこ毎日会ってたせいか、今日会えないのが寂しいっていうか何となく顔が見たいなって」

「ほうほう」と頷く浅野の横で、樋口がまたしても凝固している。立原は何だか楽しげだ。

「そ、ういうの、初めてだった、から、その……でも男の人だし、浅野が言ってるのとは違うと思う。本当にごめん、紛らわしいこと言った」

「あー……いや、それは、その」

「もしかして、だけど。遠藤がここ最近で変わったのって、その人の影響？」

言い淀《よど》んだ樋口の代わりのように立原が言う。それを聞いて、すとんと腑に落ちた。

「うん。そう、だと思う」

あの雨の日に前里とぶつかっていなかったら――親しくなっていなかったらきっと、蒼天はあのクビ宣言を経てもバイトに戻っていた。叔母との間もぎくしゃくしたまま樋口とも当然疎遠で、浜本の言いなりになって追レポートに追われていたに違いない。

「――……別にさあ、相手が男の人でもいいんじゃね？」

「えっ」

不意打ちでつぶやいたのは、浅野だ。予想外の言葉に瞬いた蒼天をどう思ってか、固まっていたはずの樋口が「おい浅野っ」と声を上げる。

「待て馬鹿、そんなもん簡単に言うことじゃあ」

「遠藤にとってその恩人さんは安心できる一緒にいたい人で、つまり好きだってことに変わりはないんだろ？　それはそれでいいんじゃないの」

「浅野言うなあ……相手は男の人なんだけど、それでも？」

やけに冷静な立原の突っ込みに、浅野はお土産のぬいぐるみをぎゅっと抱っこして笑う。

「聞いた限り遠藤って初恋もまだみたいだし？　だったらなくはないかなーと……恋愛対象が男だっていう可能性」

「浅野って、前から思ってたけど守備範囲広いよね……」

「いやオレは女の子限定だけど、バイト先のスタッフさんにそっちの人がいるんだよね。彼氏さんといるとこ何度か見たけど普通にお似合いだししっくりくるし、当人同士が納得してつきあってるんだったら他が何言おうが関係ないよなあと」

そこから、何故か話は恋愛論へと移った。つまり、同性同士の場合の「恋愛」と「それ以外」をどう区別するのか、という。

「だからそこはオレにとっての彼女と同じじゃね？　独占欲ってか、他人に奪《と》られても平気かどうか。ヤキモチが出るか否か、とも言うけど」

「その言い方、所有物扱いしてるみたいで何か厭だね」

「立原の言い分はわかるけど、どうしてもそう思っちゃうんだよなあ……オレのだから誰にもやらない、とか。人のもんに勝手に触るなとか？　それとは別にってなると、――ああそっか、どうしても区別できない時はアレが一番かも」

ふっと宙を見上げた浅野が、「閃《ひらめ》いた」顔になって指で手招く。何となく四人全員が顔を寄せると、潜めた声で続けた。

「試しにキスしてみればいいんじゃね？　友達だったら寸止めってか、絶対途中で我に返るだろ……って、何で全員黙って離れんだよ、ちょっと」

語尾のあたりでばらばらと散った中、ため息交じりで立原が言う。

「それ、いくら何でも捨て身すぎ」

「いや無理無理無理無理」

続いて言う樋口は首をぶんぶんと横に振りたくっている。蒼天はといえば話はもちろん立原や樋口の反応にもついていけず、困惑するしかない。

（どんな意味であれ好きってことだろ？）

確かに蒼天は前里が好きだ。できるだけ近くにいたいし、一緒に過ごしたいとも思う。明日お弁当を届ける時はお土産も渡したいし、できればお昼も一緒に食べたい。その後は今度こそゆっくり博物館を見て回るつもりだし、もしかして前里の一緒に——という期待だって、実はこっそり抱いていたりする。

でも、これは本当に「恋愛」というものだろうか。

よくわからないまま、乗り換え駅で友人たちと別れた。乗客もまばらな車内のドア横に立って、蒼天は夜を映して鏡となった窓に目を向ける。

「ぅあ、そういえば帰りのメールっ……」

そういえば、叔母から帰る前に連絡するよう言われたのを思い出す。慌ててスマートフォンを引っ張り出してみれば、複数の受信の中に彼女からの心配げなメールが混じっていた。返信した続きで確かめてみれば、他は根岸からの三通のメールと二度の不在着信と――

「あれ、博也から？　昨日の今日って珍し……」

ほんの数行のそのメールに、けれど蒼天は絶句する。

――昨日も今日も楽しかったー！　マエサトさんて本当にいいヒトだよね。

文末の笑顔の絵文字を認識するより先、画面下に小さく表示されていた添付画像をタップする。表示された二種類の画面はそれぞれどこかの飲食店内と、おそらく一昨日に見学した博物館内だ。前者は一緒の食事風景で、後者で腕を組んで写っているのは、

「ひろや、と……まえさと、さ――？」

すうっと、全身から血の気が引いていくような気がした。脳裏に浮かぶのは、何で、どうしてという、問いにもなっていない疑問符ばかりだ。

（てんてんも一緒にって言ってみたんだけど、絶対厭だって言われてさー）

（悪いけどてんてんはまた次回に誘うから）

立原と話していた時によみがえった声が、またしても脳裏に響く。連鎖的に思い出したの

は、高校生になった頃に自覚したろくでもないジンクスだ。

……親しくなったはずの人が、ある時を境に蒼天から距離を置く。それと反比例するように、博也と親しくなっていくのだ。そうして最後には「三人で一緒に」だったはずの約束から、蒼天だけが除外されてしまう。

(マエサトさんていいヒトだよねえ)

……勝手に袖を掴んだり眼鏡を奪ったりした博也に、前里はわずかな拒否すら見せなかった。そして――昨日の朝、蒼天にこう言ったのだ。

(中西くんだっけ。なかなか興味深い子だよね)

16

(へー。あのキョウセイってそんなヒトだったんだ、オドオドしてるしはっきりしないんで根暗のコミュ障だとばっかり思ってた)

博也がそう言ったのは、中学二年の時だった。

当時の蒼天のクラスに、教育実習生が来た時のことだ。年齢的にはたぶん今の蒼天たちより少し上の、大学生。首の後ろで束ねたセミロングの髪は染めてもおらず飾り気もなく、今思えば化粧の類も最小限だったのは、あるいは目立たないためだったのかもしれない。

隣のクラスだった博也のその感想は確かに一理あって、蒼天から見てもその教生——女子大生は気弱そうで、生徒たちに対してわかりやすく腰が引けていた。結果、男子生徒はもちろん女生徒からも侮られがちで、担任の代理で担当したホームルームではろくに指示が通らない上、プリントの配布すら揶揄《からか》いのネタにされていた。

実は、蒼天はその人を半年以上も前から知っていた。

とは言っても、一方的にだ。週末にはほぼ必ず行く市立図書館の閲覧用テーブルで、熱心に調べ物や書き物をしているのを見かけていた。

そういう前提がなくても、慎重に言葉を選んで話す人だとはすぐにわかった。野次でしかない質問が飛んでも、「ちゃんと答えよう」とするから言葉に詰まる。実際、難癖に近い質問をした生徒には後日きちんと説明しようとしていた。

その生徒本人は、どうやら自分が言ったことなどすっかり忘れていたようだったが。

どんなに引け腰でも授業は丁寧で、どうすれば伝わるかと工夫したのが伝わってくる。物言いはたどたどしくても、よく聞いていればむしろわかりやすい。

素直にそう思ったから、ひょんなことで話す機会があった時にそう言ってみた。その場で泣かれて困ったけれど、以降は何かと声をかけられ、話すようになった。

その時点で蒼天は他の教生から完全に嫌われていたから、少しびっくりした。

……次に浮かんだのは、高校に入って間もない頃だ。家庭の事情で遠方からの引っ越しとともに入学したという同級生が、最初のクラスでの隣席だった。誰も知り合いがいなくて、けれど自分から声をかけるには躊躇うふうで、結果ひとりきりで困ったままになっている。

きっかけが何だったかはもう忘れたが、どうにも気になってできる範囲で手助けをしたら安堵した顔でお礼を言われた。気がついたらよく話すようになり、教室移動や昼休憩にも一緒にいるようになって、久しぶりに友達ができたのがとても嬉しかった。

——その両方が、蒼天にとって「最悪の、きらわれパターン」の代表格だ。

(なあ、最近てんてんがよく一緒にいるヤツ。名前なんて言うの)

博也のその言葉が、始まりの合図だ。気がついた時には博也の方が相手と親しくなっていて、いつの間にか相手は蒼天に近づかなくなっている。

(てんてんはまた次回に誘うから)

その「次回」が来たことは一度もなくて、だからできるだけ博也には会わせたくなかった。

(何で厭がるのさー。てんてんって心狭っ)

すると博也に詰《なじ》られて、延々とごねられるのだ。それでも断り続けたら、今度は手ひどく無視される。

(友達だからという口実で、蒼天くんを好き勝手に扱われるのは困ります。迷惑ですし、害悪でしかないので)

二年前の「事件」の際の叔母の発言の後に参加した修学旅行で、徹頭徹尾「その場にいない」扱いをされた時、みたいに。

最悪の、目覚めになった。

「ふ、ぁ……」

出そうになる欠伸《あくび》を噛み殺しながら、蒼天はテーブルに朝食を並べた。セッティングを終えた後、叔母の弁当を彼女の席の横に置いておく。

「おはよう。どうしたの、寝不足？」

「あー……うん。ちょっと、厭な夢を、見て」

「厭な夢って、どんなのなの」

珍しく追及してくる叔母が、いつになく眉を顰めている。それが不思議で瞬いたら、呆れたふうに「顔色悪いし、ずいぶん参ってるみたいよ」と言われた。

「大丈夫。今日は時間あるし、どこかで昼寝でもする」

「それ、全然返事になってないんだけど……まあ、無理しないようにね？」

気遣うように言う叔母と食事しながら、ふと昨夜お土産を渡した時のことを思い出す。

厭がったり困った素振《そぶ》りがあれば即交換するつもりで、キーホルダーをポケットに入れたまま包みを渡した。お土産と聞いて驚いた顔をした叔母は包みを開けるなり固まってしまったから、慌て気味に「あの、いらないなら」と口にした。

（これ、わたしが貰っていいの？）

けれど叔母が口にしたのはその言葉で、見ればぬいぐるみをぎゅっと抱きしめながらそんな自分に戸惑っているふうで、……それを可愛いと思ってしまった。もちろんと蒼天が頷いた拍子に我に返ったのか、気恥ずかしそうに、嬉しそうにお礼を言ってくれた――。

「それで、今日は蒼天くんはどうするの」

玄関を出てエレベーターに向かう途中で、叔母から訊かれる。それへ、首を傾げて言った。

「前里さんの職場の、博物館を見てみようかなって。すごく面白かったんだけど、一昨々日《さきおととい》は途中までしか見られなかったから」

「そう。お小遣いは大丈夫？　足りてる？」

エレベーターの中で気がかりそうに訊かれて、つい笑ってしまった。

「平気。ちょっとは蓄えもあるし」

「それに手をつけなきゃいけない時点で足りてないでしょ。昨日のテーマパークなんて交通費と入園料でかなりかかるのに、わたしにまでお土産買ってくるから」

呆れ顔で「もう」と言われて、どうやら準備していたらしい封筒を押しつけられた。思わず固辞しようとしたのを、涼しい顔で拒否される。

「今回は特別よ？　その、……昨日言い忘れたけど、すごく気に入った、から」

そこで顔を赤くするのは、ちょっと反則だ。蒼天の方まで照れてしまって、結局封筒は受け取る流れになった。

「あと、根岸さんの件だけど。念のため、もうしばらくは警戒しておいて」

「うん、……あの、でも昨日のメールだと店が潰れる、とか」

「だとしても、あの人の自己責任。蒼天くんにクビ通告して追い出したのは向こうよ」

店内の監視カメラを確認する方向に、話が移っているのだそうだ。過去のレジ集計についてはどこまでどうなるか不明なままでも、例の濡れ衣だけは明白にしておくという。

「その関係で耳に入ってきたけど、遅かれ早かれだったたって話もあるみたいよ。経営自体、ずっと赤字すれすれで近所の評判も悪かったみたいだし」

「あー……うん、それは知ってた」

何とも言えない気分で叔母を見送って、蒼天は自転車を走らせる。

学生には夏休みでも、世間的には平日だ。通勤する人の合間を塗うようにして、時折信号待ちをしながら先を急ぐ。

一昨々日と同じ待ち合わせ場所では、すでに前里が待っていた。自転車を降りる前に「おはよう」と声をかけられ、挨拶を返して弁当の包みを渡す。

色つき眼鏡で表情が見えないまでも、眠そうだった雰囲気がふと笑ったように感じられた。

「映画とテーマパークは楽しかった？」

「はい！　すっごく！」

即答に吹き出した前里から、ぽんぽんと頭を撫でられる。もう慣れてもいいはずの感触に、頬だけでなく顔全体が熱くなった。それを誤魔化《ごまか》すように慌てて声を絞る。

「あの、お土産、――」

言いかけて、持ってくるのを忘れていたことに気がついた。怯んだ蒼天をどう思ってか、ひょいと腰を屈めた前里に近く覗き込まれる。

「話を聞かせてくれるんだ。いつならいい？」

「その、えと、じゃ、じゃあきょうの、おひる、に」

近すぎる距離にどきりとして、考える前にそう口走っていた。いきなりすぎではと遅れて焦った蒼天とは対照的に、前里は眼鏡越しにもわかるほどはっきり笑う。

「お昼に来てくれるんだ。だったら一緒に食べられる？」

穏やかな声が嬉しそうに聞こえて、さらに顔が熱くなった。辛うじてこくこくと頷いた蒼天に、前里は口の端で笑んだまま続ける。

「だったら今日は十二時でもいいかな。前と同じ門のところで。蒼天くんの都合がよければ続きで午後にうちの館内を案内したいんだけど、どう？」

「あの、でもそれだとお仕事の邪魔、じゃあ」

反射的に頷きかけて、慌ててそう言った。そんな蒼天の頭を撫でて、前里は言う。

「大丈夫。手配も手回しもしておくよ。あと、たぶん蒼天くんは気づいてないんだろうけど、案内したいのは僕の方なんだよ？　喜んでくれたら嬉しいかな」

今度こそ、痛いほど顔が火照《ほて》ってきた。うまく声が出る気がしなくて、蒼天は何度も頷く。

ふと、昨夜の博也からのメールを――添付されていた写真を、思い出した。

「あ、の」

「ん、何かな？」

細くこぼれた声に、問い返される。色つき眼鏡越しにも目が合って、その先がどうしても言葉にならなくなった。

「じゃあ、その。十二時前に、門のところに行きます、ね」

「うん、よろしく。楽しみにしてる。……じゃあ、そろそろ僕は行かないと」

小さな笑いとともに、またしても頭を撫でられる。軽く手を上げて離れていく長身を、その場で見送った。やがて角を曲がった後ろ姿が消えてから、蒼天は息を吐く。

前里は、博也のことをどう思っているのだろうか。

博物館の案内だけなら、わからなくはない。当然のように「自分も」と声を上げたのが博也以外の誰かだったとしても、きっとあの優しい人は了承したに違いない。

けれどふたりで食事となれば話は別だ。何より一昨々日に知り合ったばかり、なのに――

「そのくらい、仲良くなったってこと、かな……」

自分がこぼしたつぶやきに、すうっと全身が冷えた。

「違う、よね？　だってさっきおれとお昼の約束して、案内もしてくれるって」

（なかなか興味深い子だよね）

ふと脳裏によみがえったのは、一昨日前里が博也について口にした言葉だ。

……いつだって、人から選ばれるのは蒼天ではなく博也の方だ。何故なら蒼天は可愛げのないきらわれもの、だから。

これ以上深みに嵌まる前にと、頭を振って思考を払った。帰宅したものの静かな部屋にひとりではまた考えてしまいそうで、それよりはと外に出ることにする。

外出準備をしたリュックサックを肩に玄関先に向かった時、スマートフォンに着信が来た。表示された「立原」の名が意外で、瞬いてから通話をオンにする。おはよう、と聞こえた声はどことなく躊躇うふうだ。

『いきなりだけど、話しておきたいことがあるんだ。今日、これから会えない？』

「これから、すぐ？」

唐突さに瞬いた蒼天に、立原は少し困ったような声で続ける。

『都合が悪いなら無理にとは言わない。ただ、このまま黙ってるのもどうかと思ってさ。……中西の、ことなんだけど』

タイムリーすぎる言葉に、思わず「え」と声が出た。

『これだけ、言わせてもらっていいかな。──中西とのつきあいは、よく考えた方がいい』

指定された待ち合わせ場所は、蒼天には馴染みのない路線の駅前にある広場だった。

ナビを使ったおかげで五分前に着いて、目印にと言われた噴水の傍で自転車から降りる。スタンドは立てず自分に寄りかからせて、蒼天は短く息を吐いた。

……立原からの呼び出しに応じることに決めた理由の多くは、博也からの例のメールと今朝に見たあの夢だ。

実を言えば、博也が蒼天を無視するのはかつて日常茶飯事だった。特に小学校低学年までは気に入らないことや思い通りにならないことがあるたび、八つ当たりのように仲間はずれにされたり、いるのに「いない」扱いをされていた。

学年が上がるたび頻度は下がっていったけれど、完全になくなったわけではなく。いつやられるかわからなかったからか、博也に強く出られるとつい引いてしまう癖がついた──。

「遠藤、ごめん。だいぶ待たせた？」

横合いから名を呼ばれて、はじかれたように顔を上げる。慌て気味に駆け寄ってきた立原に「平気」と首を横に振った。

「いきなりごめん、今日のお茶は奢るから」

「え、いいよそんなの」

「その代わり、行き先はオレのバイト先でいいかな。割引も効くし、駐輪場もあるからさ」

そう言う立原について歩くこと数分で辿りついた先は、どことなくレトロな雰囲気のカフェだ。この界隈では知られたこの店で、今日は昼前から夜までのシフトに入るのだとか。

「それはそうと、叔母さんの反応はどうだった。お土産、喜んでくれた？」

駐輪場で自転車を停めて戻った蒼天を促し店の出入り口へと向かいながら、立原が言う。

それへ、ちょうどポケットにあったしっぽキーホルダーを引っ張り出してみせた。

「気に入ってくれたよ。だから、コレはおれが使ってる」

「そりゃよかった。悩んだ甲斐があったな」

そう言って笑う立原について店に入るなり、「いらっしゃいませ」と声がかかる。直後、声の主――三十代半ばほどの店員が「おや」と言いたげに眉を上げるのがわかった。

「立原か。ちょうどいい、今なら奥空いてるぞ」

「ありがとうございます。今日はそのままバイトに入りますんで」

了解、と返した店員が案内してくれたのは店の奥の、どうやら間取りの関係でできたらしきほぼ三方を壁で仕切られた席だ。

「オレはアイスコーヒーで。遠藤は、少し考える？」

「えと、アイスカフェオレがあればそれで」

「はいはいごゆっくり〜」

妙な節がついた声で言い残して去っていく店員を、何となく感心して見送ってしまった。

「立原も、バイト中はあんな感じ？」

「いやあれは店長……あのヒトだから別枠。って、そういや遠藤、もしよければだけどここでバイトする気ない？　家の都合で急に辞めたヤツがいて緊急募集中でさ、この夏休み限定も含めて今なら多少の条件は呑んでもらえると思うんだけど」

身を乗り出すようにして言われて、苦笑した。

「たぶん続かないいんじゃないかな。おれ、気が利かないってよく言われたし」

「それはないと思うんだけどな。……むしろ、そういうところがっていうか」

「そういうところが？」

きょとんとした蒼天に立原が苦笑したところで、オーダー品が届く。立原と蒼天の前にそれぞれグラスを置いた店長は、「今限定のおまけ、内緒な」とこそりと囁き小皿入りのクッキーを残して離れていった。

「じゃあ半分こな。こっちが遠藤の、遠慮なくどうぞ」

指先でクッキーを二枚摘まんで紙ナプキンの上に置いた立原が、小皿を蒼天の方に寄せる。いいのかなと思いつつ一枚口にすると、思っていたほど甘くもなくちょうどいい味だ。

「その、改めてだけど。いきなり呼び出したりしてごめん」

揃ってクッキーを平らげた頃合いに、そんな言葉とともに立原から頭を下げられる。予想外のことに、焦って両手を振った。

「午前中は空いてたから、平気。それより今のそういうところって、……博也の話とは別？」

「たぶん根っこは一緒だけど、――その、」

「博也との付き合いを考えろって、二年前に叔母さんからも言われたんだ。ただ、その時は意味がわからなくて、むしろ何でそんなこと言うんだって叔母さんを恨んだくらい、で」

（友達だからという口実で、蒼天くんを好き勝手に扱われるのは困ります。迷惑ですし、害悪でしかないので）

けれど今、あえて言葉「だけ」を切り取ってみれば、それは蒼天を庇《かば》い守ろうとするものでしかなく。

「ここ最近、博也に会った時に違和感が、あって。けど、それって今まで見ないフリしてただけで、実は前からあったんじゃないか、って……昨夜見た夢で、思い出して」

そうでもなければきっと、二年前に叔母にしたのと同じ反応をしていた。つまり「何も知らないくせに」と決めつけて本気にせずまともに考えもせずに、今回の誘いを断っていた。

「前のバイトをクビになった時、何も見てなかったって気がついたんだ。自分が知りたくないことや信じたくないこと、都合の悪いことだと余計に。――だから、せめて話だけはちゃんと聞いておこうと思って」

立原が物言いたげだったのはわかっていたのに、何も訊こうとしなかった。それは前里から根岸について指摘された時、頭から否定したあの時と同じことをしているんじゃないのか。

博也は大事な幼馴染みであり、親友だから。それを言い訳に、見たくないものから目を逸《そ》らしているだけなんじゃないのか？

「もちろん、誰から言われてもってわけじゃないよ。立原は樋口の親友だし、連絡先を交換する前にも言いにくいことをちゃんと言ってくれたから」

「……そっか」

短く息を吐いた立原が、安堵したように口の端を緩める。おもむろに言った。

「浜本がそう簡単に諦めるとは思えない……って、昨日浅野が言ったろ。それ、中西も同じ――っていうか、そもそもの元凶は中西じゃないかと思うんだ」

「……なん、で？」

覚悟していた以上に重くて痛いものがいきなり落ちてきたようで、声が固くなった。

「高校での修学旅行の時、中西たちがグループ行動から遠藤をわざと外したことで学年主任から注意されたのは知ってるよな？」

「え？　おれの協調性がないせいだって担任から叱られはした、けど。博也たちからも、着いて行けなかったおれが全面的に悪いって、そう」

「それ違うから。傍目にも露骨なやり方だったんで、いくら何でもアレはないって以降中西たちと距離置いたヤツがかなりいたくらいでさ。……担任はまあ、中西贔屓で有名だったからそういうこと、なんだろうけど」

以降卒業するまで、博也たちグループは主立った教師たちから問題視されていたらしい。

「あのグループの主導は中西だろ。それでその、旅行中に偶然聞いたんだけど遠藤外しの言い出しっぺも中西でさ。――生意気だから、お仕置きしてやらなきゃって」

いったん言葉を切った立原が、気遣うように蒼天を見る。

心臓の奥がちりちりと痛かった。間違いなく厭な話になると確信できるのに、聞きたくないと思っているのに制止の声は喉の奥に凝《こご》ったままだ。

この話の先はきっと、博也への「違和感」に直結している。気づいた今、できる限り詳《つまび》らかにしておかなければ同じことを繰り返す羽目になる。……根岸や浜本の時の、ように。

「遠藤は中西の所有物だから好きに扱っていい。適当に煽《おだ》てれば何でも言うこと聞くし、生意気になったら適度に痛い目に合わせておけば躾になる。……どうせ友達もいないし、成績はよくても要領の悪い馬鹿正直だ。自分が使ってやった方がずっと役に立つんだから、遠藤は中西に感謝して当然。使い勝手がよすぎて他からもよく目を付けられるから奪られないよう監視してなきゃならなくて、そこが面倒、だって」

「と、られないよう、かん、し……めん、どう？」

おうむ返ししながら、ぐらりと目の前が傾いだ気がした。同時に博也が根岸と叔母をやけに毛嫌いしていたのを思い出す。

「その監視、っていうのがさ。樋口と遠藤に、浜本がやらかしたアレじゃないかなって」

遠慮がちに続ける立原の言葉を聞きながら、昨夜の夢での——いつかの博也が脳裏に浮かぶ。蒼天が誰かと親しくなると、決まって「紹介して」とせがんできた……。

「気が利かないってさっき自分で言ってたけど、遠藤の自己評価って低すぎるよね。それも中西絡みだよね？」

「え、……」

「春のグループ研究の時、遠藤のアイデアや機転で助かったことって結構あったんだよ。視点が鋭いし違和感にもすぐ気づくし、先のことも視野に入れて動いてるしでこっちは感心してちょっと凹《へこ》んでたのに、自分なんか役立たずだとか駄目駄目だとか言うからさ。謙遜のフリで実は自慢してるのかって、最初はちょっと疑った」

「じ、まんも何も、おれずっとトロくさいとか口だけ立派で中身が伴ってないって言われてたし。バイト先でだって、覚えが悪くてミスばっかりで客受けもよくないって」

「本当にそうなら三年も保《も》たないと思うけど。正社員ならともかくバイトなんだしさ」

「で、も」

「元のバイト先ってコンビニだっけ、そこで何の仕事してた？　掃除や整理整頓だけで、レジを含めた接客はいっさいナシ？」

「掃除、や整理整頓も業務のうち、だったけど……レジ担当は普通にやってたし、あとコピー機のトラブルとかATMの扱いとかチケット類の発券とか、あと戸籍関係とか？　えと、コンビニでやってる内容のほとんど、っていうか」

「それって、手が足りなくてどうしようもない時に限り？」

「いや、おれが一番古参なんだからそれはむしろおれの仕事だって。そういうお客さんが来ると、他のことやっててもふつーに呼ばれて」

「ミスばっかりの役立たずバイトに、責任者がそこまでやらせると思う？」

戸惑いながら答えたとたんに突っ込まれて、蒼天は瞬く。その様子に、立原は肩を竦めた。

「ここだとひたすら清掃・洗い物・片付けで終わりだし、一定期間過ぎても進歩なしだったらやんわり自分から辞めるよう促されるよ。下手にホールに出すとクレームやトラブルの元だから」

「……あ、」

「レポートだって成績に直結するんだし、横取りにしろ代筆にしろちゃんとしたものを仕上げて期限内に提出するって信じられる相手だからやるんだよ。……あの時の浜本ってさ、遠藤からどうにか承諾を引っ張り出そうって必死だったろ？」

静かな問いに、改めて思い返して頷く。確かに、浜本はいつもそうだ。一方的に押しつけるようでいて、必ず蒼天が頷くまで言を弄してくる。

「つまり、承諾を取りさえすれば遠藤は言いなりになると知ってるわけだ。――そのやり方が有効だって浜本に教えられるヤツが、中西以外にいるのかなって」

「そ、……」

そんなわけが、と喉まで出かけた反論が寸前で引っ込んだのは「そうかもしれない」と思ってしまったからだ。

元のバイト先や一昨々日の喫茶店で博也の分まで支払いをした理由は、「罪悪感」だ。あの間延びした口調でやんわりと「過去の不義理」や「博也の気遣いを無にした」ことを責められて、だったら仕方ないと頷いた。

改めて考えてみれば、確かにやり口が浜本と同じだ。違いは蒼天に「何を」押しつけるのか、ということくらい。結果としては等しく、蒼天は都合よく利用されている。

「自分を役立たずとか仕事ができないとか思い込むのって、つまりそう言われ続けてきたってことだろ。それでその、……萎縮《いしゅく》して自己評価を下げてしまえば人を言いなりにするのは簡単だって。ついでに恩に着せてやればちょろいもんだって、前に聞いたことが、あって」

言いづらそうな立原の言葉が、蒼天の内側のあちこちにぶつかる。そのたび起きる痛みごと、すとんと腑に落ちた気がした。

根岸と博也に抱いていた違和感と、彼らが蒼天に拘る理由。その両方に呆気なく、過不足のない説明がついてしまったからだ。

「う、ん。あ、りがとう、……よく、わかった」

乾き切っていない瘡蓋《かさぶた》を無理に剝《は》がした時みたいに、ぢりぢりと身体の内側が痛い。きつく奥歯を噛んでさえ、その痛みが溢れこぼれていってしまいそうな気がした。

「その、ごめんな？　やっぱり余計なことだったかも」

「そんなこと、ない。……本当は、わかってたん、だと思う」

どこか痛むような顔をする立原に、蒼天は首を横に振ってみせる。

昨夜見たあの夢のラストでは、中学の時の教生と高校の時の同級生が並んで蒼天の前にいた。一方は蒼天を見下ろし、もう一方はまっすぐに視線を合わせて異口同音に言ったのだ。

（中西くんて、本当に遠藤くんの親友……？）

時と場所こそ違っていても、どちらも実際にあったことだ。彼らが博也と親しくなっていくのに反比例して蒼天との関わりが削られていった、頃の。

（てんてんも一緒にって言ったんだけど、絶対厭だって）

博也の傍でその言葉を聞いた同級生が浮かべていた、どこか後ろめたいような申し訳なさそうな表情を、思い出す。

厭な予感がしたのに、違和感があったのに声をかけることもできず、気がついた時には距離があいてしまっていた。どうしてと、何が理由かと訊きたかったのに、彼らの口から決定的な言葉が出るのが怖かった。それ以上に自分が動くことで、すっかり彼らを取り込んでしまった博也がどう出るのかと——また無視されるのかと思うと、諦めるしかなかった。

仕方がないと、思っていたのだ。博也に見捨てられたら、蒼天は本当に「ひとりきり」でいるしかなくなる。

だって、蒼天は「きらわれもの」だから。

17

頭の中が、痺れたみたいな気がした。

小さく息を吐いて、蒼天は辿りついた目的地——博物館の門の前で自転車から降りる。スタンドを立てて見やった腕時計は、十一時五十分を回ったところだ。

……あの後しばらくして、立原はお仕着せに着替えてバイトに入った。それを機に追加オーダーをして、蒼天は持参の本を広げて過ごした。

ページは進まず内容も頭に入って来ないまま頃合いを見て席を立とうとして、テーブルに伝票がないのに気がついた。近くに来た立原を呼び止めて訊けば「今日だけは奢りな」と笑われ、固辞しても譲ってくれなくて、なのに「何かあれば連絡して」と言ってくれた。

(大したことはできないかもしれないけど、少しは力になれると思うんだ)

言葉の意味がすぐにはわからなくて、じわりと理解してからは何とも言えない気持ちになった。

父が亡くなった三年前から、蒼天にそんなことを言ってくれる人はいなくなった。最近は叔母や前里が似たようなことを言ってくれるけれど、同世代からは初めてだ。それに——

（さっき店長から言われたんだけど、よければバイトに来て欲しいって。オレの友達なら即採用、お盆だけでも一日でもいいから頼みたいってさ。よかったら考えてみて）

「立原と一緒にバイト、かあ……やってみたい、けど」

思い返してみれば、蒼天はあのコンビニ以外でのバイトをしたことがない。もちろん自分にできるのかという不安はあるけれど、立原は蒼天本人を知った上で、しかも「同じバイト」に誘ってくれた。

「試しに入れてもらおう、かな。……駄目な時はちゃんと通告してくれる、みたいだし」

こめかみに落ちる汗に辟易《へきえき》しながら見上げた空は、雲ひとつなく晴れ渡っている。刺すような日差しに息を吐いて、目についた小さな日陰に移動した。

「何でかなあ……いろんなことがいっぺん、っていうか」

「何がいっぺん？」

口に出した感覚もなかったのに、打てば響くみたいな返事が来た。ぎょっと瞬いて顔を上げた先、色つき眼鏡に前髪で目元を隠した前里がこちらを見下ろしているのに気づく。

「え、あの？　ぅえ、ってあれ、いつのまに、」

「悩み事かな。さっきから百面相してたよ」

くすくすと笑われて、かあっと顔が熱くなった。あわあわと狼狽えながら、蒼天は前里についてて自転車を駐輪場へと押していく。愛用のリュックサックを肩に並んで門まで戻ったところで、入り口へとまっすぐに続く通路から出てきた人と鉢合わせた。

「前里先生？　昨日一昨日の子はどうしたんです？　今日も来るって言ってたんじゃぁ」

どうやら前里の同僚らしい人が、やけにしげしげと蒼天を見る。

「昨日一昨日の子」は、きっと博也だ。悟ってつい俯いた蒼天に気づいてか、前里が同僚の視線から隠すようにさりげなく前に立つ。答える声は、素っ気ないまでに平淡だ。

「それなら断りましたよ」

「そうなんです？　でも、ずいぶん親しそうで」

「誤解ですよ。僕が親しいのはこの子の方ですから」

広い背中越し聞いた会話に、こわばっていた肩から力が抜けていくのがわかった。するりと伸びてきた後ろ手にそっと腕を撫でられて、それだけでひどく安堵する。

その後は、一昨々日と同じように一緒に歩いて公園の東屋に向かった。お昼時だからか人は多かったものの、運良く着いたタイミングでテーブルが空く。

お弁当を広げようとして、その前にと気がついてお土産を差し出した。

「あの、これ。えと、趣味じゃなかったら無理に使わなくていい、ので」

「え、僕に？　わざわざ買ってくれたの？」

趣味じゃなかったらどうしようと今さらに緊張していたら、思い切り意外そうにそう言われた。落ち着かない気分で、蒼天はどうにか声を絞る。

「え、あのだって、おみやげ……」

「うん、だからお土産話で十分だったんだよ。でもありがとう、開けてみてもいい？」

苦笑交じりに言われて、「そういえば確かに」と思い出した。勘違いに赤面して、蒼天は慌てて前里が持つ包みに手を伸ばす。

「あのすみません、やっぱりそれ」

制止も空《むな》しく、ふたつのキーホルダーがヘーゼルの目の先で揺れるのを見る羽目になった。同僚と別れてすぐに、前里は色つき眼鏡を外したのだ。長めの前髪を軽く掻き上げる仕草で露《あら》わになる顔立ちはやっぱり綺麗で、それだけにもこもこしっぽと猫シルエットのキーホルダーは不似合いだと思う。

なのに前里は見覚えのあるリボンを外した鍵を、シルエットバージョンの先につけてしまった。尻尾の方を指先でつついて、嬉しそうに笑って言う。

「こっちは車に使うかな。ありがとう、大事にするよ」

「あ、の、でもやっぱりその、子どもっぽすぎ、」

「これ、どっちもしろさんのイメージだよね。そう思って買ってくれたんだよね？」

「ぅあ、……はい、えと」

首を傾げるふうで言葉を封じられて、改めてこの人は大人なんだと思う。相手の気持ちを上手に汲《く》み取って、その上で無用に気遣わせない。

引き換え、蒼天はどうしようもなく子どもだ。中身はもちろん見た目だって――たぶん見た目はそれ以上。だからこそ、きっとさっきの同僚は怪訝そうに蒼天を見ていた。

……前里の隣にいて、違和感がないのは博也の方だ。年下なのは明白でも同世代の中では大人びているし、身長だって平均を超えている。中学の頃から何人もの女の子とつきあっているくらいだから、見た目だっていい方だ。

「どうしたの。何か気になる？」

「あ、いえ。気に入ってもらえたみたいで嬉しい、です」

ふいに近く顔を寄せられて、これまでとは違う意味で心臓が跳ねた。つい視線が泳いでしまって、そんな自分に少し驚く。

――好きだなあと、何の脈絡もなくそう思ってしまったのだ。博也には奪られたくないし、できることならずっと傍にいたい。ごく自然に繋がった思考に既視感を覚えて瞬いたのと前後して、ふわりと頭上に馴染みの重みが乗っかった。

「帰ったらしろさんにも見せてあげたいね。気を付けないとあっという間にボロボロにされそうだけど」

「ぅあ、たぶんそうなると思いますー」

その後は、お弁当を食べながら映画とテーマパークの話になった。映画の展開が強引で破天荒すぎて観た後妙にすっきりしたという感想に、前里はかえって関心を見せてきた。

そもそも前里は、興味のないことにはまったく気を引かれないのだそうだ。件《くだん》のテーマパークも辛うじて名称を知っている程度で、だったらと面白くもないのではと話を躊躇ったら「この先もまず行かないだろうから、話だけでも聞いておきたいな」と先を促してくれた。

……その結果、いかにも微笑ましげな目で見られる羽目になってしまったわけだが。

「ずいぶん楽しかったみたいで良かったねえ。ところで蒼天くんて、そういう遊園地？　とはあまり縁がなかったの？」

「近くのだったら何度か行きました。……でも」

「でも？」

つい言い淀んだ先を、柔らかい声で促される。どう答えたものかと躊躇していたら、苦笑交じりの声が続いた。

「その時は、あまり楽しくなかった？　誰と行ったのかな？」

「えと、……親友、とその友達、とで」

「そっか」

さすがに博也の名前は出せなくて、曖昧に首を竦めるしかなかった。そんな蒼天を見つめて、前里が言う。

「この夏にどこか行こうか。今週末にある花火大会とか、それとも夏祭りの方がいい？」

「え、？」

「いっそのこと両方でもいいよね。もちろん、蒼天くんの都合がつけばだけど」

呆気に取られて、けれど意味を悟ったとたんに何度も頷いてしまっていた。

嬉しさで、顔が緩むのが自分でもわかる。きっとしまりのない表情になっているはずで、それは駄目だと思うのに頭の中まで変にふわふわしたみたいに落ち着かない。

食事を終え、テーブルを片付けて博物館へと引き返す。ただ肩を並べて歩くだけでひどく安心して、なのにどきどきと落ち着かない自分に少し困惑した。

「館内の案内だけど、せっかくだから最初からにしようか」

「え、と？　でも、一昨々日に途中まで、」

「あの時はいろいろ落ち着かなくて、ゆっくり説明もできなかったしね。蒼天くん、途中で訊きたいことがあったのに言えなかったよね？」

「え、……ぅ、」

図星なだけに、何とも返答に困った。同時にふと、小一時間前のことを──博物館の門の前で耳にした会話を思い出す。

（昨日一昨日の子はどうしたんです？　今日も来るって言ってたんじゃあ）

（それなら断りましたよ）

博也はそれで諦めたんだろうか。引っかかってつい足が止まった。

「蒼天くん、どうかした？」

気づいた前里が半歩戻って身を屈め、ひょいと顔を覗き込んでくる。思わず顔を向けた先、ヘーゼルの目とまともに視線がぶつかって、またしても顔が熱くなった。

「あー！　何でてんてんがマエサトさんと一緒ー⁉」

そして、こういう時に不思議なくらい外さないのが博也なのだ。そこを曲がれば博物館の門という角から顔を出したかと思うと、もの凄い勢いでこちらにすっ飛んできた。ぎょっと肩をはねさせた蒼天をよそに、さりげなく前に出た前里に駆け寄り見上げるようにして言う。

「ちょ、マエサトさん何でてんてんと一緒？　今日はオレとランチの約束っ」

「それ、断ったよね？」

どきりとした蒼天とは対照的に、前里の声は落ち着いて穏やかだ。

対して、博也はぷくりと頰を膨らませた。見覚えがあるその表情は、博也が「気に入られたい」相手限定で見せるもので、それだけで厭な予感が増した。

「えー……でもオレ、まだ博物館の中全部見てないですしー？　案内してくれるって約束しましたよねー？」

言葉とともに伸びた指が、前里の上着の裾をくいと引く。

かなり親しい友人でも躊躇うかもしれない仕草に、前里が息を吐くのがわかった。博也に摘ままれていた裾を、さりげない動きで取り戻して言う。

「だから、それも断ったよね。そもそもあの誘いは中西くんに対するものじゃないって、昨日言ったはずだけど」

「えええええええ……何ですかそれヒドくないですー？　オレ、ぎっしりだった約束全部キャンセルしてここに来たのにー」

「だったら、今からでもキャンセルをキャンセルしてみたらどうかな。とにかく、今日は僕も予定があるから遠慮して」

「何でそんな冷たいこと言うんですー？　一昨日も楽しかったし昨日なんかランチまで一緒だったじゃないですかー。だからオレ、今日もそのつもりだったのにぃ」

狙った裾がことごとく躱されるのに苛立ってか、ようやく博也が蒼天を見た。

鋭い視線に含まれる露骨なまでの侮蔑と苛立ちには、覚えがある。思い通りにいかない時や気に入らない状況になった時の博也が、当たり前に蒼天に向けていたものだ。

こんな目で見られるのはずいぶん久しぶりだと思って、けれど直後に「違う」と気づく。

……一昨々日に浜本との仲直りを強要されかけた時にも、同じような目をしていたはずだ。

ただ、あの時の蒼天にとって博也はまだ「親友」だったから――そんなはずはないと信じたかったから。その事実に「わざと気づかないようにしていた」だけ、で。

博也の視線から庇うように、前里が蒼天の前で右に動く。いつになく淡々と言った。

「僕も何度も言ったはずだけど、それ全部断ったよね。案内だって三日もすれば十分だろうし、だいたいきみはうちの展示物にはまるで興味がないでしょう」

「興味があるから連日来てるんですってばー。だからもうちょっと説明っ」

「何を言われても無理だから、もう帰ってくれるかな。――……蒼天くんは、悪いけどここでちょっと待っててくれる？　すぐ戻るから」

「あ、……はい」

前半の博也への物言いとは裏腹に、蒼天にかけられた声はいつものように穏やかだ。安堵して頷いたら、またしても癖みたいに頭を撫でられた。

不満顔でその様子を睨んでいた博也に、前里が再び目を向ける。少し声を低くして言った。

「もう一度言っておくけど。待ってたところで僕は中西くんの相手はしないよ？」

「……てんてんさあ、とっとと帰ってくれない？　すっごい邪魔なんだけど」

前里が門の奥から右手、おそらくスタッフ用の出入り口があるのだろう方角に消えるのと、こちらに背を向けそれを見送っていた博也がぼそりと言ったのがほぼ同時だった。

唐突さに「え」と瞬いた直後、いきなり肘を摑まれる。問答無用とばかりにぐいぐいと引かれて、連れて行かれた先は敷地内にある駐輪場の奥だ。

白く続く塀のこちら側、等間隔に植わった樹木の方へと無造作に押しやられる。蹈鞴《たたら》を踏んだせいで、肩にかけていたリュックサックが樹木にぶつかった。

博物館の敷地内とはいえ、駐輪場と芝生《しばふ》スペースにベンチがあるこの一帯は入館券がなくても入れる場所だ。入館ゲートと隣接した出口とも方向が違うせいか、今は人気《ひとけ》がない。

「さっきの話、聞いてたらわかるよねー？　マエサトさんはオレと先約があるの。いきなり押しかけて何ワガママ言ったんだか知らないけどさあ、ちょっとは相手の都合とか気持ちくらい考えなよ。本っ当、てんてんって場の空気が読めないっていうかさあ」

「そ、……だって今、前里さん本人から待つようにって……すぐ戻るからって、」

「言われたからって真に受けるんだー。だからてんてんは駄目なんだよねえ。ちょっと考えてみればわかるんじゃない？　マエサトさんはてんてんに気を遣って仕方なく、無理して我慢してつきあってるだけだって。オレ、本人からそう聞いたんだけどー」

「きをつかって、……しかた、なく……？」

おうむ返しにした台詞への、強い既視感に目眩がした。

今朝に見た夢と――かつてあったことと、同じだったからだ。中学での教生の時にはまだ気づいていなかったけれど、高校一年の同級生の時にはうっすら察していた「博也に引き合わせた相手は必ず蒼天を嫌って離れていく」というジンクス。

確信はなかったけれど厭な予感がして、博也からの催促をどうにか躱して引き延ばした。催促が脅しになり剣呑さが増せば観念するしかなくて、仕方なく同級生と引き合わせたのだ。

「えー、まさかそれもわかってないとか言う？　てんてんさあ、自分のことよく考えてみたら？　マエサトさんみたいなヒトがさあ、それ以外でてんてんみたいに無神経なキラワレモノに声かけるような理由なんかあるわけないじゃん？」

侮蔑《ぶべつ》の混じった声音で常識を諭すように言う博也を見返して思ったのは、「どうして今まで気づかなかったのか」の一言だ。

博也の蒼天への扱いは、いつだって「手軽で便利」という意味での特別だった。ふたりで、あるいはグループで「一緒に遊びに」出たはずが、ひとりだけ荷物番をさせられる。行列があれば順番待ちを任され、なのにいざとなるとひとりだけその場から外される。そのくせ支払いとなれば当然のように、一番前へと押し出された。

……二年前以降誘いが減ったのだって、理由は明白だ。その前から、出先で「もういいからてんてんは帰れば」と言われるのは珍しくなかった。毎回、必ず――蒼天の財布の中身がなくなるとすぐに。

（だってお金ないんだろ？　だったら一緒に遊べるわけないじゃん）

その全部を「ちゃっかり」だと思っていたのは、博也を「親友」だと信じていたから――信じていたかった、からだ。けれどそれでは誤魔化しきれないものがあって、きっとそこが違和感に繋がっていた。

（言葉では嘘をつくけど、行動には本音が出るものだからね）

……たとえば蒼天が支払いに困った時、博也が助けてくれたことは一度もない。よくて揶揄するか、知らない間にいなくなるかのどちらかだ。蒼天からの連絡にリターンがないのはいつものことで、そのくせ蒼天がすぐに返信しないといつまでも厭味を言う。

父親の葬儀前後で蒼天が学校を休んでいる時さえ「期限内厳守」で宿題を頼んできたのに、復学した蒼天が困っていてもノートすら貸してくれない。

（そもそもの元凶は中西じゃないかと思うんだ）

——博也とは、物心ついた頃からのつきあいだ。「この先何が起きるのか」なんて、簡単に予想がつく。

だったら、蒼天の答えはひとつだけだ。知らず俯いていた顔を上げて、蒼天はまっすぐに博也を見た。それが気に入らなかったのか、目線を尖らせた博也に言う。

「帰らないよ。お昼に誘ったのは確かにおれだけど、案内するって言ってくれたのは前里さんの方だし」

「はあ？　何それふざけてんの？　そんなのてんてんがわざわざ同情引くようなこと言うからじゃん？　まあてんてんてキラワレモノのぼっちだし他にやりようがないんだろうけどさあ。それってマエサトさんの親切にあぐらかいてるようなもんなんだけどー？」

心底呆れたとでも言いたげなため息とともに、うんざり顔でこちらを見た。

「だったら直接訊いてみるよ。はっきり迷惑だって言われたら、その場で諦めて帰るから」

「あのなあ、マエサトさんはちゃんとしたオトナなの。本気で迷惑でも実はてんてんが大っ嫌いでも、そんなん直接言えるわけないじゃん」

わざとのように表情を歪めた博也は、可哀相《かわいそう》なものを見るような目で蒼天を眺めた。

「それにてんてんだって、直接言われたらショックだろー？　だからー、てんてんの親友のー、オレが代わりに訊いてやるって」


「代わりはいらない。自分で直接、訊いた方がいい」

大抵の人は、蒼天よりも博也の方を選ぶ。だから、前里がそうじゃないとは言い切れない。

博也が言うことが本当なら、蒼天が割り込む余地はない。このモヤモヤが、どれほど切実だったとしても——蒼天の方がずっとずっと、前里を好きでいたとしても。

「何ソレ、てんてんやけにしつっこ……ああそっか。やっぱりそっちかあ」

博也のうんざり声が、ふと別の色に変わる。厭な予感につい身構えた蒼天を、やけににやにやと眺めて言った。

「てんてんさあ、マエサトさんに気があるよねえ？　一昨々日に見た時もやけに距離が近かったしぃ？　なるほどー、ていうかもしかしててんてん、ハツコイだったりするぅ？」

「……博也には、関係ないと思うけど」

返す言葉が妙に早くなったのが自分でもわかって、つい顔を顰めていた。とたん、博也は喜色満面に手を叩いて言う。

「やっぱ図星かぁ。てんてんって本っ当に馬鹿正直ぃ」

けらりと笑ったかと思うと、一転して再び呆れ顔で見下ろしてきた。

「あのさあ、それってマエサトさん的にすんごい気色悪いんだけどわかってる？」

「な、に言っ……」

「同情して構っただけの、根暗でトロくさいヤツにつきまとわれるだけで十分迷惑なのに、よりにもよってオトコから懸想されるとか。気色悪すぎてやってらんないと思うけど？　オレだったら金積んででも近寄って欲しくないし、むしろ視界にすら入れたくないレベル」

博也の言葉に怯んだのは、確かにその通りだと思ったからだ。蒼天なんてどう頑張ったって「弟か、親類の年下の子」ポジションがせいぜいで、対象外なのは目に見えている。出会えたこと自体が僥倖《ぎょうこう》で、それ以上を望むのは贅沢だということも。

「……、――」

前里から、嫌われる。気持ち悪い子だと思われる――想像しただけで、心臓が痛くなった。

いつの間にか俯いて、蒼天はきつく奥歯を嚙みしめる。

「ちょ、泣かないでくれるー？　オレはあ、てんてんのために言ってんの。このまんま黙って帰ってマエサトさんの連絡先削除して、二度とここに来なけりゃいいだけじゃん？　それならキラワレタとか思い知ることもないしぃ、一番傷が浅いと思うんだよねー」

博也の声が、ふと宥《なだ》めるようなトーンに変わる。困ったようなため息に続いて言った。

「ああいうヒトに構ってもらって舞い上がるのはしょうがないけどさあ、自惚れはほどほどにしないとみっともないよ？　そもそも、てんてんなんかが知り合い名乗ってんのすらおこがましいっていうかさー」

「――……蒼天くん、ここにいたんだ。ごめん、待たせて……って、何で中西くんがいるのかな？」

博也の語尾に重なって聞こえた声に、思わず顔を上げていた。見れば、色つき眼鏡をかけた前里が駆け寄ってくるところで、それを目にしただけで心底安堵する。けれど、すぐ傍で「あっ」と上がった喜色満面の声につい肩が大きく揺れた。

「マエサトさーん、こっちですー。あのー、てんてんですけど急用思い出したから帰るって。で、せっかくの約束すっぽかすの申し訳ないから代理やってくれってオレ頼まれてー」

「帰るって、どうして。具合でも悪い？」

つい俯いてしまった視界の中、抱きつく勢いで前里に寄っていった博也が軽く横に押される。大股に近づいてきた人がいつものようにひょいと身を屈め、蒼天の顔を覗き込んできた。

「……どうしたの。どこか痛い？」

指先で、そっと頬を撫でられる。うまく声が出なくて、それでもどうにか首を横に振った。

視界の端に戻ってきた博也は不満げな表情のまま、声だけは明るく言う。

「ちょっとマエサトさん、今オレが言ったじゃないですかー。てんてんはもう帰るって」

「きみには訊いてない」

「でーすーかーらー！　何度も言いましたよねぇ？　てんてんは人見知りの人嫌いで気が弱いんで、誘われると断れないだけでー、本当はマエサトさんに誘われて困ってるんですって」

「きみが言いたいことは、よくわかった」

息を吐いた前里が、蒼天の頬からするりと指を離す。いつになく冷ややかな声音に、びくんと大きく肩が跳ねた。同時についさっき、確信したことを思い出す。

「つまり蒼天くんにとって僕といることは苦痛で、無理に背伸びをしてつきあっているに過ぎない。蒼天くんは気が弱くて本音が言えないから、こちらが察して距離を置け。……それで間違いない？」

……このまま行けばまた、同じことが起きる。思惑通り事を運ぶためなら博也は何でもするし、何も言えないまま蒼天は流される。

「そうですってば。だいたいてんてんなんて根暗だし面白みもないし？　三年働いたバイト先でも役立たず扱いな上に、これまでロクなトモダチもいなかったようなヤツですよー？」

――でも、その結果前里に嫌われて距離を置かれるだけなら。どうせ同じ結果になるんだったら……後悔しない方がいいんじゃないのか。

（僕が親しいのはこの子の方ですから）

お昼に合流した時の、あの言葉を信じてみてもいいんじゃないだろうか。

同情か、気まぐれかもしれない。年齢差を思えば友達は難しくて、だったらどのみち長くは続かない。それなら、当たって砕けてしまった方がずっといいんじゃないのか。

それでもし砕けてしまっても。結局駄目になってしまったとしても、今日前里がくれた言葉や使ってくれた時間は確かに蒼天の中に残るはずだ。

「マエサトさんて、将来有望なヒトなんでしょー？　だったら何も、てんてんなんか相手にしなくてもー」

博也の声を耳に入れながら、必死で勇気を絞り出す。力の込めすぎで小さく震える指を上げ、目の前にあった背中を――蒼天を庇うように立つ人のシャツを小さく引っ張った。

「……っ、蒼天、く……？」

驚いたみたいに、前里が振り返る。その向こう、立ち位置を変えた博也がまたしてもこちらを睨んだ。声もなく口の動きだけで言われたのはたった三文字――「かえれ」だ。

「――あ、の。おれ、……かえり、ません。用事、なんかない、し。まえさと、さんのあんない、たのしみに、して、て」

「うん。……そっか」

丸くなっていた目を柔らかく細めた前里が、身体ごと蒼天に向き直る。両膝に手をつくようにして、目線を合わせてきた。

「ちゃんと言ってくれてありがとう。助かったよ」

「……、——？」

きょとんと瞬いた眦《まなじり》をそっと指で拭《ぬぐ》われて、初めて半泣きになっていたことに気がついた。

優しい手のひらにぽんと頭を撫でられる。軽く肩を押され横に一歩移動して、それと同時に前里の声を聞いた。

「あいにく蒼天くんはきみに代理を頼む予定はないそうだ。……何度言ってもわからないようだから言うけど、いい加減邪魔なんだよね。とっとと帰ってくれる？」

「……は？　ちょ、だからてんてんは気が弱くて、そんな面と向かって本音なんか」

「確かにギリギリまで我慢する子だよね。相手が困ってると放置できない性分だし？　けど、この前から本気で厭な時はちゃんとそう言えるようになったんだよ。——ね？」

最後の一音とともに、蒼天を背中で隠していた前里が振り返る。それへ、必死で頷いた。

「あのー、前に言いましたよねえ？　オレはてんてんの幼馴染みで一番の親友で」

「一番の親友のことを、友達もろくにいない根暗だって罵《ののし》るのがきみの流儀かな。それ以外にもずいぶんと蒼天くんを扱《こ》き下ろしてたよね？」

「そーれはー、だってホラ、てんてんって周りに面倒とか迷惑ばっかかけてるしぃ？　だからオレが後始末っていうか、いっつも謝って回ってるから大変なんですよーなんでオレがこんなの世話しなきゃいけないんだって、ふつー思うじゃないですかあ」

少し慌てたような博也の言葉に納得する。それも間違いなく博也の本音なのだ。

「なるほど。だからきみは蒼天くんに何をしてもいいとでも？」

「え、待ってくださいよー。何でそんな話になって、あーもうてんてんかー。おまえマエサトさんに何吹き込んでんだよー。いっくらハツコイでシットしたからって、オレの悪口吹き込むとかさあ、みっともなくないー？」

厭味ったらしく付け加えられた台詞に呼吸が止まった。気のせいでなく、目の前の前里の背中も固まったと、思う。その証拠に、数秒の間合いの後でぽつんと優しい声が言う。

「……はつ、こい？」

「みたいですよぉ？　だから、オレがマエサトさんと仲良くなったのが気に食わないんです。でもそんなん困るっていうか、願い下げですよねえ？　よりにもよって同性の、しかもかなり年下な上にこーんな貧相なヤツとかー」

やけになったのか繕うのが面倒になったのか、博也の声音がほとんど素だ。それも、蒼天を見下し扱き下ろす時、の。

「――……こっちとしては、むしろきみの方が願い下げかな。蒼天くんの悪口を吹き込もうとしてきたのを、別枠にするにしたって真っ平だ」

「は、……？」

ひんやりと落ちた声に、博也の声が怯んだのが響きだけでわかった。

「いきなり押しかけてきて、仕事中にもかかわらずしつこく話しかけてくる。自分から強引に誘ったランチを、当然のようにこっちに奢らせようとする。――言っておくけど、蒼天くんがきみのことを口にしたのは一度だけだ。一昨日の朝にお弁当を届けてくれた時、きみの言動を代わりに謝ってきた」

前里の声が、加速度的に低くなっていく。後ろで聞いている蒼天にとって、初めて聞くような――おそろしく平淡で、酷薄な声音だ。

「蒼天くんに対してやったことだけで十分業腹《ごうはら》だけど、昨日一昨日の館内案内。強引に強請ってきた割にろくに聞いてなかったよね。最初から最後まで出鱈目《でたらめ》しか言ってなかったのに全然気づいてなかったよね？」

目の前の解説板を読めばすぐわかることなのにと、前里の声がうんざりした響きを帯びる。今の蒼天からは見えない位置にいる博也は、何を思うのか無言のままだ。

「仕事の邪魔になる上に、とても迷惑だ。一昨々日に案内したのは蒼天くんの顔を立てるためだし、昨日一昨日は目的があったから相手をしたけど、もうきみに用はなくなった。プライベートは論外だけど、職場でも僕がきみと関わることは絶対にないからそのつもりで」

「え、ちょ、何それどういう意味……」

「過去にきみが蒼天くんにやったことの一部は、彼の叔母さんから聞いてるからね。……どういうつもりで僕に近づいたのかも、たった今よくわかった。きみの言い分は全部じゃないが録音してあるし、今回のこともすべて伝えておく。コンビニできみが蒼天くんから『借りた』買い物代については店内録画で確認済みで、近々きみの自宅に通達する予定だから、そのつもりで」

冷ややかすぎるほどの物言いに、小さく息を飲む音がした。ついで、じゃりと足元を踏んだような響きが耳に入る。

気になって動こうとしたところを前里の腕に阻まれる。蒼天がつい足を止めた直後、再び足元を踏む音がした。じき駆けるようになったそれはすぐに遠ざかり、やがて門から出ていくオレンジ色のシャツ――博也の背中が目に入る。

ぼうっとしたまま見送っていたら、いつもの声で「蒼天くん」と呼ばれた。とたんにびくんと肩がはねて、顔を上げた先でヘーゼルの目をまともに見てしまう。

（いっくらハツコイでシットしだからって）

（はつ、こい？）

ついさっきの博也と前里の問答を思い出して、ざあっと全身から血の気が引いた。

「――……え、と。あの、おれ、やっぱりきょうは、もう」

考える前に、足先が逃げ場を探して横に動く。直後、合わせたように横移動した前里につい と近く覗き込まれた。

「失望した?」

「え、」

耳に入った静かな声に——どこか諦めたみたいな言い方に思わず顔を上げていた。

少し首を傾げて蒼天を見つめる前里の、初めて目にする苦しげな表情に何となく「駄目」だと思う。……少なくとも今、ここで逃げるのは絶対に。

「しつ、ぼうって……何で、ですか」

「中西くんへの言い方、かなりきつくなったからね。我ながら、これぱっかりはどうもなぁ……よくアレやって失望されるか怖がられるか、避けられることも結構多くて」

考える前に、ぶんぶんと首を横に振っていた。

「ない、ですっ。そんなの全然、……だってその」

「……でも今、逃げようとしたでしょう?」

静かな声で追及されて、思わず唇を噛んでいた。その頭上から、さらに声が落ちてくる。

「それとも、とうとう愛想が尽きた? ……蒼天くんなら気がついてるよね。さっき僕はあえて場を外したし、例のコンビニの店長の時もすぐ助けに入らずにしばらく様子を見てた」

「それ、は」

察していたことをはっきり告げられて、返す言葉に詰まった。そのまま落ちてきた沈黙はひどく重くて、けれどそのままにはしておけずに、蒼天はどうにか声を絞る。

「だったら前里さんも、気がついてます、よね？　おれと博也がやってたことっておあいこっていうか、結局はおんなじだって」

「同じって、蒼天くん」

「おれが、博也からいいように使われてたのは確か、です。……でも、おれだって同じように博也を利用して、ました。——さっき、気がついたんです。親友とか、幼馴染みとか言いながら、おれは博也をちっとも信じてなかった。ひとりになるのが怖くて、置いていかれたくなくて、そのために言いなりになってただけ、で。その証拠に、おれから博也に会いたいなんて思ったことってほとんどなくて」

（友達ができたから、ハマはもういらないってこと？）

一昨々日に、博也から言われた通りだ。樋口と仲直りして立原や浅野という友人ができて、だからこそあの時も今も博也に抵抗できた。

今だって、まるで逃げるみたいにいなくなった博也を少しも気にしていない。そんな蒼天に、博也を責める権利なんてあるわけがない。

「さっき前里さんが言ってたコンビニでの買い物だって直接的に脅されたわけじゃなくて、おれが自分で立て替えると決めました。……博也に、きらわれたくなかった、から」

要するに、同じ穴の狢《むじな》なのだ。そんな自分が、目の前のきれいな人に相応《ふさわ》しいわけがない。

「前里さんがどうこう、じゃないんです。きらわれるのも、失望されるのもおれの方、で……そんなのにはつこいとか、言われたら、気持ち悪くなっても仕方がな、」

「そのはつこいについても、もちろん確認したいっていうか……先に訊いていいかな。その、だったら本当に、蒼天くんは僕のこと……？」

どうにか逃げようとあがいた結果、一番避けたかった展開を招いてしまったらしい。

喉が詰まったみたいに、言葉が出て来ない。それ以前に呼吸することすら難しい気がして、それでも蒼天は必死で声を絞った。

「すみ、ませ……その、こま、らせるつもり、じゃあ」

「それはちょっと違うかな。僕は困ってるんじゃなくて、迷ってる方だから」

「まよって、る……？」

「うん、そう」

思わず首を傾げた蒼天に、前里がふんわりと笑う。ヘーゼルの瞳の色が、気のせいか一段と柔らかくなったように見えた。

「とりあえずだけど、中西くんと蒼天くんは全然違うよ。彼は自分の都合で蒼天くんを利用するために貶《おとし》めたけど、蒼天くんは自分を守るために精一杯の努力をしただけだ」

「で、も。おれ、二年前にも叔母さんがちゃんと言ってくれたのに、全然気づいてもなくて」

「それも前に言ったよね？　長年の『当たり前』をひっくり返すのは大変だって」

「だ、けど」

「気がつけたんだったら次がないように新しく頑張ればいいんだよ。そうやって自分の非をちゃんと見ようとするのは蒼天くんの長所だけど、過去はどうしたって戻らないからいつまでも悔やんでいても仕方がないんだ。……あと、蒼天くんにそこまで言われたら、僕の方に立つ瀬がなくなる」

困ったような声音に思わず顔を上げ、悄然とした前里を認めて瞠目した。

「前にも言ったけど、僕は蒼天くんが思うほどいい人じゃない。……昨日一昨日と中西くんにつきあったのだって、彼の本音や本性を見てやろうと思ったからなんだ」

「ほんね、……ほん、しょう？」

「蒼天くんは覚えてないかもだけど、以前に二度ほど中西くんが、あのコンビニで蒼天くんに支払いを押しつけてるのに遭遇したことがあってね」

印象が強すぎて顔を覚えていたから、一昨々日に会ってすぐにぴんと来たのだそうだ。加えて叔母からは二年前の件も含め、所持品どころか蒼天自身すら好き勝手に扱おうとする要注意人物だと聞かされていたらしい。

「蒼天くんから離したいのは山々だけど、無理強いしても無意味だってね。例の店長の件と酷似してると思ったし、だったら蒼天くん自身に気づいてもらうしかないと思った」

根岸の時は偶然だったが、すぐに助けに入らなかったのはわざとだ。そして今回は苛立った博也と蒼天をふたりにするために意図的にあの場を去った。

「どう考えても、僕の方がずっと性格が悪いよね。だから、蒼天くんが逃げたいとか、やっぱり関わりたくないと言うなら」

「そ、れはない、ですっ、だって自分で気づかない限りまた同じことを繰り返すって、それは厭だっておれだって——そ、れに前里さん、前の時も今だってちゃんと助けてくれたじゃないですかっ。だ、から逃げたいのはおれにはつこいとか言われた前里さんのはず、で」

支離滅裂に喋って、今度こそ完璧に地雷を踏んだ。遅れて自覚してぱくんと口を閉じた蒼天に苦笑して、前里は言う。

「それなんだけど、さっき迷ってるって言ったのは、その……僕は昔からそういう、恋愛事には興味がなくてね。誰かにその類のことを言われても煩《わずら》わしいとしか思ったことがなかったはず、なんだけど、——今は、嬉しくて仕方がない」

「うれ、し……?」

思いがけない言葉に瞬いた蒼天に、前里は「そう」と頷く。

「蒼天くんといるとすごく気持ちが落ち着くし、一緒にいると楽しくてね。ただ、その意味が自分でもまだよくわからなくて」

「きもち、の、いみ……」

「もともと人付き合いは得意じゃないから、個人的に親しい人は数えるほどしかいないんだ。周囲からは淡泊《たんぱく》とか人嫌いだとか、研究の虫で変人だとかよく言われてて、実際に人相手だとほとんど感情が動くことはないんだけど」

いったん言葉を切って、前里は少し困ったように笑う。

「元バイト先の店長もなんだけど、さっきの中西くんにもとにかく腹が立ったんだよね。その、……僕の蒼天くんに何やってくれるんだ、って」

「……ぇ、」

「感情が動いたこともだけど、こうも独占欲丸出しになったのは初めてなんだよね。たぶんこれが恋愛なんだろうと察してはいるんだけど、あいにく本当にそうなのか判断がつかなくて。……はつこいだって言ってたけど、蒼天くんはどうやって判別したの？」

期待に満ちた目で見つめられて、途方に暮れた。そんなもの、昨日のあれこれでようやく「これはハツコイらしい」と気づいたばかりの蒼天にわかるはず、が——

「あ、昨日友達、が同性、が相手の時はきす、すれば恋愛、かどうかわかる、んじゃないかって……違ってたらできないはず、とか……っ」

ぽろりと口から出た言葉に、泡を食って自分の口に手でフタをした。……のは、どうやら手遅れだったらしい。感心した様子で頷いた前里が、やけに熱心に蒼天を見つめて言う。

「じゃあ、その……よかったら試してみない……？」

「た、めすんですか。えと、おれ、とまえさとさん、で？」

「どうしても厭なら無理にとは言わない、けど」

大好きなヘーゼルの目で懇願のように言われて、陥落するなと言うのが無理だ。

「いや、ではない、です……」

ぽそりと口にした目の前に、そっと手を差し出される。繋いだその手を軽く引かれて歩いて、辿りついた先は塀沿いの樹木と建物との間にある三角形状の隙間めいた空間だ。

三歩で行き止まる狭さに戸惑い振り返ると、すぐ目の前に建物の壁に手を当てた前里がいた。逃げ場のなさに今さらに狼狽《ろうばい》し、ここなら誰にも見られないと悟って顔が火照っていく。

「ぁ、の……えと、おれしょしんしゃ、で」

「大丈夫、って言っていいのかな。僕も」

くす、と笑った前里の顔は珍しくどこか緊張したふうだ。そっと蒼天の頬に触れてきた手は、いつも通り少しひんやりして優しい。

「目、閉じてくれる……？」

吐息に近い声を聞くなり、動悸《どうき》が走っているのに気がついた。ぎくしゃくと頷いて、蒼天はぎゅっと瞼を閉じる。

気のせいじゃなく、すぐ近くで笑う音がする。神経過敏になっているのか、目を閉じていても気配が近づくのがはっきりわかった。

蒼天くん、と囁《ささや》く声は、音というより吐息に近かった。

そっと触れて離れた感触は少しかさついて優しくて、……どうしてか泣きたくなった。

「まえさとさ、……すき、です」

こぼれた声の、最後の音をもう一度重なってきた体温に塞がれる。二度三度と軽く食《は》んで、そっと離れていく。それが寂しくて伸ばした手は、当たり前みたいに握り返された。

僕も、と。吐息に混じった囁きに、繋いだ手を必死で握り返す。引き寄せるように抱き込まれて、近くなった匂いと体温に心底安堵した。

18

「蒼天くん、成人おめでとう」

真横の席にいた叔母からおもむろに差し出された細長い箱を受け取って、蒼天は何とも面映ゆい気分になった。

「二十歳《はたち》、おめでとう」

続けてそう言った前里の席は、叔母と蒼天の真向かいだ。間にあるテーブルに並んでいた皿はきれいに片付けられて、あとはコーヒーとデザートを待つばかりになっている。

「あ、りがとう、ございます。……あの、今開けてもいい？」

「もちろん。気に入ってくれると嬉しいんだけど」

即座に頷いた叔母が、どこか心配げに言う。それへ笑い返してからリボンをほどいて箱を開けると、中にはシンプルだけれど上質なものだと一目でわかる銀色の腕時計が入っていた。

「あの叔母さ、……これ本当に、いいの？　まだ、おれには早い、んじゃあ」

「わたしが贈りたかったのよ。そう思うなら、大事に使って頂戴《ちょうだい》」

柔らかい声で言われて、何度も頷いた。そこに、前里の声がかかる。

「せっかくだから、嵌めてみたらどうかな」

「あ、……はい。じゃあ」

頷いて、去年から愛用している腕時計を外す。高校入学祝いに父親から買ってもらった品だが、博也に見られたら持って行かれそうであえて使わずにいたものだ。こちらもそれなりにいい品だが、見るからにゴツくてフォーマルな場にはそぐわない。

要するに、場に応じて使い分けろということだ。どちらかを優先するのではなくどちらも使う機会があるようにという配慮だろうけれど、やっぱり叔母の気遣いはわかりにくい。

それで損をすることも多いんだろうと、最近よく思うようになった。

――今日は蒼天の誕生日だ。大学は前期試験真っ只中だけれど、蒼天自身の試験は今日の午前中で終わった。最後に残っていたレポートも、学内で仕上げて送付済みだ。

とはいえ、この集まりがあるのを蒼天が知ったのはほんの数時間前だ。帰宅した玄関先で待ち構えていた叔母に「ちょっとつきあって」と言われてリュックサックを下ろしただけで、再び階下まで降りてみたらマンションの来客用駐車場に前里の車が停まっていた。

助手席に詰め込まれ連れて来られたのがこのビストロで、案内されたテーブルには「予約席」のプレートがあった。席に着くなり運ばれてきたのが小ぶりの誕生祝いのケーキで、……正直予想もしていなかったから啞然とした。

（発案者は前里さんだから）

こそっと教えてくれた叔母と、いかにも頼んで入れてもらいましたな風情の前里と三人で食事をするのは久しぶりだ。確か前回は去年の晩秋頃、蒼天の元バイト先とのあれこれがようやく解決を見た後だったと思う。

……あのコンビニは、今は惣菜《そうざい》屋になっているらしい。クビになったあの日以降、蒼天は根岸と会っていないし直接話してもいないから、今どうしているのかは知らない。

博也とは、貸したお金が返ってきた後も連絡が来たため二度ほど会った。やっぱり都合よく使われそうになったのをきっぱり断ったせいか二度とも怒らせて、それでも譲らずにいたら三度目はなく。先月にスマーフォンを買い替えナンバーもアドレスも一新した際、蒼天はあえて博也に連絡先を知らせなかった。

その気があるなら、連絡する伝《つて》はあるのだ。もっとも当の伝――浜本は、昨年の追レポート以降、まったくと言っていいほど蒼天はに近づいて来ないけれども。

……結局、博也と蒼天にとっては互いが「それだけ」の存在に過ぎなかったということだ。浜本と同じで、「連絡が途切れた」ことが意思表示なんだろうと思う。

「ごめんなさい、そろそろ時間だから」

「あ、うん。えと、じゃあ、……前里さん、」

「いいですよ。一緒に出ましょう」

デザートを終えた後、時刻を確かめた叔母について蒼天と前里も席を立つ。支払いを気にする蒼天をよそにそのままレジ前を行き過ぎてしまい、慌てて訊けばすでに会計済みだと言われてしまった。

「主役の甥っ子本人に払わせるとか、ないわよねえ」

「僕はそこまで甲斐性なしに見えるかなあ」

こういう時だけ妙に気が合うふたりから口々に言われて素直にお礼を言ったら、叔母には軽く肩を叩かれ前里には頭を撫でられた。

繁華街に面した通りにあるこのビストロは、開業して間もないにもかかわらず評判がいいらしい。来店した客と入れ替わりに扉を出たところで、駐車場にシルバーの車が入ってきた。

「じゃあ、わたしはここでね。蒼天くんは日曜か月曜、どっちで帰るか決まったら連絡して」

「うん。おやすみなさい」

おやすみなさい、と笑った叔母が、前里と挨拶を交わしてシルバーの車の助手席に乗り込む。運転席にいた男性から手を振られたのへ、蒼天は会釈で返しておいた。

「――……寂しくなった？」

通りに合流した車が見えなくなっても動けずにいると、横合いからそんな声がする。見上げた先、少し困った顔の前里に蒼天は頷いた。

「ちょっと、だけ。でも、……ずっと叔母さんと一緒にいられる、わけじゃないのもわかってる、から」

叔母に恋人がいることを蒼天が知ったのは、去年の暮れのことだ。いつになく緊張した様子の彼女に「会ってほしい人がいる」と言われた。

彼と叔母が知り合ったのは、蒼天が高校三年の時。受験生だったことと当時の関係性が微妙だったことから、叔母はあえて口には出さずにいたのだとか。

（誕生日の後にはちゃんと話せるようになってたじゃん。なのに、何で）

（だって蒼天くん、絶対遠慮するでしょ。うちを出て、自分ひとりでどうにかするとか？それは厭なのよ。わたしにも兄さんとの約束があるんだし）

その時初めて知ったことだが、蒼天の父親は「自分に何かあった時には蒼天を頼む」と叔母に託していたのだそうだ。それも、蒼天がまだ小学生の頃――母親が亡くなった直後に。

（それと、変に恩だなんて思わないでね？　わたしが今の仕事に就けるよう、援助してくれたのは兄さんなんだから。感謝は兄さんにするのがスジなのよ）

きりりと言う叔母の目元がうっすら赤いのは照れているからに違いなくて、やっぱりこの叔母は損をしていると改めてそう思った――。

「さて。じゃあ僕らも帰ろうか」

「あ、……はぃ」

するりと肩を押されて、蒼天は駐車場に停まっていた前里の車に乗る。

明日土曜日の朝から行く予定だった前里宅に、今夜からお泊まりすることになった……もとい、前里と叔母の間でそう決まっていたのだ。

叔母はこれからデートだし、だったら深夜か朝になるまで帰って来ない。付け加えれば叔母はあまり夜に蒼天をひとりにしたくないようで、そういう時には前里宅に泊まりに行くのが恒例になっている。

「……、――」

フロントガラスの向こうを見るフリで、蒼天はちらりと運転席の前里を見る。

去年の秋頃、前里は「心境の変化」だとかで色つき眼鏡をやめた。同時に前髪も切ってしまって、だから今はずっとあのヘーゼルの目が見えている。

横顔もきれいだと思って、この人が自分の恋人なんだと改めて不思議な気分になった。

（初めて同士ってことで、まずは恋人になってみない？）

……一年前の初めてのキスの後、前里が口にした言葉に蒼天は素直にびっくりした。

（おれ、でいいん、ですか？　だって、オトコだしコドモだし、）

（それを言うなら僕だって男だし、蒼天くんより結構年上のオジサンだよ。それじゃ駄目なの？　それとも、今になって僕が厭になった……？）

心細げに言われてしまったらもう、頷く以外の選択肢はなくなった。

叶うなんて思ってもみなかったから――恋人になれるとか論外でしかなかったから、びっくりしただけなのだ。

以来、週末には必ず会っているし、週日の朝のお弁当配達も続けている。ちなみに「恋人ならバイトじゃなくても」との提案は、「けじめは必要だから」とその場で却下された。

「蒼天くん、先に玄関に行って鍵開けておいてくれる？　僕は車入れ直して行くから」

「はーい」

差し出された猫シルエットキーホルダーを手に、車から降りた。裏庭からぐるりと建物を迂回し、防犯用の明かりが点《とも》った玄関先に立つ。

古い家なのに鍵の開閉がスムーズなのは、前里が移り住む前に取り替えたからなのだそうだ。何でもここは元々前里の祖父の持ち家で、彼の人が亡くなった後は放置されていたため移り住む前には大がかりな改修が必要だったらしい。けれど実際に住んでみれば家事まで手が回らず、入浴は近くの銭湯で洗濯はコインランドリーを常用し、食事に至っては外食すら面倒でコンビニで適当に買ってすませるようになった、のだとか。

「たーだいま、……」

磨り硝子越しに見えていた白猫が、引き戸を開けるなり足元にまとわりついてくる。顔を見ようとしゃがみ込むなり、膝に脚をかけた猫に顎に頭突きする勢いで擦りつかれた。

……なのにこの白猫の世話だけはきっちりやっていたあたり、本当に「自分のこと限定で」面倒くさがりな人だと思う。今になっても、そういうところは出会った頃の印象のままだ。

「まだここにいたんだ？　中に入らないと虫に刺されるよ」

「あ、はーい」

急ぎ足でやってきた前里に言われて、蒼天は白猫を抱き上げる。背中を押されて玄関の土間に入ると、すぐ後ろで引き戸を施錠する音がした。何気なくそれを振り仰いだとたん、見下ろすようにこちらを見ていた前里と目が合う。

すり、と鼻先が触れたと思った時にはもう、呼吸を奪われていた。キスには慣れたとはいえ不意打ちに驚いて、思わずぎゅっと力を込めた腕の中から抗議らしい白猫の声がする。

「……っ、ン、」

小さく息を飲んだのと同時に、長い指先で顎を捉えられる。もっと深く、隙間を塞ぐように重ねられた唇をするりと嘗められて、びくんと小さく肩が跳ねた。

「……ん、ぅ、――ン、ぁ、」

歯列を割った体温に、唇の奥をまさぐられる。搦《から》め捕られた舌先をやんわり噛まれて、それだけで後ろ頭のあたりに熱が点った。無意識に伸びた指が腰から腹に回った前里のシャツの袖を摑む頃にはもう、口の中で蠢《うごめ》く体温についていくことしか考えられなくなっている。

にゃん、と拗ねたような鳴き声がした。

それが合図だったみたいに、口の中が寂しくなる。最後の最後、名残《なごり》を惜しむみたいに唇を嘗められて、水気を帯びたその音を耳にするなり我に返った。

今さらに、かあっと顔が熱くなった。そんな蒼天を至近距離で見つめて前里は笑う。

「先にお風呂にしようか。僕は支度してくるから、蒼天くんは応接間にどうぞ」

「おう、せつま……?」

「僕からの誕生日プレゼント。ギリギリ間に合ったんで、受け取って」

楽しげな笑みで言うなり、前里は廊下の先に行ってしまった。それをきょとんと見送ってから、蒼天は白猫を抱いたまま応接間へと足を向ける。

プレゼントは、すぐに見つかった。空色のリボンつきでローテーブルの上に置いてあったそれを、目にするなり呼吸が止まった。

二冊の大判の写真集は、今年に入ってから蒼天がずっと探していた品だ。どちらも定価は軽く万超えで、とっくに絶版になっている。去年前里と出向いた大きな図書館で見つけて、じっくり眺め終わる頃には欲しくてたまらなくなっていた。

ネットで検索したものの中古でも一冊は品切れで、やっと見つけたもう一冊は軽く六桁を超えていた。迷っている間にそれも売れてしまって、以降はどこを探しても見つからず正直諦めかけていた、のに。

「う、そ……」

リボンを外して手に取ってみれば、新品とまではいかないまでもずいぶんきれいだ。持ち上げてみたらずっしり重くて、だからビストロまで持って来なかったのかと察しがついた。

すっかり覚えてしまった表紙をめくって、一番の目当てのページを開く。そこにあるのは鋭い山頂と標高の高さを現す景色に切り取られた、見事なまでの蒼天《そうてん》だ。いつだったか、前里に聞かれて答えた蒼天の名前の由来のままの——新婚旅行で目にした両親が感動し、いつか子どもと一緒にまた来ようと決めていたという、景色。

「気に入った？」

覚えるほど見たはずのそれに見惚《みと》れていたら、背後からそんな声がした。わ、と振り仰いだ先、ヘーゼルと目が合ったかと思うとするりと回った腕に抱き込まれてしまった。

満面の笑みで、蒼天は恋人を見上げた。

「ありがとう、ございます。大事にしますっ……でもこれ、高かったです、よね……？」

「運よく知人から譲ってもらえたから、蒼天くんが思ってるほどじゃないよ。——もう時間も遅いから、お風呂行っておいで」

唇を齧るようなキスをされて、かくかくと頷いた。何だか楽しそうに見送る前里をよそに、超特急で浴室へと向かう。

「う、……うれしい、けど。からかわれて、るよね……？」

ちゃぽんと浸かったお湯はちょうどいい加減で、首まで沈んで唇を押さえる。

「恋人同士」になってからというもの、日に日にスキンシップは増えている。さっきのキスもだけれど、玄関先でのだってまだ軽い方だ。もっと長くて濃くて、いつの間にかぐにゃぐにゃになっているようなのだって何度もした。

「でも、それだけなん、だよね……」

けれどその「先」に行く気配は全然ない。何度もお泊まりしているのに、蒼天の寝場所はいつだって前里の寝室からふたつ部屋を挟んだ和室の布団だ。

「そういう意味では意識されてない、……おれが相手だとその気にならない、のかも？」

ここ最近の蒼天の、一番の悩みが実はそれだった。

どんなに好きでも蒼天は男で、女の子とは身体の作りが違う。だからその気になれないと言われても仕方がないし、あるいは同性同士はキス止まりが普通なのかもしれない。

「うん……でも、」

けれど、蒼天としては前里といて――あのきれいな目を近くで見て、すっかり馴染んだ匂いと体温にくるまれながらキスされて、何も感じないわけじゃない。玄関先のキスの時がそうだったけれど、ついついもっと近くにと思ってしまう。

上せる前に風呂から上がり、濡れた髪をタオルで拭きながら廊下に出ると、交替で浴室に行く前里から「寝室で待ってて」と言われた。

もうすっかり馴染みになった室内は、一年前と同じく物が少なくすっきりしている。だからこそ、「いつもはないもの」が目についた。

「うあ、これ持ってきてくれたんだ。重い、のに」

ベッド横のテーブルに重ねてあった写真集の、先ほどは開かなかった方を上にする。ベッドに座ってそうっとページをめくって、つい探してしまうのは絶景の後ろにある青空だ。

にゃん、と鳴く声とともにドアの隙間から入ってきた白猫が、身軽く蒼天の膝に飛び乗った。すぐさまごろごろと鳴り出した喉元の、さらさらの毛並みを撫でてやる。

お泊まりの時、湯上がりにここでくつろぐのは蒼天にとってもう「普通のこと」だ。そういう時に前里がすぐ隣に座っている、のも。

「当たり前すぎて意識しなくなっちゃったのかな……ねえ、しろさんはどう思う?」

喉を擽《くすぐ》っていた手で尖った顎を持ち上げてみても、白猫は青い目で蒼天を見返すだけだ。じきにふいっと顎が逃げて、今度は蒼天の指に鼻先で擦り寄ってくる。伸ばした眉間を指先で撫でると、心地よさげに瞼を閉じた。

「訊かれても困る、かあ。……そうだよね」

「どうしたの。何か悩み事?」

「あ、――ぁあっ、何やってんですか前里さんっ」

かかった声に目をやって、思わず腰を上げてしまった。ぼろんと床に落ちた白猫からの抗議の声に「ごめん」と謝ってから、蒼天は寝室に入ってきた前里に駆け寄る。彼の手を引っ張ってベッドに座らせ、自分はその背後に座り込んだ。

「髪なんて、放っといてもすぐ乾くのに」

「風邪引くから駄目ですってば」

前里が頭から被っていたタオルを改めて広げてから、わさわさと胡桃色の髪を拭いにかかった。

「何で自分で拭かないんです？　ドライヤーだっていらないくらいなのに」

「うん。だから自然乾燥でいいと思うんだよね」

しらっと返す前里の、こういうところが放っておけないのだ。日常でもそうだけれど、何かに熱中するのと比例して「自分のこと」が蔑ろになっていく。

教授の手伝いで勤務の合間に大学の研究室に詰めることになった先々月には、いつの間にか夕食抜きが常態化していた。それと知って慌てた蒼天が夜用のお弁当を準備し世話を焼いた結果、どうにか持ち直したくらいだ。

……不摂生は問題だけれど、前里の世話をするのは好きなのだ。ずっと年上の人に対して失礼かもしれないけれど、巨大で自堕落な猫の面倒を見ている気分になる。

「終わりました。えっと、手櫛でもいいですか？」

「うん、ありがとう。蒼天くんの手でそれしてもらうの、好きなんだよねえ」

胡桃色の髪を指で梳《す》いていると、ふと振り仰いできた前里と目が合った。きれいなヘーゼルから視線を外せずにいるうちに、伸びてきた手のひらに耳のあたりを包まれる。

ベッドの上で膝立ちしたまま、少し前屈みになってのキスは歯磨き後だからかミントの味がした。最初はそっと触れるだけだったのがいつの間にか歯列を割られ、深く舌先まで搦め捕られている。

長い指に、うなじや耳朶《じだ》を辿られる。耳元で名前を呼ぶ声は、囁くように甘くて優しい。ぴくりと波立った肌を今度は擽るようにされて、喉の奥から音みたいな声がこぼれていった。二度三度と唇が重なるたびそこかしこが熱を帯びて、思考までが緩慢になっていく。確かなのは、今蒼天に触れている少し低い体温だけ、で――

「蒼天くんに、大事な話があるんだけど」

「……、――は、い……?」

優しい声とともに、額同士を軽くぶつけるようにされる。吐息が触れる距離で見つめてくるヘーゼルの瞳に見惚れた後で、ようやく違和感に気がついた。

「え、……あ、れ？　おれ、」

いや待てついさっきまで、蒼天は前里の後ろにいたはずだ。なのに何故、今の蒼天は前里と向かい合っているのか。それも、ベッドの上に座った前里の腰に跨《また》がる恰好《かっこう》、で。

肌の底で燻《くすぶ》っていた熱が、一気に再燃したみたいだった。泡を食って逃げようとしたとたんにがっちりと腰を抱き込まれて、蒼天はようやく違和感を抱く。

ふだんの前里ならすぐに放してくれたはずだし、この体勢自体があり得ない。この部屋──前里の寝室では抱き寄せられるのもキスされるのも軽いものばかりで、それが蒼天には物足りないと同時にありがたくもあったはず、なのだが。

「改めてだけど、成人おめでとう」

「あ、りがとう、ございま、す……？」

吐息が触れそうな距離での言葉に答えながら、つい首を傾げてしまう。前里を見下ろすことなんか滅多にない上、今の表情はどきりとするほど優しい。後ろ首に回った手に促されるようにもっと顎を下げると、今度は額同士をくっつけるようにされた。

「これは相談で提案で、僕からのお願いでもあるんだけど。蒼天くん、大学を卒業したらうちで暮らさない？」

不意打ちすぎる問いに、至近距離のヘーゼルに見入ったまま固まってしまった。

「いやだって、蒼天くんどんどん可愛くなっていくし綺麗にもなってるし、本格的に捕まえておきたいなあと思って。──……あ、その顔も可愛い」

しれっとした台詞とともに、またしても唇を齧られた。それが揶揄としか思えなくて、蒼天は思わず顔を顰める。

「まえさと、さん？」

「蒼天くん、ここ一年でよく笑うようになって表情も豊かになったよね。過剰に周囲を気にしなくなったこともあるんだろうけど、自然に自分らしく動けるようになってきたし。それは僕にとっても嬉しい限りなんだけど、どうやら人目を惹《ひ》いてるみたいでね？」

「ひと、めを、ひく……？」

意味がよくわからなくて、ただ瞬いた。そんな蒼天に苦笑して、前里は続ける。

「発掘現場のバイトとか、たまーにくる院生からちょくちょく蒼天くんのことを訊かれるんだよね。大学はどこかとかどんな子なのかとか、好きなものは何かだとか。蒼天くんがいなかった先週末にはとうとう紹介してくれって言ってきたし。それに蒼天くんの方だって、この前バイト先で名刺を渡されたって」

「わ、たされそうになって断った、んですってば。っていうか、何で前里さんがそれ知ってるんですかー」

「それはまあ、僕も立原くんとは顔見知りですから？」

立原の紹介で入った喫茶店でのバイトは、来月でちょうど丸一年続いたことになる。時折訪れる叔母とは違い、すっかり常連と化した前里がやってくるのは蒼天がバイトに入っている時に限りだし、毎回決まり事みたいに上がりを待って一緒に帰っている。

立原どころか店長を筆頭とした全スタッフに、親しい間柄だと周知されているのだ。ちらりと聞いた話では、立原経由でどうやら大学でのことも前里の耳に入っているっぽい。

「だ、けどおれなんかそういうの滅多にない、し。っていうか、それ言うなら前里さんの方がよっぽど、ですよ、ね？」

あの色つき眼鏡と長めの前髪は、どうやら前里なりの人避《よ》けだったらしいのだ。本人曰く「剝き出しにしてると面倒が寄ってくるから隠していた」とのことだが、以降蒼天はその言葉の意味をつくづく実感する羽目になっている。

「おれだって、よく訊かれるんです。バイト先だと前里さんの仕事とか職場とか趣味とか、恋人がいるのか、とか……この前なんか、スタッフさんから友達が前里さんを紹介して欲しいって言ってるとか頼まれたし。発掘の方だって、ずいぶん親しいけどどういう関係なのかとか、友達にしたって不釣り合いだとか、」

「——蒼天くんのバイト先には僕から断りを入れるとして、発掘でそれ言ったの誰か覚えてたら教えて。あと、次にその類のこと言われたらその時点で僕を呼んでくれる？」

「む、りですってば。前里さん、現場では教授のお手伝いもあるし忙しくしてるんだし」

ひんやりした声で言われて、黙っていればよかったかと後悔した。そんな蒼天の頰を撫でて、前里は言う。

「優先順位はあるにせよ、断りや注意だけなら秒で終わるから平気だよ。それより、蒼天くんにそんな顔させる方が落ち着かない」

清々《すがすが》しいほどきっぱり言われて、ここしばらく胸に凝《こご》っていたもやもやがすうっと消えた。

身体が軽くなったような感覚に安堵して、その後で気づく。——それはつまり、前里の方も蒼天と同じように感じていたということではないだろうか。

「……蒼天くん？」

返事を待つように首を傾げる前里の表情は、やっぱり薄い。けれど、今の蒼天にはヘーゼルの目の色がどこか不安そうに、落ち着かないように見えた。

「おれ、も、おんなじ、です。前里さん、以外の人は眼中にない、ていうか。前里さんだけは奪られたくないし、だから全部その場で断って、ます。だからその、……前里さんは動かなくていい、です。正直、そういう人に前里さんが近づく方が厭、ですから」

「そうなんだ？」

確かめるように言う前里は、気のせいじゃなく嬉しそうだ。それがわかって、さっきとは別の意味で顔が熱くなってきた。

「そ、れと一緒に住む話、ですけど。すごく、嬉しいです。叔母さんの結婚はすごくお目出《めで》度《た》いし祝福もしたいけど、その……新婚家庭にでっかいコブがいるのはどうかなって、ずっと思ってて。やっぱりおれは一人暮らしした方がいいんじゃないかなって」

「一人暮らしなんだ。僕のことは思い浮かばなかった？」

拗ねた顔と声で即座に突っ込まれて、蒼天は返答に詰まる。大好きなヘーゼルの目にじっと見つめられて、やっとのことで言った。

「で、もその、いくら恋人だってそう簡単に一緒に住むわけには」

「厭かな。蒼天くんは、僕と一緒に暮らすのは気詰まり？」

「まさか、それは絶対ない、です。でもその、そこまで甘えていいのかなって……おれがそんなの言い出したら、前里さんの方が無理して合わせてくれたり、しそうで」

「僕はむしろこの半年、ものすごく能動的にそれを考えてたけど？」

「はん、とし？」

静かなのに強い声で断言されて、ついきょとんと首を傾げてしまった。そんな蒼天にじっと視線を当てたままで、前里は言う。

「さっき言ったよね？　蒼天くんがどんどん可愛くなってるって。それでまあ、……誰かに奪られたくない、じゃなくて何が何でも絶対に渡してやらない、になっちゃったんだよねえ」

ため息交じりに、すでに密着していた腰をさらにきつく抱き寄せられた。どきりとした蒼天の肩にするっと額を押し当てるようにして、前里は言う。

「成人したらすぐ同居したいって頼んだら、大学卒業までは手元から離す気はないって叔母さんに宣言されたんだよね。あと、泊まりを許可してるのは一応僕を信用してるからで、蒼天くんの意向を無視した時点で当然それも禁止するし、卒業後の同居もご破算だって」

「しん、よう……おれのいこう？　……ごはさん、ってあの……？」

前里の言い分がどうにも理解できず、蒼天は瞬く。

成人しても学生である以上、叔母の言い分は当然だ。けれど何故そこに前里への信用に蒼天の意向が加わった上、出入り禁止だのご破算だのといった不穏な言葉が紛れてくるのか。

首を傾げた蒼天と見合うこと数秒で、前里が「ああ」と頷く。

「ええと、ね。つまり恋人らしいことをするなら成人を待って本人同意の上にしろ、っていう意味なんだよね」

苦笑交じりに腰骨の上を撫でられて、自分でもぎょっとするほど大きく背すじが跳ねた。

「……え、あ、――え、えぇぇ……」

今さらに意味を悟って、全身が焦げるかと思うほど熱くなった。そんな蒼天に、前里は少し困ったふうに笑う。

「さっきも言ったけど、無理強いはしないから安心して？」

「あの、でも男同士、だし。だったらそういうのはないのがふつーで、だからキスだけなのかなって、ずっと……だって前里さんずっと普通で、そんな素振りなんか全然」

しどろもどろの蒼天の主張に、前里はやっぱり少し困り顔だ。

「そこはまあ年の功っていうか、十近くも年下の子に気づかせるのも……それと、性急にどうこうってつもりは最初からなかったから。僕もだけど蒼天くんもこれが初恋で、だったら気持ちが変わる可能性もあると思ってたから、成人までは様子を見るつもりだったんだ」

「きもちが、かわる、って」

「だって蒼天くん、それまでの環境が最悪だったでしょう。友達ができて、普通に大学生やってれば出会いはもちろん体験だって増えるよね？　そうなると、物事の見方や考え方が変わるのはごく自然なことだと思うんだ。そもそも僕との始まりって、客観的に見れば辛い状況にいた蒼天くんに僕がつけ込んだようなものだし」

「それ、話が逆だと思います」

むっとして、つい前里を睨み付けていた。

「前里さんが、おれの気持ちを尊重してくれたから――おれが偏ってるのを直そうとするんじゃなくくちゃんと事実を見るように言ってくれたから、樋口と友達に戻れたんです。黙って見守ってくれたからおれは自分で気づけたし、言うべきことを言えるようになったんです」

一年前のあの時に早々に助けられていたら、きっと蒼天はそれに甘えて見たくないものから目を逸らしていた。信じたくないものを否定して都合のいいものだけを見て、……おそらくは未だに根岸からいいように使われ、博也の言いなりになっていたに違いない。

「いくら、前里さんでも。あの時のことをそんなふうに言ってほしくない、です」

蒼天の言葉に、前里はヘーゼルの瞳を細めた。少し照れたように笑って言う。

「ありがとう。そう言ってもらえるとすごく嬉しいし、……蒼天くんのそういうところが大好きなんだなあとつくづく思ったよ。どうにもつけ込んでる気がして仕方がないけどね？」

「本当につけ込む人は、まずそんなこと言わないです。おれの気持ちも都合も意向もさらっと無視して、否応ナシにそうしなきゃならない状況まで追い込んで来るんです。自慢しますけど、おれはそういう経験はかなり豊富ですから」

絶対違うと断言できますと重ねて主張したら、蕩《とろ》けるような表情で見つめられてしまった。

「話を戻していいかな？　蒼天くんはさらっと流してたけど、つまりそれって叔母さんにバレたってことでもあってね」

「え、」と瞬いた後で、今までの話を思い返し——そういえばと思い当たった。

「あ、の……その、バレたっていうのは」

「僕と蒼天くんが恋人同士だってこと。責任割合で言うと僕が七で蒼天くんが三。年長者だってことを含むと全面的に僕のせいだね」

要するに、前里の露骨な甘やかしっぷりと蒼天の懐き具合が理由なのだそうだ。叔母曰く、前里が蒼天を見る目「だけ」が他と全然違う上、蒼天がこうも無条件に誰かに懐くとは思ってもみなかったのだとか。

とはいえ蒼天と和解できたのも、三年かけてむしろ拗れてしまった蒼天の周辺状況が一気に片付いたのも前里のおかげで、その意味では感謝していると言われたのだとか。

「それと、叔母さんからの伝言。本当に相手のことが好きなら、自分に嘘をついてまで相手の意に沿おうとするな、って」

「えと、……それ逆じゃなく、て？」

つい首を傾げた蒼天に、前里は苦笑する。

「相手のために、誰かのためにっていうのは聞こえはいいけど、自分の思い込みを相手に押しつけてるだけ、ってことも多いよ。受け入れたのが本当に相手の望みだったとしても、それが蒼天くんの本意に沿っていなければ必ずどこかで歪みが出る。よく聞く台詞だよね、『あなたのためにここまでしたのに、どうしてあなたはしてくれないの』ってヤツ」

ひとつひとつの歪みはごく小さくて、大きな器の表面をひっかくだけの傷に過ぎない。けれどそれが「当たり前」になれば「傷」とすら認識しなくなる。当たり前が連続した果てに傷だらけになった器は知らぬ間に脆くなって、いつか「当たり前の、小さな傷」によって致命的な亀裂を負うことになる——。

「僕は、蒼天くんとの関係をそんなふうに歪めたくない。だから厭だと思ったら、できないと感じたら無理せずそう言って欲しいんだ。お互いの気持ちをちゃんと確かめて、どこまで擦り合わせられるか相談すればいい。……これは僕の持論だけど、どうしても相容れないことがあってもいいと思うんだよね」

「え、……でも、それって」

「僕は蒼天くんが好きだけど、だから何でもわかるとは思ってない。蒼天くんが何を思って、どうしたいのかは言ってもらわないとわからない。それは当たり前のことだと思うんだ」

「あたりまえの、こと……?」

「感じ方は人によって違うからね。その時の蒼天くんが自分なりに感じたことや頑張ってきたことを、安易に知っているとかわかっているとは言いたくない」

そっと頬を辿る指の感触を追いかけながら、蒼天はふいに泣きたいような気持ちになる。

――こういう人だから、好きになったのだ。蒼天の気持ちを決めつけず、こうあるべきだと押しつけることもなく。少しでも蒼天自身に、蒼天の「今の」本音に寄り添おうとしてくれるから、こそ。

無意識に、何度も頷いていた。こつん、と額をぶつけてきた人の、こちらを見つめる目に安堵の色があるのを知って、蒼天は照れ臭く笑う。

「え、と……じゃあ、卒業したらおれ、ここに来てもいいん、ですか？」

「双方合意の上なら問題なし。ただし、年上の方はそれに相応の配慮と覚悟を持つように、それができるなら蒼天くんを任せてもいい、だったかな。――で、それとは別に僕からの要望。できればだけど、そろそろ恋人らしい時間を持てないかなって」

少し困ったように言って、なのにまたしても腰骨のあたりを撫でられた。茹《ゆ》だった顔を持て余す蒼天に、苦笑して言う。

「これでも蒼天くんよりオトナだし、それなりに自制は利くよ。いきなりがっつくことはないとは思うから、そこは安心して」

語尾に重ねるように、するっと蒼天を膝から下ろしてしまった。何事もなかったかのようにベッドの傍に降り立って、まだ顔の熱が引かない蒼天の手を引いてくれる。

「話はこのくらいで、もう寝ようか。明日は例の遺跡見学だけど、出るのはゆっくりでいいからどこかでモーニングでも――」

繋いだ手を引いてドアへと向かう前里が、言葉を途切れさせる。不思議そうに振り返ったヘーゼルの瞳をベッドの傍で、彼の寝間着の裾を握ったままで見返した。

「あ、の。おれ、今夜はここに、いたい、です」

やっとのことで絞り出した言葉は、掠れて半分音にもなっていなかった。

振り返ったままの前里が、目を瞠る。まじまじと蒼天を見下ろし、囁くように言った。

「……一応確認するけど、意味がわかって言ってる?」

大好きな色の瞳にまっすぐに見据えられて、ひどく落ち着かない気分になった。

けれど、きっとそれは前里も一緒だ。その証拠に、大好きなヘーゼルの中にこれまではごく稀にしか見なかった――わずかにチラつくだけで消えていた色が濃く含まれている。

(安易にわかったとは言いたくない)

言葉通り、前里はちゃんと「どうしたいと思っているか」を教えてくれた。だったら、蒼天も同じことを返したい。

無理するんじゃなく、我慢するのでもなく。自分が何を望んでいるのかを、どうしたいのかを素直にまっすぐに、伝えておきたい――。

「おれ、も。本当は、その……もうちょっと、前里さんの近くにいたいなって、思っ――」

必死で絞った声が終わる前に、動いた前里に抱き込まれる。広い肩にぽすんと額を預ける形で、蒼天はどうにか言葉を続けた。

「ほんき、です。だから、その」

「うん。わかった。……どうしよう、予想外すぎて心臓がバクバクしてるかも」

言われて意識を向けてみれば、確かに顔を押し当てた先の鼓動が速い。

前里も「同じ」なんだと感覚で悟って、それだけでひどく安堵する。すり、と額を間近の肩に擦りつけて、蒼天は目の前の人の背中にそっと腕を回した。

――初心者「同士」だなんて、絶対、嘘だ。

すっかり滲《にじ》んで輪郭《りんかく》を失った天井を見上げながら、蒼天が思ったのはそれだった。

「……っん、……ぁ、う――ン、っ」

堪《こら》えきれず喉からこぼれる声が、上擦《うわず》って半端に途切れる。聞き慣れたはずの自分の声なのに、そこには知らない色が混じっている。

いっぱいいっぱいすぎて思考が働かなくて、それでも羞恥《しゅうち》を覚えてしまうような響きだ。息苦しくて辛くて、なのに身体のそこかしこで熱がうねっている。肌の底を滑るように広がって、どうにか摑んだはずのシーツの感触すらも遠くなっていく。

「だい、じょうぶ、かな……きもちいい？」

今の今まで耳朶からうなじを啄《ついば》んでいたキスの、代わりのような声が耳に吹き込まれる。

びく、と大きく揺れた身体を宥《なだ》めるためにか、腰を抱いていた腕が少しだけ強くなった。

「蒼天、くん……？」

もう一度、今度は顎先にキスをした声が、蒼天の上でするりと動いた。少しひんやりした指に頰を撫でられて、蒼天はどうにか瞬く。少しだけはっきりした視界に映るのは、鼻先が触れる距離で見つめる恋人――前里だ。

「ま、……さと、さ、――」

辛うじて名前を呼んで、それだけでぎゅっと胸が苦しくなった。じわりとまた目元が滲んで、これでは顔が見えないとふいに思ってひどく心細くなる。

「厭、かな……やっぱり、やめておく……？」

「そ、や……っ、て、さっ、きやく、そく……っ」

少し困ったように言われて、必死で首を横に振った。絞った喉からこぼれた声はほとんど音になっていなくて、それでも前里にはちゃんと聞き取れたらしい。やっぱりどこか困ったふうにしながら、そっと額同士を合わせるようにされた。

「ま、……さとさ、――きす、して……？」

どうしようもなく切なくて、勝手に口が動いていた。痺れたような腕を必死で伸ばして前里の髪に触れたとたん、そっと唇を塞がれる。

唇に落ちてきたキスは、ひどく優しくて長かった。最初は上下の唇を食むようにしたかと思うと、舌を搦めて奥の奥までまさぐられる。

「……ん、――っう、」

続くキスに気を取られている間に、少し冷たい指に顎から喉のラインを辿られる。喉の尖りを降りた先、鎖骨のくぼみの感覚すら鋭敏に感じ取れるのは、ついさっきまで執拗なくらいに――声が堪えきれなくなるくらいまで撫でられ探られ、啄まれていたせいだ。

鎖骨からさらに下へと落ちていった指先が、するりとシャツの内側に潜っていく。その時になって初めて、いつの間にか前ボタンが外されていたのを知った。

胸元の、そこだけ色を変えた箇所を直接指で捉えられる。ベッドに来る前にも来た後にもシャツ越しにさんざん触れられていたそこはすでにじんじんと鋭敏になっていて、軽く撫でられるだけで大きく背すじが跳ねた。

「……ぅ、ン――っ」

思わずこぼれた声は、続くキスに飲み込まれる。ひくりと揺れた腰をきつく抱かれたまま、思うのは「何で」ということだ。

だって、こんなの蒼天は知らない。こんなふうになるなんて、知らなかった。

誰よりも前里の近くにいたいと思うけれど、どうしたって蒼天は男だ。女の子みたいな丸みとも柔らかさとも無縁だし、男としても小柄でやせっぽちで、だから触られた時にどうなるかなんて考えたこともなかった。キスで身体の芯が熱を帯びることも、思考があやふやになることもよく知っていて、なのにその先を具体的に想像したこともなくて。

(どうしよう、予想外すぎて心臓がバクバクしてるかも)

——あの言葉の直後に落ちてきたキスは同居話を聞くほんの少し前、いつの間にかベッドの上で向かい合わせになっていたあの時以上に執拗で、容赦がなかった。

(蒼天、くん)

合間に耳元で囁く声も、顎に添えられた指も腰を抱く腕も優しいのに強引で、絡み合った舌先が立てる音が鼓膜の内側と外側で二重に響く。そのたびくらくらと目眩《めまい》がして、勝手に喉から自分のものとは思えないような声がこぼれていく。

(……ぅ、ン、——)

ベッドの傍で立っているだけの膝が、不安定に揺れた。前里の寝間着の背中に必死でしがみついたはずの指の感覚すら他人のもののように遠かった。

頭の芯まで痺れたように、うまくものが考えられなかった。そのくせ次々と脳裏を掠めていくのは、今思っても意味のないことばかりだ。

キスにはもう慣れたなんて、思い上がりだったとか。

こうなることを望んだのは自分なのに、今の今、前里と目を合わせるのが怖い、とか。

(……そら、……?)

いつの間にか転がされていたベッドの上、上から見下ろしていた人に囁くようなに名を呼ばれる。呼吸を止めてそっと目を上げた先、射貫くようなヘーゼルと視線がぶつかった。

喉の奥が変に張り付いたみたいに、声が出なかった。大好きなその色に釘付けになったまま、頭のすみでこの人は誰だろうと思った。

誰も何も、前里だ。蒼天の恋人で、誰よりも蒼天を大事にしてくれる人。無条件に信じられる、ある意味では叔母以上の存在。

その人に、今にも食らいつくされそうな目で見られている。それが今はとてつもなく怖くて、なのに肌の底がどくんと脈を打つ。腰の奥が、勝手にゆらりとうねった。

(どう、しようか。やっぱり、今日はやめておく……?)

けれどそんな色の目をしたままで、前里は苦笑した。

音がしたかと思うくらいに——火が点《つ》いたかというほどの勢いで、耳朶が熱くなった。

感じたのは小さな安堵と、それを上回る落胆だ。思わず細かく首を横に振って、それでは足りずに言葉を探して、けれど見つからなくて必死で肩を起こす。一方の肘をつき、精一杯に首を伸ばした。辛うじて届いた恋人の、寝間着の胸元に鼻先を埋《うず》めて、ぐりぐりと額を擦り付ける。

思考のすみで、これじゃあしろさんみたいだと思う。こんなのでは伝えたことにならないと絶望的に思って泣きたくなった時、強い腕がするりと背中に回った。

　そっとシーツの上に下ろされたかと思うと、こめかみと眦に啄むようなキスを落とされる。ひどく優しいそれがおしまいの合図のように思えて、どうにか声を絞った。

（い、やだって、言って、も、やめないで、くださ……）

　だって蒼天は初心者で、初めてのことは何だって怖い。それは「厭」なのとはまったく別だ。支離滅裂にそう訴えたら、前里は呼吸を詰めたように言った。

（本当にいいの？　撤回は今しか受け付けないよ）

（そ、んなこと、ぜったい、し、ませ……）

　だって厭なわけじゃないのだ。知らないから怖いだけ、怖いから逃げたくなるだけで、それ以上にもっと傍にいたいと、今よりずっと近くなりたいと願っている。

（ぜ、ったいて、っかいは、し、ないか、ら……こ、んやはずっ、といっしょ、に）

　半泣きでの訴えへの返事は手のひらへのキスで、――あの時にちゃんと言っておいて本当によかったとつくづく思った。

「や、待っ……う、そ、何、」

　大きく仰《の》け反《ぞ》った喉から、ひっきりなしに声がこぼれている。止めたいのにどうにもならなくて、勝手に腰が大きく揺れる。さっきからさんざんに齧られた胸元は痺れたように過敏になっていて、指先に軽く撫でられるだけで刺すような悦楽が走った。

それだけでもう容量オーバーしているのに、何がどうしてこんなことになっているのか。

「ぁう、や、だ、なん、――こん、なのおかし、」

必死で伸ばした指先が、さらりと柔らかい胡桃色の髪を乱す。届かない指に焦《じ》れているのに、同時に慣れない悦楽に振り回された。

過ぎる感覚に、視界が滲んでいく。骨が溶けたみたいに力が入らない肘を辛うじて起こして目を凝らした先はすでに輪郭を失っていて、それでも前里が――蒼天の膝の間に顔を伏せていた人が、ヘーゼルの目をこちらに向けたのだけはわかった。

「ま、えさと、さ、……っ」

名前を呼んだ声が奇妙に跳ねたのは、いつも頭を撫でてくれる手に熱を帯びてかたちを変えたそこをやんわりと撫でられたせいだ。すでに前里の手で一度追いやられたせいか感覚は過ぎるほど鋭敏になっていて、視界が輪郭を失っていても何をされているのかははっきり伝わってきた。

自分でするのとは比較にならない刺激に、ぶわりと涙腺が緩んでいく。情けないことに、本気で泣きが入った。

だって、このままでは二度までも全部見られてしまうことになる。前里は平然としているのに、服だってほとんど乱してもいないのに蒼天だけ、が。

「──っ……ぅ、え……っ」

「え、あ、ちょ、……蒼天くんっ？」

蒼天のその反応は、前里にとってまったくの予想外だったらしい。慌てたように顔を上げたかと思うと、気が付いたら互いの額が触れる距離にいた。

「ごめん、やっぱり厭だった？　ええとどうしよう、ちょっと虐《いじ》めすぎた……？」

狼狽して声をかけ、頬を撫でて指で眦を拭ってくれる。その感触に安堵した。

涙目で見つめる蒼天に気づいてか、前里は少し困ったように笑った。

「蒼天くん、やっぱり無理だったら」

「い、やじゃな……で、もき、いてない、です。あ、んなとこ、にあんな、ことするとか、おれ、しらな、……から、このあとな、にするのかおしえ、てくださ、」

「えー……ああ、そういうこと。──本当に訊きたい？　ちょっと口では説明しにくいから、できれば任せてほしいんだけど」

問いで返してきた前里はいつになく押しが強くて、反論が喉の奥で詰まった。

「……──で、もおれ、こ、れいじょうみ、っともな、」

「そこはお互い様でいいと思うよ。その、僕も大概、余裕がないし。……どうしても説明が要るならやっぱりここでいったん止めて、」

「そ、れはや、ですっ」

そこまで言われたら、もはや頷くしかなくなった。けれど興が削がれたのか、蒼天の額に額をつけたままの前里は少し困った顔で見つめるばかりだ。

だから蒼天は、今にも底をつきそうな勇気を振り絞る。シーツを摑んで固まっていた指をどうにか外し、前里の寝間着を握りしめた。至近距離で瞬いた彼に、吐息に近い声で言う。

「あ、と……こ、れ。脱いで、くださ、」

「そ、らく、……」

ヘーゼルの目を丸くした前里が、苦笑する。軽く額をぶつけられ、そっと唇を齧られた。

「うっわ、どうしよ……凶悪に可愛すぎ」

ぽそりと聞こえた声音はひどく柔らかくて、意味なんかどうでもよくなった。

涙目のままじっと見つめる蒼天を跨いだまま、前里がそろりと身を起こす。寝間着を摑む蒼天の指を外させたかと思うと、するりと寝間着を脱いでしまった。

実際に素肌を見るなり気恥ずかしくなって、つい顔を横に向けていた。そのくせ視界の端に映る人に目を凝らして、意外と着瘦せする人だったんだと思う。

「大丈夫かな、……続けていい？」

長い指に、眦を拭われる。頰を手でくるまれ真正面から名を呼ばれて、かあっと全身が熱くなった。それへどうにか頷いて、けれど数分後には先ほど以上の大混乱に陥る羽目になる。

「――っゃ、待っ……う、そっ……」

口でされるということだけなら高校生の頃、博也宅で強引に見せられたビデオにそんな場面があったのを覚えている。でもあれは男女だったはずで、男同士でもするのかと衝撃に見舞われた。その間にもさらに奥の、自分でもまずじかには触れない箇所を、じわじわと指でなぞられていた……ことにようやく気がついた。そうして今は折り曲げた両膝を摑まれた恰好で、その箇所を濡れた体温でゆるゆると宥められている。

「や、だ、まえさとさ、——なに、し……っ」

「厭はなし、だったよね？　あと、任せてくれる約束だよね」

何度目かに入れた泣きは、優しい言葉で却下された。

入り口めいたその箇所を、ゆるゆると確かめるように湿った体温が往復していく。そのたび、どこに何をされているかを思い知らされて、先ほどとは別の意味で逃げ出したくなった。けれど捩《よじ》れた腰は広い肩にのせられ固定されていて、どこにも行き場はないと思い知らされるばかりだ。

上がる声に、どうしようもない嗚咽《おえつ》が混じる。泣くつもりはなかったのにどうしても堪えきれなくて、必死で奥歯を嚙んだら呼吸までが詰まった。それと気づいてかどうか太腿《ふともも》を捉えていた手のひらが動いて、またしても熱を溜《た》めていた箇所を握り込まれる。たったそれだけのことで、びくんと大きく背すじが跳ねた。湧き起こった悦楽は肌を伝い奥まで届いて、合間を辿る体温の感触すらも同じ色に塗り替えていく。

「……っだ、なん、待っ――ま、えさとさ、……」

今の今まで知らなかった深すぎる悦楽に、底の底まで引きずり込まれる。慣れない蒼天にはそれは恐怖でしかなくて、結局は手放しで泣き出してしまっていた。

「みっともなくてごめんなさい」、「子どもでごめんなさい」と、自分が口走っていることに気づいたのは顔を隠していた両手の手首を取られゆっくりと開かされた後だ。ヒリつく目元を凝らして見ればやっぱり視界は滲んだままで、けれどすぐ近くから見つめている前里が困ったように笑っているのはちゃんとわかった。

またしても怖くなって、必死で手を伸ばしていた。無視されたらどうしようと躊躇う前にその手を取られ、上になった恋人と額同士を合わせる形になる。

「ご、めんなさ……で、もすき、だから。おねが、いだから、呆れない、でくださ、」

「それはないから大丈夫。こっちこそごめん、調子に乗ったかもしれない」

すり、と鼻先を擦り寄せるようにされて、額にそっとキスをされる。やっぱり目線はいつもと違うけれど、それ以外はいつも通りの前里に心底安堵した。

「うーん。でもやっぱり、今日はやめておこうか」

「……っや、ですっ」

困らせるのは承知で、そう言い返していた。力の入らない指を広い肩に置き一生懸命首を伸ばして、蒼天は前里のこめかみにキスをする。

「やくそくした、し。大丈夫、だから。このまんま、で」

「——蒼天ねえ、それ完全に煽ってるんだけど自覚ないよね？」

必死で伸ばした指で、前里の首にしがみつく。押しのけられたらと一瞬考えて、けれどそれは無駄な心配でしかなかったらしく、すぐさま強い腕に腰ごと抱き込まれた。

触れあった肌の感触に、ひどく安心する。またしても滲んだ視界を塞ぐように、広い肩に顔を押しつけた。

もう一度、耳元《みみもと》で名を呼ばれる。瞬いて見上げた鼻の頭を齧られ、目尻からこめかみを舌先で辿られて、肌が大きく震えるのがわかった。

「ごめん。やっぱり付け込むことになる、みたいだ」

耳元での声に続くリップ音に首を竦めたのと、膝の後ろを摑まれたのがほぼ同時だった。直後、身体の奥に深い圧迫感が広がっていく。

何が起こったのかわからずに、それでもどうにか呼吸を逃がす。喉の奥からひきつるような声が、勝手にこぼれていく。

強い圧迫感に固まるたび、優しいキスと穏やかな声にあやされた。止まらない目眩の中、確かなのは目の前の体温だけで、だから一生懸命にしがみつく。

低い声に名を呼ばれて、眦に吸いつくようなキスをされる。優しい手のひらが肩や背中や、時には腰を撫でて過ぎる。

まだ怖いけれど、よくわからないけれどそれでも大丈夫だと思えたのは、顔を上げるたび声をこぼすたび、瞬いて見上げるたびに必ず応えてくれる人がいるからだ。今はひとりじゃないと、もう大丈夫だと思うだけで安心できた——。

「そら、……？」

唇を掠めた囁きに、少し荒く呼吸を奪われる。やんわりと、けれどけして逃げられない強さで抱きしめられていた。

低く名を呼んでくれた唇に、もう何度めともわからなくなったキスをされた。同時にきつく抱き込まれて、声だけでなく呼吸までもがちぎれるように細くなっていく。

耳元で囁いてくれる声を、とても好きだとそう思う。ずっと一緒にいたいと心底願って。蒼天は広い背中に精一杯しがみつく。

本人が言っていたように、前里は実は意地が悪いのかもしれない。薄れた意識が消えるその寸前に、ぽつんとどこかでそう思った。

思い出して、その場で叫びたくなるような記憶があるか。

……という話を、高校生の時に聞いたことがある。

もちろん蒼天自身は蚊帳の外で、だ。小耳に挟んだ内容はその場にいた全員の記憶を修正液で消したいというぼやきに同意するに相応しい、当時にして「若気の至り」としかいいようのないものだった。

蒼天にもそうした類の記憶がありはするものの、そのほとんどが両親、特に父親の前でのやらかしだ。すでに故人だったことも含め、当時は複雑な気分になったわけ、だが――

「う、ぅぅぅぅううう……」

思わず漏れこぼれた呻きに紛れて、なぁんと聞き慣れた鳴き声がする。未だ動けないベッドの上、すっぽり夏掛けを被ったままで、そろそろ正午近い時刻ともなれば少々暑い。

……少々、ですむ理由が、自分でかけた覚えのないエアコンのおかげだというあたりが、さらにいたたまれないわけだが。

もう一度、なぁんと声がする。次いで、つんつんと頭のあたりをつつかれた。そろりと夏掛けをめくってみると、すぐさま顔を突っ込んできた白猫が頬に擦り寄ってくる。

「しろさ、……お、はよ……？」

他に気配がないのを確かめて、蒼天はおどおどと顔を出す。見回した寝室内に人影がないことに、安堵すると同時に落胆した。続いて、ぞろりと「もしや」が顔を出す。

もしかして、……昨夜のアレで前里に呆れられたんじゃないのか。

自分から誘ったくせに真っ最中にぐずって泣くとか。約束を強要したのに、何度も撤回寸前まで行くとか。にもかかわらず、ああも我を忘れてしまう、とか――。

「あ、んなとこ、見せ……見、られ、」

途方に暮れるのと同時に感じるのは、とてつもない羞恥と居たたまれなさだ。大声で叫んで逃げるか、この場で穴を掘って埋まりたい、くらいに。

ぱふんとシーツに顔で突っ伏しただけで、身体のそこかしこが軋む気がした。そのままぐりぐりと顔を押しつける横で、白猫がにあと鳴く。身軽くベッドから床に降りる気配がした。

「――蒼天くん？　まだ寝てる、かな……？」

不意打ちで聞こえた穏やかな声に、全身がびくんとなった。シーツに顔を埋めて固まっていると、もっと近くでまた名を呼ばれる。頭に浮かぶのは、どうしようどうすればどうしたらという思考にもならない焦りばかりだ。

「……蒼天？」

そっと頭に乗った手の感触で、昨夜のあれこれを思い出す。ぴしりと固まって動けずにいたら、髪を撫でてくれていた手がふと止まった。

「怒ってる、かな。……もしかして、もう僕の顔も見たくない……？」

「――っそ、ち、がいま……っ」

悄然とした声音に、反射的にばっと顔を上げていた。

ぶつかるかと思うほど近く目が合って、思わず呼吸が止まる。そんな蒼天を見つめる前里は妙に緊張したふうで、つい瞬いてしまった。

「その、……じゃあやっぱり本当は厭、だった？　ごめん、やっぱり僕が」

「うわあああいえ違いますそうじゃないですただそのみっともないとこしか見せてないからその、恥ずかしいっていうか合わせる顔がなく、て」

　無意味に両手を振り回して主張して、それでも前里の表情は晴れない。何で、どうしてと焦って途方に暮れて、慌てて付け加えた。

「オレ絶対めんど、くさかったんじゃないかなって、だってお願いした、のにぐずぐず言って、それでなくともだいぶ年下で背が低くて童顔で、全然つり合わない、のに、中身まで全然で、もしかして愛想尽かされたっていうか、呆れられたんじゃない、かなって」

「あんなに可愛かったのに？」

「か、かわ」

　間髪を容れずの即答に、かあと頬が熱くなった。左のそれを伸びてきた手のひらで包まれて、指先で撫でられる。上目で見上げた先、苦笑いする前里が言った。

「お互いさまってことかな。さっき言ったけど、僕の方も同じようなことを考えてた」

「ぁ……？　え、何でまえさとさん、が」

「本当は同世代の子の方がずっといいんじゃないかって、どうしても思うよ。年齢差もあるけど、これでも変に目立つ自覚はあるからね。今もだけど、昨年だってそのせいで蒼天くん、妙なのに絡まれる羽目になったでしょう」

「前里さんの目と髪の色は、綺麗だし似合ってるからいいんです。絡む方がオカシイです」

むっとして、反射的にそう言い返していた。

昨年に知ったことだけれど、前里は自分の容姿があまり好きではないらしい。髪と目の色が隔世遺伝なのは明らかだったのに、それが出ているのが親族内でも唯一だったせいか家庭でも微妙に居場所がなく。幼い頃から周囲に揶揄され外でも孤立気味だったのが、思春期の頃から変にもてはやされるようになり。

手のひらを返すような変化に、すでに芽吹いていた「人嫌い」が見事に開花したのだそうだ。本人曰く、この家の主――祖父の存在がなければ今以上に、かなり相当性根が折れ曲がっていたはず、なのだとか。

「僕はもう気にしてないけどね？　蒼天が好いてくれるならむしろ上等だと思うし。……とは言っても、年上の分別とか威張った割に詰めが甘かったのは事実だから」

長い指にするり下唇を撫でられたかと思うと、こつんと額をぶつけられた。蒼天の頬を、同じ指でそっと辿りながら言う。

「それで身体は平気？　どこか辛くない……？」

「……っあのごめんなさいたぶん今日遺跡見に行くのは無理だと思います……」

目の当たりにした表情と、声音に紛れていた響きにぞくんと腰のあたりがうねった気がした。思わず退こうとした腰からかくんと力が抜けて、そのまま後ろに倒れかけたのを長い腕に抱き留められる。

「うわ、ちょっと大丈夫、かな」

耳元で囁く声が気遣いだと、知っているはずなのに今度は肩が大きく跳ねた。

昨夜の余韻が、肌のそこかしこに残っているせいだ。思い出すだけで落ち着かないものをこうして大好きな匂いや体温にくるまれてしまったら、肌の底がざわめき始めるのはどうしようもない。

「蒼天？」

「ぅあ、……えとそのごめんなさい厭とか怖いとかそういうんじゃなくて、何ていうかその」

名前を呼ばれるだけで、ぴくんと肌が跳ね上がった。抱き込まれた状態でそれと悟られないわけがなくて、蒼天は必死で前里のシャツの袖を摑む。

「厭じゃなくて、怖くもない？」

「ぅはい、その、むしろ、うれしいです。……あきれられたんじゃなくて、よかった……」

自分の言葉を自分で聞くなり、本気で気が抜けた。額を前里の肩にくっつけて、蒼天は小さく息を吐く。と、ふいに頭上にわずかな重みがかかった。

「僕も、安心した。……今度こそ本性バレで引かれたかと思ってた」

「そんなこと、絶対ない、ですよ？」

「うん。僕もないかな」

互いの顔を見ないまま言い合って、どちらからともなく抱き合う腕に力を込める。

やっぱりどきどきするけれど、どうにも肌が落ち着かない感じで居たたまれない、けれど。今、それ以上に感じるのは安心と嬉しさだ。この人の傍にいられてよかった、という。

「ところで朝食は食べられそう？」

「……ぅあ、ごめんなさいすぐ支度っ、」

「もう作ってあるから動かなくていいよ。ただ、ちょっと味の保証がねえ」

「え、作ってあるって……前里さん、が？」

確か以前、食べるのは大好きだけれど手間暇かけて作る気力がないと言っていなかったか。思って首を傾げたタイミングで、近かった体温がするりと離れた。

「胡麻擂《す》りっていうか、ご機嫌取りのつもりでね。いつも蒼天くんが作ってくれるのを参考にしたから、食べられないほど酷くはない、と思うんだけど」

蒼天に合わせて下げてくれた目線で覗き込まれて、またしても頬が熱くなる。でも、ここでは意地でも視線を外さなかった。

「た、べたいです、あのじゃあすぐ移動、」

「いいからここで待ってて。今日は午後までベッドから降りるの禁止だからね」

……もう少し。あとしばらくでいいから、くっついていたかったのに。

蒼天の頭をぽんと撫でて寝室を出て行く前里を見送りながら、ぽとんと落ちてきた本音に別の意味で顔が熱くなった。

「うあ、何それ……いや、まちがってはない、けど」

顔を覆って悶えていたら、その手の甲をすりりと毛並みに撫でられた。思わず開けた指の隙間越し、こちらを見る白猫の青い目とぶつかる。ぅにあ、と鳴いて膝に上ってきた。

「そ、っか。そういうのも、言わないと、わからないんだよ、ね」

前里はいつもきちんと言葉をくれるし、伝えようともしてくれている。蒼天にわかるよう言い方を変えてくれるし、蒼天がうまく言えなくても——どんなに言い淀《よど》んでいても、必ず最後まで聞いてくれる。

だったら蒼天も、そうでありたい。勝手に思い込むのでなく、決めつけるのでもなく。きっとすぐには無理だろうけれど、……正直に言えば何年経っても無理な気がするけれど、それでも少しでも追いつきたい。

いつかの未来にはあの人と、対等に話せる自分になっていたい——。

「うん。……頑張ろう」

決意を固めて、ぎゅっと拳を握る。そのタイミングでにぁ、と鳴かれて苦笑した。またしても膝に乗って見上げてくる白猫の、目と目の間を指で撫でてやる。

青い目が気持ちよさげに閉じられるのと、寝室のドアが開くのがほとんど同時だった。

「お待たせ。……蒼天くん、それ——しろさん、重くない？」

「へいき、です。えと、おれ前里さんに、言い忘れてたことが、あって」

「うん？」

首を傾げた恋人が、ベッド横のテーブルに手にしていたトレイを置く。湯気のたつそれを目の端に入れたまま、蒼天は思い切って言った。

「その、おれも、がんばります。……ずっと、前里さんと一緒にいられる、ように」

年上の恋人の、不思議そうだった表情が溶けるみたいに笑みに変わる。それを見ながら、きっと自分も同じような顔をしているんだろうと鏡を見たように確信した。

あとがき

おつきあいくださり、ありがとうございます。あまりの暑さに、できるだけ使いたくなかったエアコンをフル稼働させている椎崎夕です。

今回は……今回「も」、どうやら割れ鍋に綴じ蓋での模様です。

コレを書いているたった今、「もしかして、やっぱりそうなんでは」と唐突に気づきました。ちなみに今回書いてて楽しかったのは、カバーにもいらっしゃる白猫です。ここ数年、個人的に「猫を飼いたいできれば犬も」という野望を抱いているもので、つい思わずと言いますか。実は当初の予定ではしろさんは存在していなかったんですが、本編を書き始めたらいつの間にか「いた」ような……？

なお、本文中には記述がありませんがしろさんの中身は、主人公が思ってるのとは全然違っていたりします。

まずは、挿絵を下さった陵クミコさまに。

しろさんもですが、主人公もその相手もイメージそのまんまのラフをいただきまして、とってもほんわかいたしました。あと叔母さんのラフを見た時は、理由は不明ですが「え、何でバレた」と咄嗟に思ってしまいました。

素敵な挿絵とカバーをありがとうございます。本のできあがりが楽しみです。

そして今回「も」多大なご迷惑&ご面倒をおかけしてしまいました担当さまに。本当に申し訳ございませんでした。この反省を次に生かせればと思っております……いろいろご配慮をありがとうございました。

最後に、この本を手に取ってくださった方々に。

ありがとうございました。少しでも楽しんでいただければ幸いです。

椎崎夕

✦初出　きらわれもののはつこい……………書き下ろし

椎崎　夕先生、陵クミコ先生へのお便り、本作品に関するご意見、ご感想などは
〒151-0051 東京都渋谷区千駄ヶ谷 4-9-7
幻冬舎コミックス　ルチル文庫「きらわれもののはつこい」係まで。

幻冬舎ルチル文庫

きらわれもののはつこい

2023年8月20日　　第1刷発行

✦著者　椎崎　夕　しいざき ゆう

✦発行人　石原正康

✦発行元　株式会社 幻冬舎コミックス
〒151-0051 東京都渋谷区千駄ヶ谷 4-9-7
電話 03(5411)6431［編集］

✦発売元　株式会社 幻冬舎
〒151-0051 東京都渋谷区千駄ヶ谷 4-9-7
電話 03(5411)6222［営業］
振替 00120-8-767643

✦印刷・製本所　中央精版印刷株式会社

✦検印廃止

ISBN978-4-344-85286-0　C0193　Printed in Japan